英伦玫瑰（简体字版）

LOVE IN ENGLAND (A NOVEL IN SIMPLIFIED CHINESE CHARACTERS)

B杜

British Library Cataloguing-in-Publication Data. A CIP catalogue record for this book is available from the British Library.

ISBN 978-1-913080-17-4 (ebook)
ISBN 978-1-913080-16-7 (print)

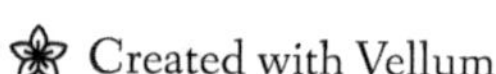 Created with Vellum

For my family

第一章/我们在英伦

"妈咪，我要迟到了。"艾米喊着。

"妳的红萝卜还没吃。"我说

"给波波吃，它肚子饿。"

波波是艾米养的兔子。

"波波有自己的红萝卜，这个……"我用叉子指着她的盘中物，"是妳的。"

艾米嘟着嘴，转头找救兵，乔面无表情地要她听妈妈的话。

没了救兵，女儿只好抓起红萝卜啃了起来。

"Honey，妳的刀叉呢？"我说。

"好啦！"她不情愿地拿起刀叉，切块、入嘴。

艾米今年五岁，刚入小学，圣保罗私校很重视餐桌礼仪，每周都有礼仪课，她学得很好，只是偶尔还是会"回归本性"。

"夫人，还要点儿咖啡吗？"翠西拿着一壶咖啡问我。

"不了，给我橙汁。"

她转身问乔，乔说给他来点儿。

翠西小心翼翼地倒了黑咖啡在乔的WEDGWOOD咖啡杯里，我们家的瓷器都是这个牌子，它的历史可以追溯到1759年，以质地细腻、色彩丰富著称。

"贝，待会儿我载艾米去学校，今天妳有什么节目？"乔问。

我答上午有法语课，下午练瑜伽，还有，得到Piers Atkisnon那里试礼帽，这周末有马赛。

"报上说'星星之眼'是这季的大热门，夺冠机会很大。"他边说边翻了一页泰晤士报。

"星星之眼"是只六岁大的纯血马，由阿拉伯马、西班牙马及加洛韦马杂交而成，是世界上速度最快、身体结构最好的马种之一。

"爹地，我们的马儿如果赢了，会有礼物吗？"艾米问。

"会有很多很多钱。"

"多到能买棉花糖吗？"

"呵呵！比那个多得多，能买十个棉花糖。"乔伸出十个手指头。

我不禁和他相视而笑。

如果你以为这样全家和乐的画面经常有，那就错了，不久前，我们还两地分居呢！这得从六年前开始说起……

在一个春暖花开的季节里，我和乔风尘仆仆地从澳大利亚搬来英国，住了一晚香格里拉酒店，隔天酒店司机便载我们到离伦敦四个小时远的大农庄，最近的邻居与我们相距五十多公里。

"我以为我们会住在伦敦市区。"我说，心里很是失望。

"贝，这里空气清新、鸟语花香，是最好的养胎之处，妳不希望我们的小宝贝住在有空气污染和噪音污染的地方吧？！"

"可是……这里好安静，邻居又远，买个东西多不方便。"

乔要我放心，家里的佣人会把家事都做得妥妥贴贴的，不劳我费心，至于邻居……不来往也没关系，过些日子，他会把爸妈接来和我做伴。

"真的？"

"当然是真的。"

有了爸妈的陪伴，我多少不那么寂寞了，只是乔的工作在伦敦，他只能周末回来陪我。

"我也想每天见到妳，可是……这样吧！等妳生完小东西，我们一起回伦敦，嗯？"

说是生产完回伦敦，但时间一到他又有话说，这个那个的理由编派，我也因适应了乡间生活，无可无不可地接受继续分隔两地，直到艾米要上小学，我们才不得不搬回伦敦，和乔一起。

～

"妈咪，老师问我小提琴用学校的还是自购？"艾米问。

车内的女儿穿着灰黑色外套和深蓝色及膝学生裙，脚上套着被翠西擦得发亮的黑色小牛皮皮鞋。

"告诉老师，妈咪会买。"

"买一个像Dorothy的琴。"她趴在车窗口兴奋地说。

我答比那个更好。

"Great."女儿满意地和我挥挥手。

车子很快开出停车场。

~

和 Mlle Martin 上完一对一的法语课，我上 Bean Coffee 喝了杯热巧克力，又吃了个马芬当午餐。

在咖啡店里，两个中国来的大男生用不流利的英语问我大笨钟怎么走？我马上用流利的普通话指点他们。男孩们很讶异我会说普通话，其中一个男生甚至跟我要手机号，我晃一晃无名指上的婚戒说："抱歉，结婚了。"

"天哪！妳看起来就像个大学女生，这么快就名花有主了？告诉我是哪个幸运儿，我马上谋杀他。"那男生愤愤不平。

我笑而不语。

走出 Bean Coffee，我想起艾米需要一把小提琴，1/8尺寸的，于是信步走到圣彼得广场，那里有多家乐器行，我得赶紧在瑜伽课之前把这件事办妥，因为还得去试礼帽。

"Good afternoon，madam."乐器行的老男孩对我说。

"Good afternoon."我回礼。

他接着问我需要什么帮助，浓重的伦敦口音听起来很滑稽，嘴巴像含着一粒小球。

我告诉他，我想要一把1/8尺寸的小提琴，鱼鳞云杉做的。

他说看来我懂小提琴，那么得找把好的给我，于是佝偻着背往店后走去，留下一个店面给我。

我无聊地翻看店中的乐谱和乐器辅助器，那张海报就在角落的墙面上与我打上照面。

"Lin Nan Piano Solo Performance"斗大的字映入眼帘。

画面中的他身着白色燕尾服，眼光犀利但神情冷漠，短俏的鬓发贴在他瘦削的脸颊上。

老人的声音忽然在我背后响起，他告诉我海报上的钢琴家是颗新星，正在做世界巡回演出，这里是倒数第二站，票不好买，只有两场，问我要不要？

我很快答Yes,两场的票都要。

老人对我的大手笔很是惊奇，因为我买的是最前排正中，价格不是普通的昂贵。

" Thanks！"我拿了票想走。

" Wait，your violin......"

哎！竟然忘了重要的事。

我调好音，随意拉起巴赫的《G弦上的咏叹调》......

老人感叹音乐的美丽，问我是不是小提琴家？我否认。

他答真可惜，然后指指天上,说我有上帝给的天份。

我低下头去，感觉很气馁。

他接着问我小提琴是买给谁的？我答给我的女儿。

" She must be an angel."他说她一定是天使，一个我永远也不会否定的答案。

向老人告别后，我右手提着琴盒，左手拿着演奏会入场券，快步走向中央大街，因为那里的瑜伽课已经开始了。

第二章/对不起

我趴在床上，乔还在答答答地打着电脑，他的身上有古龙水的香气。

"妳先睡，今天我得把邮件发出去。"他说。

我不困，看乔忙公事也挺有趣的，他能连续工作好几个小时而不自知。

此时敲门声响起，轻轻的。

"进来。"我坐直身子。

"妈咪，"艾米转开门把，"我可以跟妳睡吗？"

"可以。""不可以。"我和乔同时给出不一样的答案。

最后由我提出折中方案，在乔结束工作前，她可以暂时跟我睡。

艾米高兴地跳上床，手里拿着一本厚厚铜版纸印刷的精装本故事书。

"妈咪，念书给我听。"她把书递给我。

我当然没拒绝，艾米随即钻进我胸口，期待她的睡前故事。

"宝马王子，"我先念出书名，"从前从前有一个王子，他叫宝马王子，他有一匹白马……"

原以为这又是一个王子与公主圆满大结局的故事，没想到完全错了，这个宝马王子是个Gay，外表是男孩子，内心却是女孩子……

"什么乱七八糟的故事？！"乔愤而把书抢过去扔在地上，"这书是给孩子读的吗？"

艾米吓得抱紧我。

"有话好好说，你吓到孩子了。"我抚着艾米的背安慰她。

"阿四！"乔把笔记本电脑往床头柜上一搁，站起来喊着保姆的名字。

乔在房门口面斥保姆买不合适的童书给艾米，她吓得像只小老鼠。

阿四是个有五名孩子的广东妇女，一家八口挤在Elephant Castle 区的地下室里。面试时我不是没犹豫过，但当一身寒碜的她提及若再找不到工作，房东就要赶人到大街上，包括她七十岁的老母亲时，我一时心软，将她留下来。

"现在把艾米带走，晚上不许她上我们夫妻房间。"乔气呼呼地说。

阿四低着头进来，将艾米从床上抱起。我的宝贝儿边哭边伸手要我抱，最终还是被无情地给带走。

"你这样对艾米，不怕她心里有阴影？况且她没做错什么。"

"她已经连续好几天和我们挤一张床，她应该学着独立。"乔答。

我说艾米还只是个孩子，何况他生气不是为了这个。

他反问我不为这个，为的是哪个？

我索性不语，翻身假寐。

乔见我不说话也上了床，那晚他发邮件发到凌晨。

隔天一早艾米晨浴完，我主动接替保姆的工作，帮她绑辫子。

女儿有一头黑褐色的及肩长发，发质偏细，我要帮她绑上麻花辫，系上粉红色蝴蝶结。

"爹地为什么生气？"艾米忽然问。

我回答乔工作忙，有时心情会不好，不是真的生气。

"好了，绑好了，喜欢吗？"我系上最后一个蝴蝶结说。

艾米对着镜子左右摆头，然后满意地点点头。

"艾米，今天爹地接妳放学，然后载妳到 FOYLE'S 书店买书，我亲自帮妳挑。"早餐桌上，乔温柔以对。

"真的？"女儿笑开了脸，"我喜欢王子和公主的故事。"

"那么就买好多好多王子和公主的故事书……妈咪，要不要一起去？"乔不忘邀请我。

"我……不去，今晚有香奈儿时装发表会，我和 Kristen 约了去。"

Kristen是WR英国分公司总裁的老婆，是个干练的犹太人。

"那好，"他面向女儿，"看来我只能和艾米约会。"

"呵呵……爹地和我约会……"

"不可以吗？"乔反问。

"可以，"艾米点头，"别忘了送我花。"

今晚没有时装发表会，也没有Kristen，我走向皇家艾伯特演奏厅……

夜幕低垂，盛装的男女从四面八方涌入，一时商贾蜂拥、冠盖云集。我穿着Romona Keveza的红色曳地长裙，随着人群走进演奏厅。

林男晚了五分钟才上台，他仍是一身白，非常自信地走向台上正中的白色三角琴。他的手抚着琴键数秒钟，似在酝酿情绪，深呼吸一口气后，林男按下第一个琴键。

今晚是舒伯特之夜，曲目偏向夜曲，在经过白天的喧嚣后，静谧而神秘的曲子正抚慰着一颗颗浮荡、不安定的心。

多年不见，他的琴艺更精进了，少了花俏，多了沉稳。

两个小时的演奏让听众如痴如醉，安可声不绝于耳，林男光是谢场就出来谢了五次，最后不得不弹奏卡农的短曲《眼泪》，大家才放过他，鱼贯而散。

我没去找他，提不起勇气。

"发表会上有什么新货？"我一上床，乔便腻了上来。

我答也就那样，换汤不换药。

"今天我帮艾米买了五十本书，书店老板说会派员工送货，明天到。"

我"嗯"了一声，表示知道了。

"今天用的是什么洗发水？"乔闻着我的发问。

"Alterna，你在比佛利山庄帮我买的。"

乔又低头闻我胸口，问我用的是什么沐浴露？

"卡玫尔，你在巴黎买的。"

然后乔的手开始不安分，他解开我浴袍的系带，人也爬了上来……

"乔……乔……Stop……Stop……"

他不听我的，将手移向我的小腹："嘘～妳会喜欢的，让我来……"

"你聋了吗？I said stop！"我边咆哮边用力推开他。

乔很错愕，问我怎么了？

我不忍看他受伤的神情，解释今天心情不对，Sorry。

"没事，"乔回到他的床位，"我也有事要忙。"

他拿起电脑很认真地打起字，答答答……答答……

约莫十分钟后，我问他为什么总有那么多事要忙？他答有五千多名员工指望他。

"我……"

"什么？"乔停止打字。

"没什么，你继续。"我翻身背对他。

乔不知是什么时候停止工作的，半夜当我睁开眼时，他仰头半躺着，被褥上放着他的电脑。

我把电脑拿开，动作轻柔地扶他躺下。

"对不起。"我亲吻他脸颊。

他迷迷糊糊嘟囔两句，转身沉沉睡去……

第三章/六年后再见

我又来到皇家艾伯特演奏厅，这次我穿上蓝色雪纺纱圆领衬衫配白色绑脚裤，脚登Jimmy Choo的金色高跟鞋。

临出门前，翠西问我今晚几点开饭？

我答和平常一样，她招呼先生和小姐用餐即可，今晚我有约。

翠西仍然锲而不舍："先生若问起夫人上哪儿，我该如何回答？"

"就说……"我想了想，"Louis Vuitton有个新包发表会。"

林男仍是一身白，只是脖子上的白领结和昨晚的不一样。

今晚是肖邦和贝多芬之夜，除了浪漫，还多了哀伤……

我捧着红玫瑰，为接下来的献花动作踌躇不已。

"再不献花，林男就要下台了。"我告诉自己，但脚步却迈不开。

终于幕帘拉上，人群离去，我捧着花坐在座位上，独自一人，落寞、后悔……

一位花白老人走了过来，他问我是不是想送花给林男？

"Yes, but……it's too late."我很懊恼。

老人说不晚, 林男还在化妆间，没走。

"May I give him these flowers face to face？"我满怀希望地问。

他答不行，除非……我答应不把化妆间的东西打乱。

"No，I won't. I promise."我兴奋地说。

化妆间的门没关，我轻敲两声。

"Enough. Leave me alone."他要我别烦他，这让我进退两难。

林男大概也察觉到氛围有异，他转过头来。

"Hi."我努力挤出笑脸。

他看见我，愣了一下，但很快镇定下来："这里不是粉丝能进来的地方。"

"噢……好……我知道了……"我把花摆在化妆台上，"花我搁这里，今晚……今晚的演出很精彩。"

是时候离开了，我低头转身。

"贝贝~"

"是。"我回望他。

"妳长高了。"

"穿高跟鞋的缘故。"

林男走了过来，此时的他和我等高。

"妳化妆了。"他说。

我答演奏厅是重要场合，当然得化妆。

"妳还喷了香水。"

"Secret Wish."

"What?"

我解释那是Anna Sui的新产品，给少女用的淡香水。

林男凝视着我，时间仿佛停止了。

"六年了，六年不见，妳好吗？"他问。

"好，你好吗？"

林男没回答我的问话，反而说起ZL音乐学院每年都替我保留入学资格，但他一直读到硕士，我还是没来。

"我……我得照顾女儿。"

提到女儿，林男的眼中闪过一丝痛苦："我听说了，女儿……女儿长得像妳吗？"

"一点点儿，她比较像……像你哥。"

说到乔，我们两人都沉默了。

"我哥好吗？"还是他先开口。

"他很好……你们没联系吗？"

林男摇头表示自从他哥抢走他心爱的女人，他便不想再和那人说话。

"林男～"

"我也不想和妳說话，结婚前夕妳告诉我，不要破坏妳的幸福，别去参加婚礼，我……想死的心都有。"

我懵了，什么时候我这么不近人情？

林男说我发了短信给他，后来他想再联系就联系不上了，莫非我忘了？

我摇摇头，心里怕得要死，现在我知道那个遗失的手机是怎么回事了。

"婚礼我还是去了，但被餐厅保安架着离开，我边走边喊妳的名，妳好似听不见。"

我想起来了，婚礼进行当中的确曾有过骚动，但很快平息，婚礼策划人还跟我们比了个OK的手势。

原来……原来林男不是刻意躲我，而是乔……

"贝贝，妳在发抖？"

"没……是的，这里有点儿冷。"我答。

林男把他的白色燕尾服脱下，披在我身上："这演奏厅的冷气好像不要钱似的，不过台上倒是热得要命，十几个灯光打下来，鸡蛋都能烤熟。"

我噗嗤一笑，说他太夸张了，不过台上的确比台下热，我知道。

"贝贝～"

"嗯？"

"妳幸福吗？"

我望着林男，说不出话来。

"为什么不回答我？"他问。

该怎么回答？我应该是幸福的，有大房子、有佣人、有漂亮乖巧的女儿、有疼我爱我的老公，可是……为什么我一看到林男的演奏会海报，所谓的幸福却离我越来越远？

"贝贝，妳……"

"林男，我……"

"扣、扣、"

我和林男不约而同望向声音出处。

"It's time to close."老人催促我们离开。

于是林男牵起我的手走出化妆间。

~

我和林男约好明天去诺维奇，一个离伦敦三个小时车程远的古城市，或许他也怕在伦敦市区与乔相遇。

"我后天一早飞纽约，那是巡回演奏的最后一站，所以明天妳一定要来。"他叮嘱我。

然而人算不如天算，隔天一早，艾米在餐桌上说她不舒服，不想喝牛奶，我以为她又借故不喝，很是生气，她只好皱起眉头喝下。不到五秒钟的时间，她突然"喔"的一声，把喝下的牛奶全吐了出来，伴随着橙红色的液体，酸臭的味道顿时弥漫开来。看此情景，我慌了手脚，还是乔机警，他冲过来抱起女儿，口中喊着："贝贝，打电话给家庭医生；翠西，把车钥匙拿来！"

我边拨打电话边跳上车，我们一家三口在上班高峰期挤在车阵里，神色慌张地奔向诊所。

~

医生说是感冒引起的肠胃不适，吃过药后，记得让病人多喝开水、多休息。

回家后，我留在房间内陪女儿，乔逗留了几分钟，终因有公事要忙，很不舍地离开了。

面对病怏怏的女儿，我一方面心疼，一方面也内疚没及早注意到她的异样，直到艾米终于入睡，我才想起林男，赶紧打电话给他。

电话中的他很是失望。

"要不，你来我家。"我试探性地问。

他断然拒绝，反而问我能出来吗？就一下下，他在我家附近的BG Hotel等我。

我转头望向艾米，她睡得正沉，应该两、三个小时都不会醒来。

"好的，我来。"挂上手机，我顺手把它搁在艾米的书桌上。

第四章/变脸

林男说他在1818房等我。

到了十八层，我依着门牌指示来到他的房间外，还没敲门，门便咿呀地被打开。

"贝贝～"林男一身休闲地抚着门板看我。

"我迟到了。"我说。

"没关系，请进。"

进到房内，林男服侍我将外套脱下。

"怎么知道我来了？"我问。

"因为我一直竖起耳朵听，有人在电梯口迟疑了一下才走过来，可见来者不是新入住便是访客。"

"你的耳朵真灵敏。"

我坐了下来，这是套洛可可风的欧式沙发，尽显宫廷的古典遗风，但坐起来不是很舒适。

"好耳力是音乐人的必备条件。"林男边说边递给我一杯透明液体。

我呷了一口，赞叹很甘甜，问他从哪儿买来的？

"超市买的，南非的果香白葡萄酒，知道妳会喜欢。"他摇晃一下手中的酒杯，"终于妳也到了喝酒的年纪。"

记得上次和林男喝酒时，我还未成年，因贪杯，多喝了日本梅酒，没想到因此还闹了笑话，拉着Maggie跳起奇怪的舞。

"Maggie还在林家工作吗？"我问。

他答不清楚，好久没和父亲联系了，听说去年娶了一个，天津来的。

虽然有些讶异，但又不觉得唐突，毕竟逝者已矣，活着的人还是要继续。

"我现在是孤儿了。"他自弃地说。

"你不是，你还有父亲及……哥哥。"

"贝贝，"林男放下酒杯，"早在我妈去逝，妳和我哥结婚后，我就孑然一身，我把所有的精力、时间都放在我的钢琴事业上，那才是我惟一的家人和精神寄托。"

我说我了解。

"不，妳不了解，妳……永远也无法了解。告诉我，在分开的日子里，妳可曾想我？"他问。

我想他吗？当我怀孕走在树林里，当我听到艾米初啼声的那一刻，当我做着家常菜，当我抚着小提琴，当我回吻乔，当我……是的，我无时无刻不在想他。

"偶尔，我偶尔会想起你。"我答。

林男轻叹一声说原来他自做多情，他可是无时无刻不在想我。

"林男～"我转头看他。

"嗯？"

"如果......如果我说我也无时无刻不在想你，你会不会......会不会少爱我一些？"

林男看着我好一会儿后，忽然将我拉起："让我来告诉妳，我有多爱妳。"

~

"妳不需要那么早离开。"林男从床上坐起。

"不行，艾米还病着。"我边说边去拉A字裙的拉链。

"让我来。"林男下床走到我身后帮忙。

我道谢，转身去拿包。

"等等，"林男从后环抱我，"让我抱抱，好爱好爱妳，怎么办？"

林男问我怎么办？问得幼稚，却感动我。

"做完最后一站演出，你有什么计划？"我问。

"AMI答应帮我制作CD，这个得花好几个月的时间，还有，我想回校继续攻读博士学位。"

我说他好忙啊！

"贝贝～"他终于放开我，"妳能来美国当我的助理吗？不......不对，太大材小用了，妳应该继续深造，不拉琴太可惜了。"

虽然不确定的因素很多，但我还是说让我考虑一下。

"别忘了我在美国等妳。"他深情款款地对我说。

～

我一进家门就发觉气氛不对，阿四拿着冰袋看也不看我一眼，迳自走向艾米的房间；翠西则不同，她走上前来质问我，样子很着急。

"夫人，您去哪里了？先生遍寻您不着。"

"先生？他回来了？"我的心跳上喉头。

"两小时前我听到艾米小姐在哭，进到房内，发现她的小脸红通通的，摸摸她额头，烫手得很。我唤您，您不在，打您手机，才发现您把手机落在家里了，我只好打给先生，先生一回来就带小姐去医生那儿。"

我问先生人呢？她答在小姐房内。

虽然内心不安，我还是直奔过去，一推开房门，乔对我说："我得走了，公司一堆事情等着我处理。"

"路上小心。"

"嗯！"

他走了，看得出心情不佳。

我也好不到哪里去，心神不宁地喂艾米吃药，又帮她在关节处擦了酒精，然后把冰袋枕在她脑后。

"妈，嘴巴苦。"女儿说。

我问她想吃冰淇淋吗？她无力地点点头。

然而美味的冰淇淋一送到，艾米却只吃两口便不吃了，即便那是她最喜欢的Häagen-Dazs.

"Honey，妈咪在这里陪妳，妳好好睡一觉。"

"这次妳会不会跑掉？"

我再三保证不会，她才放心地合上眼。

～

我上了床，即使故意发出声响，乔仍然一声不吭，他从吃晚饭起就一直板着脸孔。

"艾米好多了，烧退了，还吃了半碗粥。"我找话说。

"嗯！"他的眼睛没离开电脑屏幕。

"电费涨了，垃圾处理费也涨了，市政府发来通知。"我继续找话。

"嗯！"他依旧纹风不动。

我问他怎么了？

"怎么了？妳问我怎么了？小孩生着病，妳不在家照顾她，上哪儿去了？"

乔的脾气还是爆发了。

我答我去办事，他问办什么事？

"艾米学校的事，说了你也不清楚。"

"妳倒是说说看。"他直挺挺地看着我。

"艾米……艾米……"

糟糕！学校能有什么事？

"47932817645"乔给了我一串数字。

"What?"

"妳接了这支手机号就出门，他是谁？"

乔竟然翻看我手机，太令人生气了！

"你怎么可以……"

"妳还没告诉我他是谁，别说他是学校老师。"乔涨红了脸。

"如果你是这种态度，那我不说了。"我起身。

"去哪儿？"

我答去跟艾米睡。

"哪儿也别想去，"他跳下床，将我一把掼在床上，"没说清楚，今晚跟妳没完！"

乔像换了个人似的，我心里打起鼓来。

第五章/忏悔

"那人是谁？"乔斥问我。

"你能小声点儿吗？艾米和佣人们会听见。"

乔很诧异此刻的我还在乎别人能不能听见，但声音小了许多："告诉我，那个人是谁？"

我答一个……朋友。

"朋友？什么样的朋友会让妳把生病的女儿丢在家里？"

"是……"我的脑筋快速转动，"是Kristen，她……她看上一件衣服，找我当参谋，当时艾米睡了，我想应该不会那么快醒过来，所以……"

"是Kristen，竟然是Kristen……"乔喃喃自语。

"没错，是Kristen，"我赶紧打铁趁热，"乔，对不起，我知道错了，原谅我吧！"

他完全不理会我，起身翻找他的手机。

"不对，"他眼光犀利地扫向我，"Kristen的手机号不是这个。"

糟了！

"那……那是因为她的手机没电了，临时跟服装店店员借的。"我随口胡扯。

乔望了一眼墙上挂钟后说时间晚了，明天他会跟Kristen求证，现在把手机交给他。

"为什么？"我问。

"怕妳和Kristen串供。"

我只能无奈交出手机。

～

为了核实我真的没说谎，乔宁愿等到上午九点再出门，并且眼光时时跟随我，深怕一个不留神，我会用座机或佣人们的手机"通风报信"，这让我如坐针毡。

等九点一到……

"Hi. This is Joe. May I speak to Kristen？"

这通电话只讲了三分钟，乔满意地挂上电话。

"贝，"他走过来拥抱我，"对不起，我太紧张了，Kristen承认昨天邀妳出去，她很抱歉不知道艾米生病，否则不会抓着妳不放。"

"早告诉过你是Kristen约我出去的。"我故意怪嗔。

"好了，水落石出了，能原谅我吗？"他问。

我当然点头。

"爱妳！"他给我深深一吻，然后拿着车钥匙出门。

乔前脚刚走，我后脚赶紧拨打Kristen的手机号，她一听是我的声音，马上快速而简洁地打发我：一、**我欠她一顿饭。**二、**下不为例。**

Kristen有灵活的头脑及杀无赦的口才，所以被我选来当挡箭牌，而最最重要的一点是……我无意间发现她有个地下情人，两人暗度陈仓好一阵子了。

我相信Kristen不会出卖我。

日子又回到寻常的轨道，给艾米讲床前故事、检查她的功课、学法语、练瑜伽、看马赛、参加派对、上高级餐厅，然后购物、购物、再购物……

乔的钱多得让我花不完，他又经常玩浪漫，时不时给我惊喜，而且一次大过一次，当宝马i8开进我家车库时，我已经没有感觉了，但仍故作惊喜："多漂亮的车啊！"

"喜欢吗？"乔问。

"嗯！喜欢。"

"那么，今晚……"他在我耳边低语，我顿时没了兴致。

自从"Kristen"事件后，乔的不安全感与日俱增，频繁的房事也让我身心俱疲。

"你是不是……是不是该和心理医生谈谈？"我尽量把话说得云淡风轻。

此时的乔完事后正抽着烟，他的烟瘾越来越大。

"心理医生？为什么？"

"正常人……不，一般人……一般人不需要天天来。"

他把烟头往烟灰缸一按，转头直挺挺地注视我："妳不喜欢？"

我答不是不喜欢，而是有点儿吃不消。

他仰头注视天花板好一会儿后，说："好，我知道了。"

乔果真一连好几天没碰我，让我更坚信夫妻间"沟通"的重要性，直到……

"艾米吵着要你讲床前故事。"我进到房间，碰巧撞见乔一脸慌张地把某件东西藏在身后。

"怎么了？你手上是什么东西？"我问。

乔摇头答没什么。

"给我看。"我把手伸到他身后。

他倒退一步："贝贝，真的没什么。"

"没什么就让我看。"

"别看。"他说，一脸愧疚。

显然有事不对劲，我遂转为强悍，拽下他的手臂，摊开他的手心，赫然发现那是一条内裤，我的。

"乔～"我惊讶到说不出话来。

"贝贝，不是妳想的那样，我只是……只是想闻闻妳的味道。"

"你病了，得看医生。"我忧心忡忡。

"我没病，谁说我有病？"他扬起声，"想跟自己的老婆亲热算有病？别笑掉大家的牙！"

乔像只受伤的狮子，对着我呲牙裂嘴，还把过错推到我身上，说有病的人是我，我若想看心理医生，他不反对，但别拉他去，他是公司的执行官，不能有一丁点儿的把柄落到对手手里……

我还想说服，乔却说他得念床前故事去，转身就走。

我和乔之间开始出现嫌隙，从一个小洞变成大洞。由于我的"不配合"，乔现在夜夜笙歌，身上经常带着酒气和女人廉价的香水味。

"乔，我们得谈谈。"我迎上前去。

"明天再谈，我累了。"他的嘴巴冒出Whiskey的味道。

"你昨天说今天谈。"

"昨天的我怎……怎么知道今天累……不累？"他耍起赖。

我痛苦极了，以前的他好好的……

乔答以前的他是好好的，都是我不好，害他成现在这副模样。

"我不好？我哪里不好？"

"要说是吧？！妳……妳给我仔细听好。"

他半醉着，开始含糊不清地指责我，我越听，身体越冒冷汗，原来乔老早以前就发现我和林男约会过（他后来打通那个我口中服装店店员的手机号，听出是他弟的声音，又大费周章地把附近酒店的住宿名单全查了个遍，终于找到我失踪几小时的去处）。

"妳……妳以为一个小小的……小小的Kristen就能骗得了我？太……太小看我了。"他说。

我的心被撕成碎片，尤其听到他给我好多好多钱，给我买好多好多礼物，以为我就会回到他身边时，骤然泪下。

"乔，我……我不是故意的，我没想伤害你，对……对不起……原谅我……"我泣不成声。

可惜乔已沉沉睡去，听不到我的哭声与忏悔。

第六章/家道中落

"早，Honey。"乔亲吻艾米的发，然后转身亲吻我脸颊，"早，贝贝。"

一身笔挺的他在餐桌上坐了下来。

"爹地，你的领带是灰色的。"艾米说。

乔低头看他的领带，问有什么不对吗？

"妈妈不喜欢灰色。"

"是吗？"乔转头看我，"妳不喜欢灰色？"

我承认那颜色有点儿死气沉沉的感觉。

"告诉爹地，妈咪喜欢什么颜色？"乔问女儿。

"妈咪喜欢粉红色。"

他用眼光寻问我，我不置可否，用刀子划开荷包蛋，浓稠的蛋液溢了出来。

我没想到艾米无意的一句话，让乔下班后带回来不只一打的粉红色领带，并且把衣帽间所有的灰色衣物全一股脑地扔地上。

"你不需要这样。"我倚着门说。

"这些衣服已经穿了有一阵子了，是时候换换新。我没系过粉红色领带，今天试过后，发现还满适合我的。"乔说。

我蹲下身，把一件灰色条纹Polo衫拾起："'星星之眼'夺冠时，你穿着这件衣服与马儿合影。"

乔把衣服接过去，注视一会儿后，承认的确是这件。

"别扔吧！怪可惜的。"

乔严肃地对我说，不管是衣服、"星星之眼"、还是什么价值连城的东西，在他眼里通通比不上家庭珍贵。他从来不担心有一天会没钱，没钱再挣就有，但他会担心这个家分崩离析，那是他最不愿见到的。

"乔，"我走过去调整一下他的领带，"我答应你，不再……不再三心二意。"

"真的？妳真的答应？"他的眼中闪着光芒。

"嗯！有你和艾米，我感到幸福。"我轻轻地说。

乔突然怀疑："是不是……是不是昨晚我说了什么？当时我喝醉了，迷迷糊糊中好像说了不该说的话。"

我答没有，昨晚他什么都没说，回家一倒头就睡，唤都唤不醒。

看乔还在努力回想的样子，我感到心酸。

"瞧你，一身汗臭，该洗洗了，我帮你搓背。"我故意发出高昂的声音，并且主动去拉乔的手，我们一起走向洗澡间……

～

我是真心想和过去告别，我指的是林男，所以当他的邮件如雪片般飞来，我断然关了原来的邮箱，不仅如此，手机号、QQ、Line、Facebook……所有现代的联系方式全被我换新，只剩下最后一个……

"乔，我们能换房住吗？"我问

"为什么？"

"门僮看人的样子很讨厌。"

我们住的"HD公园1号"是高档公寓，楼底入口处二十四小时都有门僮站岗，对我们住户毕恭毕敬的，但难掩盎得鲁撒克逊民族的自豪，一个个骄傲得很。

"我也注意到了，我会跟经理反应，妳不用担心。"乔又低头看他的财经杂志《Economist》.

"不只这样，我也不喜欢这个区，什么东西都贵，上餐厅吃个饭，小费低于10英镑还会招来白眼……"

乔笑了，问我什么时候开始节俭了？何况我给小费向来大方。

"我……我喜欢Kristen住的公寓。"

提到Kristen，我突然有些心虚。

"这样啊～其实她住的公寓还没有我们的好，既然妳喜欢，我不反对，只是有个要求，别让艾米转学，她还那么小，一下子把她喜欢的老师和同学全换新，有些残忍。"

"好的，没问题。"我高兴地抱着他的脖子亲吻。

"别留下吻痕啊！明天得上班。"乔叮嘱。

我仍然在他的肩胛骨上留下一个指甲盖大小的吻痕，让他带着爱的印记回公司。

～

赖音如说想换换工作环境，英国成了首选之地，我这个表嫂当然敞开双手欢迎。

"为什么妳把邮箱、手机号、QQ、Line……通通给关了？要不是后来我联系上大表哥，恐怕这辈子都难再见。"她一上车就抱怨。

"对不起，因为前阵子有无聊份子骚扰我，索性全关了。"我边答边把宝马i8驶离机场。

"英国冷多了，澳大利亚现在热得不得了。"她抚着裸露的手臂说。

赖音如刚从南半球的夏天过来，身上短袖一件，当然觉得冷。我把后座的羊毛披肩扔给她，她马上裹在身。

"明天载妳去Harrods百货采购，今天就穿我的衣服过冬吧！"

"还好我变瘦了，否则塞不进妳的衣服里。"

这是真话，在机场接机时，若不是她喊我，我恐怕认不出她来。

"怎么减的肥？"我问。

"管住嘴、迈开腿呗！刚开始真的好痛苦，后来大家说我瘦下来变漂亮了，为了不让人失望，就一路坚持下来，没想到瘦了、变漂亮了，还是会失恋，害我好几个月吃不下饭，结果就成了现在这副模样了。"

我说"失之东隅，收之桑榆"，相信她会在英国找到她的Mr.Right.

"但愿如此。"

赖音如把自己缩在披肩里，冷得发抖，即使我已把车內暖气开到最大。

～

艾米好喜欢她的表姑，放学后粘着她不放；赖音如也喜欢上她的表侄女，帮她绑辫子、说故事，还和她一起画画，唤她"艾米公主"，把艾米哄得很开心。

"我早该学妳，十八岁就把自己给嫁了，现在就会有个像艾米一样既漂亮又可爱的女儿。"赖音如羡慕地说。

这个时候，艾米和乔都已入睡，赖音如因为时差还没倒过来，拉着我通宵夜聊。其实我也累了，但为了不拂她的意，只好让翠西泡了壶茶，两人就着烛光促膝长谈。

"那时也是不得已，妳知道的。"我有些感伤。

当年我徘徊在乔和林男两兄弟之间，痛苦得不得了，一次醉酒，我和乔有了肌肤之亲，更没料到因此中了大奖。我的父母很生气也很失望，嚷着不要我这个丢脸的女儿，那段日子，现在想起来都怕。

"可不是每个人都有这等好运气，妳是上辈子烧好香，这辈子才能嫁给我表哥。"

乔的好，我婚后才真正感受到，他不只对我和孩子好，对我的父母更是鞍前马后、有求必应。现在爸妈早已不再反对他，反而有时待他比待我好，让我颇为吃醋。

"乔的确无可挑剔。"

"妳是同学间嫁得最好的，这次我来英国，出发前还问薛佳琪有没有什么话要我带到？她说祝妳和妳的完美老公幸福快乐！"

我低下头去，感觉难受极了。

看我精神郁郁，赖音如忍不住问我和薛佳琪到底怎么了？办喜酒时我没邀彭妙珍、薛佳仁，她可以理解，但我连薛佳琪也没请就有点儿说不过去，毕竟她跟我走得那么近。

"我都邀请了啊！"我犯迷糊。

"没，妳的确没邀请他们，薛佳琪背后把妳骂惨了，说妳见色忘友、过河拆桥。"

我 不 知 道 这 是 怎 么 回 事？ 当 年 我 把 邀 请 名 单 交 给 乔，难道……

赖音如答算了吧！都过去那么久了，还问我要不要看薛佳仁和彭妙珍小孩的照片？

我点头，然后一个蹒跚学步的小男孩照片出现在赖音如的手机上。

"要不是杰夫比艾米小，我一定游说两家结娃娃亲。"她说。

"杰夫比艾米小？"

"对，他刚过两岁生日。"

那么六年前彭妙珍为什么苦苦哀求我离开薛佳仁？难道后来流产了？

我的思绪因此飘向老远。

坦白说，即使彭妙珍不求我，我也不可能和薛佳仁走到一起，他更像是哥哥，而不是我的终身伴侣。还有，我不过是教授的女儿，彭家官大势大，薛家也是土豪一枚，怎么看都"门当户对"，我没理由不成全。

"告诉妳，妳离开澳大利亚不久，中国开始抓贪官，彭妙珍的父亲也被锁定，躲在家里好一阵子，更让人错愕的是，薛佳仁竟在这个时候提离婚，虽然树倒猢狲散，但也太现实了，彭妙珍因此闹自杀。"

"什么？！"我惊叫出声。

"别激动，她没死，薛佳仁又回来了，现在两夫妻在中国城开了家粤菜馆，卖叉烧、油鸡什么的，我去吃过，味道还不错。"

我问起两家目前的经济状况，赖音如答彭家现在一贫如洗，人倒没事了，有时还见彭父、薛父两老人一起喝早茶。

"那就好。"我松了一口气。

"说了妳可能不信，彭家的贪污就是薛佳仁给告发的，他气彭妙珍把妳逼走，更气自己被包办婚姻，反正最后两个富豪之家都没落了。最不平的就是薛佳琪，直骂他哥是笨蛋！把好好的家给毁了。"

"我没想到薛佳仁会做玉石俱焚的事，真出乎意料。"

"最出乎意料的事还在后头，当年反对妳的薛父患上帕金森病，妳猜现在是谁在照顾他？竟然是他的亲家，那个昔日政坛的当红炸子鸡。"赖音如叹了一口气，"那些阿谀奉承的人早不来往，见面能点个头算不错的了。"

"门前冷落车马稀"，这不正是薛彭两家目前的写照吗？

我唏嘘不已。

第七章/痛苦而快乐着……

Harrods百货是伦敦最著名的高档百货公司，从品牌到建筑，完全体现出传统的英伦风范和皇家气息。它创始于1834年，占地4.5英亩，是世界上最大的百货公司。

我依约和赖音如来到这个名闻遐迩的购物殿堂。

"哇！"赖音如睁大眼睛，"逛一次Harrods，别的百货公司都相形失色了。"

"好是好，只是外国人的骨架大，样式又偏古板，不对亚洲年轻人的口味。"我说。

果真逛一圈下来，赖音如除了买一件S尺寸的呢大衣和一件XS的白衬衫外，其他都敬谢不敏。价钱贵当然也是原因之一，尤其现在不是打折季，光两件衣服就要价近一千英镑，可以买一张往返澳洲的飞机票了。

"等我找到工作、赚到钱再来逛，现在真心花不起。"她有感而发。

我告诉她，即使本地人也鲜少上Harrods（打折季除外），因为太贵了。话说回来，贵虽贵，但它的衣服不花俏，颇迎合英国人的品味，所以我还是推荐这里。

"姑且相信妳，我可是花了不少银子买来的。"她扬起那个墨绿底金色字的购物袋说。

~

我把车钥匙交给赖音如，她的澳大利亚驾照可以在英国使用三个月，超过三个月才需要驾考。

于是她每天风尘仆仆地驾着乔的路虎往返伦敦各大写字楼，誓在最短时间内找到称心如意的工作；我则开着我的宝马i8，做一个豪门少奶奶每天该做的、貌似繁忙却没有任何实质意义的事，把一天的时间都塞得满满的，好忘记……该忘记的。

这一天合该有事，当我经过音乐行时，虽然心里告诫自己"别进去"，但我还是推开那扇古铜色的大门。

" Good afternoon, madam."一位年轻店员对我颔首。

" Good afternoon."

" What can I do for you？ "

我说我想买张钢琴CD，问他有什么好建议？

" Madam, this way, please."那店员走到角落，我也跟着过去。

他告诉我，想听甜腻的，就听Richard Clayderman；想听气韵恢宏的，就听 Shura Cherkasky；想听清澈华丽的，就听 Tamas Vasary；想听柔美诗意的，就听 Paul Baduraskoda；想听……

" Do you know music？ "我问。

年轻男孩答他毕业于ZL音乐学院，在找到乐团的工作前，先在这儿打工。

听到那所音乐学院的大名，我的小小心湖被吹皱了一池春水，进一步问他的母校可有什么杰出的钢琴家？……噢！当然除了他之外。

" Of course except me."那男孩笑了。

然后他告诉我ZL音乐学院人才济济，随便一抓都是响当当的人物，若要他推荐……

" I recommend Eric Rubo, Elizabeth Mcgovern and Lin Nan."他从一堆CD当中挑出三张。

我把第三张取下。

男孩开始喋喋不休地介绍林男是新兴的青年钢琴家，演奏气势雄伟、层次清晰，善于把握作品的风格与内涵，表现出内在的哲理性，若要说有别于其他钢琴家，那就是……痛苦而快乐着。

痛苦而快乐着？

男孩答这很难道分明，林男的音乐就是有办法让人听了之后，一边痛苦一边又快乐着。

于是我买下那张既痛苦又快乐的CD。

～

我把CD放入车內Player里，然后沿着泰晤士河缓慢开去。

钢琴声陪着我从格鲁吉亚街道南下，经过霍克斯莫尔教堂、伦敦塔、英格兰银行、西敏寺、白金汉宫……最后停在Savoy酒店的停车场內。

我熄了火，趴在驾驶盘上痛哭不已。噢！林男，我是如此如此地想念着你，你让我痛苦而快乐着，痛苦而快乐着……

～

"今天都忙些什么？"乔问我。

"没忙什么，早上画油画，下午到Ammar Basheir那里试晚礼服，他还问起你，说你好久没上那儿买礼服了。"

Ammar Basheir是英国有名的时装设计师，作品以前卫、大胆著称，他的精品晚礼服店就座落于西伦敦，店内用一系列黄灿灿的金属屏做装饰，站在建筑外部，你可以看到店内金光闪闪，好不慑人心魄！

"我不喜欢Ammar Basheir的风格，我喜欢AustinReed."乔说。

AustiReed是由裁缝店发展出来的一个经典品牌，以设计高雅、做工精细闻名，深受英国王室的喜爱。

"我知道，但总不能告诉Ammar你不喜欢他的作品吧？！所以我推说你忙。"

我摘下耳环，正在梳妆台前卸妆，乔则脱下工作服，赤裸着身体走向浴室，浴室的门开着。

"试完礼服，妳还去了哪里？"乔扬起声问。

"没去哪里，我还得接艾米放学。"

没错，我说谎了，因为不愿平静的生活再起波澜。

"能帮我搓背吗？"乔又问。

"好的。"

走进浴室，乔的身体正泡在浴缸里，缸内到处都是白色泡泡，他随手抓起一把扔向我，快乐得像个孩子似的。

赖音如和我一起做SPA，我告诉她，我买了林男的CD。

"妳这是在玩火。"她表情严肃地说。

"或许吧！飞蛾扑火时不也痛苦而快乐着？"

"痛苦而快乐着？"

于是我把乐器行男孩的点评告诉她，她取笑只有学艺术的人才会说出这种前后矛盾却寓意深远的话。

"听林男的音乐，的确让我痛苦而快乐着。"我认同男孩的说法。

"我也是，见证妳的爱情故事，我……痛苦而快乐着。"

"少气我！"我用力推她一把。

~

赖音如学的是会计，但在诺大的伦敦竟然找不到口中"称心如意"的工作。

"没道理，会计的工作很好找的。"我边说边切开德国香肠。

"妳没听懂，我说的是'称心如意'，若要吃不饱、饿不死，工作倒好找。"她扯下裸麦面包的一角塞进嘴里。

乔说要真找不到，就来他的公司吧！

"真的？"赖音如兴奋非常，"表哥，我爱死你了！"

她不顾礼仪，起身给了乔一个长长的吻。

"呵呵……表姑亲爹地，羞羞。"艾米笑说。

"我不只要亲妳爹地，还要亲妳和妈咪。"

于是我和艾米都得到赖音如的感激之吻。

"记住，在公司我是妳的上司，所以别动不动就提妳的特殊背景，那只会招来麻烦。"乔提醒。

"知道啦！我没那么笨，给自己贴上标签。"她高兴地宣誓，"从现在起，我要努力工作，把自己当成自食其力的灰姑娘，然后痛苦而快乐地活着。"

听她这么一说，我的心喀噔了一下。

"妳說的有语病，人怎么可能既痛苦又快乐？"乔笑问。

"就有，林男……"

"我弟怎么了？"

赖音如见闯下大祸，吐了吐舌头："哎呀！我跟牙医今早约好了洗牙，瞧！都这个点了，我还在这儿蘑菇。"

她把桌上的咖啡一饮而尽，然后匆匆离开是非地。

闯祸精一走，我和乔各怀心事，尴尴尬尬地继续用餐，只有艾米不知情，还在絮絮叨叨地说着学校琐事，然后自顾自地傻笑起来……

第八章/突发事件

和往常一样，艾米三点半放学，我在三点十分左右抵达学校停车场。下了车，我看见Michelle一身臃肿地走过来，她是Jenny的母亲，Jenny和艾米经常玩在一起。

"Hi, Michelle. You are early today."我跟她打招呼，说她今天来早了。

Michelle答因为妈妈们的闲聊会提早结束的缘故。

"Oh. I am so sorry."我开着玩笑。

"Isn't it just？"

然后我们一起往一年级的教室走去。

"What a handsome man!"Michelle突然赞叹。

我顺着她的眼光望过去，惊到不行，那人竟然是……林男。

他的头上戴着一顶深蓝色针织帽，只露出些许毛发，身着藏青色长大衣，配上蓝灰色亚麻布长裤，脚上登的是黑色牛津鞋，还好脖子上的羊绒围巾是红色的，否则像是从冷色调画册里走出来的人物，阴森阴森的。

"Beatrix, do you know him？"大概我看得入迷了，Michelle好奇一问。

我赶紧把目光收回，回答不认识，同时祈祷林男别发现我。

"He is coming."Michelle向我低语。

噢！老天。

"Hi."林男向我们打招呼。

"Hi."Michelle微笑，"It's a nice day."

"Yes, it is."

林男和Michelle竟然聊上了，虽然任谁都看得出天气不太好，冷得让人直打哆嗦。

"Mummy！"Jenny跑了过来。

Michelle牵起她的手，很抱歉地表示他们得先走了，因为女儿有钢琴课，而钢琴老师是吸血鬼，一个小时要价八十英镑。

我和林男都尴尬地笑了笑。

临走前，Michelle问起林男的小孩叫什么名字？

"Her name is Amy, grade 1."他答。

Michelle很惊讶林男的孩子也叫艾米，遂问："Is she in 1K？"

林男答是，她这才满意地走人。

"你不应该这么说，很容易穿帮的。"Michelle离开后，我忍不住抱怨。

"无所谓，反正我不会再来这所学校，今天来是为了问一个人为什么不理我？"

我困难地咽下一口口水："停止吧！我……我有家庭了。"

林男很愤怒,他说这句话我三个月前献花给他时就该强调,始作俑者是我,让他越陷越深的人也是我。

"很抱歉,有时……情不自禁。"

"那么意思是妳现在恢复理智,想一脚把我踹开?"他扬起声。

"不,不是……是,是的。"

"哈!"林男冷笑,"谢谢妳的诚实,我……受益匪浅。"

"妈咪~"艾米老远唤我,并且向我奔来。

我赶紧打发林男走,怕女儿回家说嘴。

"我住在上次那家酒店,老地方,妳知道的,明天早上十点。"林男识趣地在艾米来到前转身离去。

"妈咪,今天的拼写我全写对了。"她炫耀着。

"真的?艾米好棒。"我挤出笑容。

她随后问我离去的那个人是谁?我答是妈咪的老朋友。

"老朋友?有多老?一百岁?"

孩子的童言童语有时真让人哭笑不得。

"我住在上次那家酒店,老地方,妳知道的,明天早上十点。"

林男的话一直在我耳边回荡,久久不去。

"妈咪,妳说好不好玩?"艾米问。

"什么?"真糟糕,我又出神了。

"我说 Jimmy 以为现在还有恐龙,恐龙老早就绝迹了,真是笨蛋!"

"嗯！是绝迹了。"

我显得兴味索然，于是艾米转向她父亲，问如果恐龙现在还活着，它几岁？

"大概……几亿岁，意思是很老很老了。"乔正吃着他的牛肉派。

"很老了？像妈咪的老朋友一样老？"艾米问。

"老朋友？"

"对啊！今天妈咪来接我，遇到她的老朋友。"

艾米果然说嘴了，这次乔的眼光对准我。

"咳！以前认识的朋友。"我低下头切派，同时转话题，"艾米，快吃，今天的派被翠西烤得恰到好处，外酥内软的。"

然而乔的强迫症还是发作了，他要艾米告诉他，妈咪的老朋友长什么样？

"他……跟妈咪一样高，瘦瘦的。"

"他？"

"嗯！是男生。"

完了。

"贝贝，妳的老朋友是男生？"乔质问我。

"嗯！以前在瑜珈班上认识的，也不算太熟，"我再次对艾米发话，"艾米，赶紧吃，今天怎么这么多话？吃完还得练习小提琴呢！"

乔不再发问，但投射过来的眼光让人很不舒服。

～

因艾米的"告状"，我决定不去见林男，把车子开到健身房，想借着身体的出汗，忘掉所有的烦心事。

离开健身房后，我转战美容院做脸。美容师看我精神不好，游说我做指压，整套做下来，时间刚好赶上接艾米放学。

"妈咪～"艾米奔向我。

"宝贝儿，今天的课上得怎样？"我问。

"老师说我的泥巴塑得好，但……数学错了一题，没有满分。"艾米嘟着嘴，很懊恼的样子。

我安慰她没关系，下次留心点儿……

"贝贝～"林男在背后唤我。

我怔了一下，赶紧牵起女儿的手想开溜。

"贝贝，"林男抓住我的手臂，"我们得谈谈。"

"没什么好谈的。"我冷漠以对。

"妈咪，他就是昨天的老朋友。"女儿稚嫩的声音响起。

林男大方承认他是我的老朋友，问艾米能否去玩秋千？让两个老朋友讲讲话。

女儿望向我，我对她点点头，她便豪爽地答"可以"，然后跑向秋千，和几个等父母来接的孩子玩在一起。

"妳不应该和艾米说话，孩子很会说嘴，昨天乔起疑了。"我说。

"这就是妳爽约的原因？"

"也是，也不是，我答应过乔，不再三心二意。"

"那么……妳跟我是玩玩的？呵！连家也搬了，做得可真绝！"

我说我也很痛苦，我能给他什么？什么也给不了。

"我什么都不要，"他握紧我的手，"只要妳在我身边，什么都对了。"

林男的一席话让我又动摇了，不，不可以，这是个危险信号，我得把脑中的脱缰野马往回拉……

"妈咪，呜呜呜……"听到艾米的哭声，我转向声音出处。

我的小宝贝坐在沙地上哭泣，左手捂住额头，右手向我伸过来，我赶紧飞奔过去。

"艾米，怎么了？"我蹲下身。

"我从秋千上跌下来，头好痛。"

我将她的左手轻轻拿开，看见一个两公分的伤口，血直往下滴，我的心揪了起来。

"快，送医院。"林男喊。

他抱起艾米，我跑在前头。

第九章/别走，我的爱人

艾米的额头上敷着白色纱布，左手手掌有擦伤。

"艾米，妳能原谅妈咪吗？妈咪光顾着讲话，没有看好妳。"我心怀愧疚，想着可别留下疤痕啊！

"没事了，妈咪，我现在不疼了。"

透过后照镜，我看见艾米对我笑了笑。

"林……我在哪里放你下去？"我问林男。

"老地方。"

于是我把车开向BG Hotel.

临下车前，林男转头问艾米："妳有没有秘密？"

"秘密？"

"嗯！就是不想让别人知道的事。"

女儿想了一下答有。

"那是妳一个人的秘密吗？"林男问。

"是。"

"想不想有三个人的秘密？"

"三个人？"艾米比出三个手指头。

"是的，三个人，妳、我还有妳妈咪。"

"好呀！"她笑颜逐开，"我要，我要。"

"那好，听着，别把今天我和妳妈咪见面的事告诉别人。"

"爹地也不行吗？"

"不行。"

"翠西呢？"

"不行。"

"Jenny呢？"

"不行。"

"波波呢？它是兔子，不会说话。"

"也不行。"

艾米顿时泄了气。

林男只好使出"利诱"招数，他说如果艾米答应保守秘密，她可以得到一份礼物。

"真的？"艾米又有了生气，"那我要宴会芭比。"

"没问题。"

林男和艾米打勾勾，于是我们三人有了共同的秘密。

～

"艾米的伤是怎么回事？"乔上了床。

"她说了，自己玩秋千时摔伤的。"我把眼光放在时装杂志上，并且装作很投入的样子。

"听说是放学时摔的，妳不在场？"

我答当时和Jenny的妈聊了一下，她问我咕唠肉的作法，没想到一个不留神，艾米就摔了。

"妳得留心点儿，她还那么小。"乔皱起眉头。

"知道了，她摔伤，我也很难过。"

乔轻轻地把我的时装杂志拿开，嘴巴凑了上来："今天是安全期？"

"不知道。"

于是乔翻身打开床头柜，我知道他去拿什么。

"艾米今天额头破了个洞，我没心情。"我说。

"不是敷药了？妳得讲讲道理。"

此时的乔骑在我身上，我转头看着窗口。

"窗帘没拉上。"我提醒。

"这里是二十层，没人会看见。"

乔边说边把他的睡袍脱了往地上一扔，我看见他的眼神流露出贪婪，索性闭上眼。

∼

我在BG Hotel的停车场停了有一刻钟。

管理员踌躇了一下，还是走过来问我是否住宿？

"I am a visitor."我答。

他遂请我到前台登记，我不得不下车。

前台那个好热情的日本姑娘说住宿人已经在房间里等我了，1226房，她带我过去。

"Thanks!"我松了一口气。

日本姑娘的前襟上别了个名牌，她叫Suzumi。

叫铃美的姑娘边走边问我林男是不是钢琴家？得到肯定的答复后，她说他的演奏会在日本一票难求，顺便请我转达对林男的仰慕之情

"OK. I will."

到了电梯口，日本姑娘用房卡往感应器上一刷，门开了，我走了进去，就在门关上的那一煞那，我瞧见她向我鞠了个九十度大礼，真是受用。

"扣、扣、"我轻敲。

没人开门，我又多敲了两下，还是没人，我抬头再次确认房间号，没错啊！是1226房。

当我还在狐疑当中，门突然打开了，林男身穿酒店浴袍，头发还是湿的。

"这么巧，我正洗澡妳就来，进来吧！"他说。

我走了进去，发现他的房间升级了，带客厅。

林男表示是前台的日本姑娘免费帮他升级的。

"噢！我遇见了，她让我把话带到，说她很仰慕你。"我说。

林男对粉丝不感兴趣，他拍拍沙发示意我坐下，我迟疑了一会儿，还是走过去。

"艾米好吗？"他问。

我答很好，伤口没发炎。

"我哥……我哥有说什么吗？"

"目前没发现异样。"

"那就好。"

我们有短暂的沉默。

"最近有演出吗？"我问。

"没有。从去年年初到现在，我马不停蹄地游走各大城市，身体和心理都极度透支，所以跟经纪人说想休息一阵子。"

"什么时候回去？"

"不知道，妳什么时候答应和我一起回ZL音乐学院，我就什么时候回去，我是代替学校来要人的。"

林男竟然还有心情说笑？！

我答再等等吧！艾米才刚上小学不久。

他轻笑："妳以为学校会毫无期限地为妳保留入学资格？今年秋季妳再说No, 就永远跟ZL告别了。"

"什么？！真的？"

"当然是真的，再怎么天赋异禀，落了六年，妳以为上帝还会继续眷顾妳？"

林男话中带刺，让我很不悦。

"抱歉，话直了点，但惟有这样，才能彻底唤醒妳。"

我沉默了许久，想着事业和家庭要如何兼顾?

他要我别想了，想太多，哪儿也去不了。

"可是……"

"妳把艾米带上，我帮她在美国找个好学校。"他说。

"你知道这不是最困难的部分。"

"我当然知道，最困难的是妳不敢承认妳爱我。"

我不明白林男的自信从何而来，但我不愿在旧有的问题上一再打转，何况此行的目的是为了摊牌。

"我来酒店是为了告诉你，我想要一段稳定而正常的感情，而这正是我现在拥有的。很抱歉我曾经优柔寡断过，让你误会了。"话说完，我的心卟通卟通地跳。

"稳定而正常？呵！原来我的感情不稳定、不正常，呵......呵呵呵......"他仰天大笑，"祝妳的感情永远稳定而正常。"

"林男～"

"不送。"他下逐客令。

我只好站起来走向房门。

"等等，"林男喊住我，然后从角落拿起一个玩具反斗城的购物袋，"给艾米的宴会芭比，对孩子不能食言。"

我接过袋子，向他道谢。

"不必，就算是我送给侄女的礼物吧！"

"男，我......"

"别说了，爱一个人不容易，要放手更难，我之所以放手，是因为爱妳至深，我......祝妳幸福！"

听他这么一说，我不争气的眼泪掉了下来。如果一个人可以分成两半该有多好，就不至于有顾此失彼的遗憾。

"再见了，林男，再见......再见......"我在他的耳边低语。

第十章/禁足

我让翠西到储藏室把我的小提琴拿来，琴盒的表面已被翠西擦拭过，但仍看得出岁月的痕迹。

拉开拉链，我把琴拿出来，抚着琴身，我拨弄了一、两声琴弦，它就像我的旧情人，诉说着对我的思念。

"又拉琴了？"一曲罢了，乔在我身后鼓掌。

"嗯！好久没拉，弦都生锈了，我打算明天上乐器行买新弦。"

"妳是不是想亲自教艾米拉琴？"

我答不，古代易子而教不是没有道理，况且学音乐多少得有天赋及坚定的意志，这条路太辛苦了，我不想强迫艾米。

看乔一副不解的模样，我告诉他今年秋天我再不向ZL音乐学院报到，将永远丧失入学资格。

"可是我不一定能调到美国，妳知道的，山姆大叔身强体壮，再干个十年都没问题。"

Sam是现今IM美国总公司的首席执行官。

我告诉他，若真不行，我先过去。

"妳走了，我和艾米怎么办？"乔问。

这真是个问题，我也陷入两难。

"贝，能不去吗？英国也有很好的音乐学校，妳想和大师上一对一，或者灌CD、开演奏会，这都不成问题，我能帮妳。"

"不，我要ZL音乐学院。"我很坚决。

他看着我良久后，说："好，我支持妳，妳的梦想也很重要。"

~

我买来新弦，装上没两天，一个碧空如洗的午后，翠西敲开我练琴的房间，说有客人，是乔请来的DEALER.

"Dealer"这个字作很多解，用在乐器上指的是"琴贩子"，他们不拉琴，不做琴，甚至不爱琴，但具备敏锐的鉴赏能力，所做的事情就是用很低的价格把琴买走，然后高价卖出。

我走进客厅，那个红光满面且衣着考究的法国人马上站起来跟我道午安，一口英语很流利。

" Good afternoon."我回礼。

来者叫Arsène，他依着乔的指示带来三把名琴，个个来历都不小，分别为Stradivari、Amati以及Guarneri.

他将三把琴的材质、年份、曾经的历史都做了详细介绍，独缺价钱。

我问起，他呵呵笑，说乔已经放话，只要我看中，价钱不是问题。

"Joe is a smart guy. I worry I can't get good commission."Arsène巧舌如簧。

我告诉他，我还没想好，需要和先生商量一下。

~

"你不需要买那么贵的琴给我，原来的琴我用得很顺手。"我对乔说。

"工欲善其事，必先利其器，好的小提琴演奏家都有把好琴。"他答。

"太……太贵了。"

虽然Arsène没告诉我价钱，但我知道那必定能买下伦敦市中心的一豪华公寓。

"别担心，给妳用的，我一点儿也不手软，况且我是商人，不做亏本交易，好的琴值得投资，过几年再售出还是有赚。"

在乔的鼓励下，我选了那把Stradivari。

~

"Good choice."Arsène说，顺便提及这把琴是从一个帕金森患者手中购得。

听完，我的心喀噔了一下，薛佳仁的父亲也有一把Stradivari。

我小心地问这位前拥有者住哪里？Arsène毫不迟疑地答"澳大利亚"，他甚至知道老人卖琴是为了给自己的孩子开一家中国餐馆，叫什么来着？……噢！金凤，金色凤凰的意思。餐厅开幕时，他还去吃过，西柠鸡和炒面做得不错。

原来薛佳仁开的中国餐馆叫"金凤"。

" I am going. Don't forget to introduce me some good customers."

琴贩子走前还不忘要我替他介绍顾客，看来他卖了个好价钱。

~

这真是把好琴，以前很难达到的高音，它毫不费力就爬上去，无一丝勉强。

白天我紧锣密鼓地练琴，到了晚上就想净空自己，不再碰琴。

到了我这个年纪，技术有了，缺的是沉静，有时适当地放空，情感会更丰富有层次。

走出"琴房"，乔、艾米、赖音如正在客厅里，电视开着，BBC频道。

"看些什么？"我坐了下来。

"财经新闻，"乔搂着我，"练完琴了？"

我答是。

"贝贝，妳真的想回ZL？"赖音如问，她正趴在地毯上和艾米玩过家家。

"嗯! 再不去就没机会了。"

赖音如说我这叫"瞎折腾"，都已经是豪门少奶奶了，还挤在年轻人中争得头破血流, 有意思吗?

"别这么说妳表嫂，人因梦想而伟大，无关乎钱。"乔站在我这边。

赖音如耸耸肩说我们有钱任性，她不管了，然后抓起大白

（迪士尼动画片《超能陆战队》中体型白胖的充气机器人）对着艾米："说，爱不爱我？"

艾米也抓起她的宴会芭比，答："不爱，你还没帮我按摩呢！"

他们两人高兴地玩起"角色扮演"游戏。

我倚在乔的胸口，闭上双眼小憩。

迷迷糊糊当中，我听到大白和宴会芭比的对话～

大白：我对妳这么好，妳得把妳的秘密通通告诉我。

宴会芭比：不行，秘密就是不想让别人知道的事，我不能告诉你。

大白：可是妳说爱我，爱我就该和我分享秘密，不是吗？

宴会芭比：好啦好啦！我告诉你......有一次考拼写，我偷看**Jordan**的卷子。

大白：还有呢？

宴会芭比：没有了。

大白：妳说谎，妳一定还有秘密。

宴会芭比：是有啦！可是我已经答应叔叔不告诉任何人妈咪和他见面的事。

大白：叔叔？

宴会芭比：嗯！他说要和妈咪讲话，让我自己玩秋千，然后我就摔下来，是那个叔叔抱我上医院......

完了，我猛力睁开眼，看见乔铁青着一张脸，我害怕死了。

他拿起遥控器将电视关了，转头对我说："看来，我们得谈谈。"

赖音如也发现苗头不对，赶紧拉艾米到房间打游戏。

"好呀！我们玩小象曲棍球。"女儿高兴地答，不知道自己已经闯下大祸。

乔粗鲁地押我回主卧室。

"那个叔叔是谁？"他的眼睛充满血丝，问话发出嘶嘶的声音，让人联想起眼镜蛇。

"他……他……他……"我半趴在床上，一时找不到适当的人选。

"妳有没有良心？我对妳还不够好？"乔一把抓住我前襟，"只要那个人击个掌，妳就像个哈巴狗似地粘上去，妳当我是空气？能睁一只眼闭一只眼看你俩在我眼皮底下搞暧昧？"

我请他相信，我已经跟林男说清楚了，他……他不会再来找我了。

"相信妳？谁相信谁就是笨蛋……噢！"乔一副恍然大悟的样子，"我想起来了，好端端的，妳怎么就想去美国？原来是为了他……"

我拼命摇头否认，眼泪也掉了下来。

"亏我还买那么贵的琴给妳，甚至说要支持妳的梦想，什么狗屁梦想？全是谎言。从现在起妳被禁足，哪儿也别想去！"

"乔，"我扑倒在他跟前，"我错了，原谅我，我答应你不再和林男见面，I promise."

他说他再也不相信我的廉价承诺，然后大声唤来翠西，要她把这间房的房门给锁上，除了送餐外，没他的允许，谁都不准开门！

"好的，先生。"

乔气冲冲走后，翠西果真找来钥匙把门给锁了。

"开门呀！开开门。"我拍打着门，但无人应答。

这个家，乔就是国王，他的命令如磐石般坚固。

我绝望地趴在床上，泣不成声。

第十一章／祝妳幸福

我已经被禁足三天，除了几口水，翠西送来的食物，我一口都没吃。

"夫人，您这样是不行的，会生病。"翠西苦口婆心地劝说。

"别管我，让我死了算了。"我拥紧被子，万念俱灰。

"您死了，先生怎么办？还有，小姐怎么办？"

我已经不确定乔是否还在乎我死活，但翠西提到女儿……噢！我的小心肝。

"艾米……她还好吗？"我问。

翠西答小姐哭着找妈妈，被乔喝斥后安静许多，现在是赖音如在照顾她……

"还有，赖小姐要您忍耐几天，等先生气消了，一切还会和从前一样。"翠西帮着传话。

是吗？还会和从前一样？

"我知道是我不好，乔不原谅我，情有可原。"我的眼眶溢满泪水。

"先生不会不原谅妳，他只是还在生气，妳被关的这几天，他每天都问妳怎么了？吃了没？"

听翠西这么一说，我的泪水成串掉下来。

她叹了一口气："哎！本来我想劝您吃饭，看样子还是别吃了，人总是同情弱者，何况先生又这么爱您。"

~

我不知道翠西是怎么说的，反正晚餐时间乔亲自给我送饭。

"妳想饿死自己吗？"乔把盛食物的托盘放在床头柜上。

我背对他说饿死好，饿死了，他不用看了心烦。

"艾米哭着找妈妈。"乔无奈地说。

听他提起女儿，我从床上坐起，借力使力："我说了，I am sorry and I mean it."

乔反问我听过《狼来了》的故事没？

我沉默了，我的确是那个时时喊着"狼来了"的淘气孩子。

"如果妳真的承认错误，那么当着我的面和我弟划清界线。"

乔拿出那个原先被我遗留在琴房内的手机。

"我……"

"怎么？还三心二意？"乔投来犀利的眼光。

我无奈接过手机，哆嗦地按了林男的号码，心中暗自祈祷他别接。

"喂，贝贝。"林男还是接了，并且通过来电显示，知道是我。

"我……"

乔紧挨着我，想听我们的谈话内容，让我益发紧张。

"什么？听不见。"林男说。

"我……打算回ZL音乐学院。"

"太好了，我等妳。"他高兴地答。

噢！不，不是这样的，我要他别等我，他弹他的琴，我拉我的琴，咱们互不相干。

"贝贝，妳怎么了？"

"没什么，只是想告诉你别再来找我，你让我……让我觉得恶心！"我匆匆挂上手机。

乔显得开心极了，他亲吻我的发："Good girl.Welcome home！"

我却痛彻心扉。

～

"贝贝，妳这是在发泄吗？买那么多东西！"赖音如吓坏了。

我和她又回到Harrods百货，此时依旧不是打折季，我却出手阔绰，信用卡一次又一次地刷，账单一张又一张地签，买的衣服、鞋、包……可以开一家小型的服饰店。

"走，吃海鲜去！"

交待完Harrods送货后，我拉她到地下一层，那里有个生鲜美食区。

看完昂贵的菜单，赖音如表情严肃地说她还没拿到这个月的工资，要我先代垫餐费。

"少啰嗦！放心大胆地点，我请客。"

"什么事让妳这么心烦？拿钱出气也没那个谁了。"赖音如边问边把生蚝一溜烟吸进肚里去。

我用叉子搅拌虾沙拉，有一搭没一搭地答没什么，例假来前的狂躁症。

"好奢侈的狂躁症啊！还好表哥的钱包麦克麦克，不然怎么禁得起妳每月发作一次？"

我沉默了一会儿后，问她有没有讲错话，真想扇自己几耳光的时候？

"怎么没有？我经常讲错话，道歉得了。"

"我太伤对方，道歉恐怕不被接受。"

"那么送礼物给他，拿人的手短。"

我深知林男不缺物质，礼物起不了作用。

赖音如见我面有难色，提出另一个方案："拉琴给他听吧！妳不是挺会拉的？人家说音乐就是语言，说不出来的话就用音乐来表达。"

这是几个小时的郁闷以来，我第一次发现曙光，嘴角有了笑意。

"对了，妳跟谁讲错话？"赖音如随口一问。

"跟……翠西。"

"妳跟翠西讲错话？"赖音如扬起声，一副难以置信的样子。

我把赖音如的手机拿起又放下，放下又拿起，狂躁得不得了。

之所以跟人借手机是因为：一、**我不确定林男还会接听我电话。二、乔犯疑心病，我的手机已经不安全了。**

我看着那个银色iphone 6良久，仿佛跟它有仇似的，最后还是决定一搏。

铃声响了很久，就在我快要放弃时……

"Hello."林男的声音响起。

我拿起Stradivari，深呼吸一口气后拉起《D大调卡农》，这是一首极度凄美哀伤的曲子，背后有个动人的故事：Barbara暗恋钢琴老师Pachelbel，Pachelbel虽感受到，但因Barbara是个不认真学习的学生，他故意压抑自己的情感，对她若即若离。后来Pachelbel被征召打仗，在战场上他不断想念Barbara，这才发现自己爱她至深……Barbara痴心地等待爱人归来，但她的爱慕者为赢得芳心，谎称Pachelbel 已战死，绝望的 Barbara 选择自杀。战后Pachelbel 回到家乡，知道真相后大哭一场，写下《D大调卡农》。

这原是一首钢琴曲子，林男不会不知道它的故事。

拉完曲子，我停了几秒钟才有勇气去拿手机，那一端却出奇的安静。

"……妳在等待我的掌声吗？"林男问，声音冷漠。

"不，我在等待被原谅。"

然后我把艾米泄密，自己被乔禁足以及在压力下不得不与他划清界限一一道出。

林男很无奈，他说我不能老是这样，一而再、再而三地拒绝他，然后又乞求原谅，他的心没那么坚强……

我继续摆低姿态，很诚心诚意的。

"好，我接受妳的道歉。"

"还是朋友？"

"还是朋友，只是……不再是亲密朋友，我……我有了伴侣，她是我的助理。"

听到林男有了伴侣，我的心像自由落体般急速往下掉。

"Congratulations！"我的声音发干。

"谢谢，也祝妳家庭美满幸福！"他答。

挂上手机，我欲哭无泪，原来伤心难过到了极点是哭不出来的。

"哈……哈哈哈……林男有了伴侣，他有伴侣了，我该高兴，不是吗？"我像个傻子似地自言自语起来。

第十二章／大事不妙

我收拾起被割成碎片的心，把精力和时间花在小提琴的练习上，没日没夜。

"我们的邻居已经投诉好几次了，妳练琴的时间过长。"乔说。

"罗马不是一天造成的，要怎么收获先得怎么栽。"我闷着头扒饭，今天的厨子难得煮了中国菜。

"妈咪，妳好久没看我的功课，也没念床前故事给我听。"艾米抱怨。

乔趁机教育我，说我本末倒置了，我的身份首先是母亲、妻子，然后才是事业。

我放下碗筷，直挺挺地看着他，说他贬低女性；乔也山雨欲来，说我走火入魔，连自己的应尽义务也没做到。

赖音如赶紧灭火："表哥，别怪贝贝，ZL音乐学院要贝贝参加面试和演奏，隔了六年，学校想知道她还能不能拉琴。"

乔的不豫稍有缓解，问我考试是视频方式吗？我答不是，Dr. Hall 约了我两个月后见面。

"两个月？那还有很多时间练习，急什么？"赖音如首先发难。

我解释准备的曲子我都拉过，但想把感觉找回来可不是件容易的事。

乔思考了一会儿后，果断做出决定：一、明天请人将我的琴房做加强隔音处理。二、这两个月赖音如帮艾米看功课。三、他讲床前故事。四、阿四负责接艾米放学。

我感动得说不出话来。

"我无条件支持妳的梦想。"乔补上一句。

赖音如羡慕地说我一定是上辈子烧好香，这辈子才能嫁给她表哥。

没错，乔是个无可挑剔的好老公，太完美了，以致总让我相形见绌。

~

乔请了小提琴大师来家里给我上一对一，包括Chrysler、Shlomo以及Pinchas Zukerman。

天知道他动用了多少关系和银子，在我看来，有钱不一定请得动。

经过大师的指点，我的琴艺果然精进不少。

这一天，我刚拉完Rachmaninoff写的《帕格尼尼主题狂想曲》，乔没敲门就进来。

"我在外面把整首曲子都听完了，贝贝，妳的音乐震撼了我。的确，让妳待在家里等于埋没天才。"

"我没你说的那么好。"被自己的老公赞美，我还是有些羞涩。

《帕格尼尼主题狂想曲》创作于1934年，取材于帕格尼尼的小提琴随想曲，作曲家Rachmaninoff对其中第24首的音乐主题展开24个变奏，我拉的是第18个变奏，曲调纯朴抒情，曲风优美无比，曾被电影《似曾相识》选为背景音乐。

"我原本以为娶了个美丽的女人，原来还娶了个国宝。"乔继续给糖吃。

"快别这么说，给大师听到了，要贻笑大方的。"

"笑就笑吧！反正没人比我幸运。对了，妳还要拉多久？今晚我请山姆大叔吃饭，他指名要见我那漂亮又多才多艺的老婆。"

我问什么时候？乔举起腕上的百达翡丽，说我还有三十分钟。

这么快？！我赶紧放下手中的琴，直奔衣帽间。

"得给总公司老大留下一个好印象才行。"我心想，同时把香奈儿套装取下。

～

乔订的"肥鸭餐厅"位于伦敦西边伯克郡的布雷小镇，是一间充满英国乡村风味的创意菜餐厅，曾在2005年被英国餐厅杂志评选为世界第一，后因人事变动，明星主厨离去，但它依旧是大家心目中最有名的英式经典餐厅。

我和乔准时在七点钟抵达，一踏进餐厅大门，长得如同时装模特儿的服务生便引领我们来到预定的餐桌。

"Would you like a drink before your meal?"服务生问我们要不要先来点儿餐前酒？

乔果断地点了Calvados及Crème de cassis.

"今晚尝尝法国南部的餐前酒。"他说。

我对接下来的会面感到紧张与不安，喝什么酒？随便。

就在我们浅尝法国风味之际，Sam和他的女伴来了。

" HaHa……We are late."Sam和乔大力握手，然后在他耳边低语，" I can't help. It's American time."

我看见乔尴尬地笑了笑，我也勉强虚应一下。

" You must be Joe's beautiful wife."山姆转向我，给了我一个贴面吻。

通过Sam的介绍，我们因此知道他身边那个冷若冰霜的女子是他的第二任老婆。

山姆大叔打哈哈地表示男人总要犯一次错，才知道自己喜欢什么样的女人……

可惜他的故作幽默换不来老婆的半点儿笑容，她的面部表情冷得掐得出水来。

席间，乔和山姆天南地北地闲聊，反观我和冰山却一直说不上话，她老是心不在焉的，我只好转而赞美她今天的妆容和服饰，可惜她依旧是一副女王姿态。

没多久，餐厅的小提琴手走向我们这一桌，拉的是Tchaikovsky的《忧郁小夜曲》。

在外行人眼中，他拉得实在不错，但若要内行人来点评，他只能算乐工。

" I heard you are a violinist."山姆挑起眉梢问。

我赶紧表示自己胡乱拉的。

山姆大叔说有没有胡乱拉，马上见分晓，然后转身用一张紫色票子换来一把琴。

我实在不喜欢被赶鸭子上架，但Sam是乔的顶头上司，我不得不卖这个面子，可是该拉什么好呢？

此时冰山美人开口了，她说来首肖邦吧！音乐家像他那样长得好看的不多见。

肖邦是钢琴诗人，那么就拉有音乐抒情诗美誉的《升C小调圆舞曲》吧！它的旋律很美却隐藏一股说不出的哀愁……

一曲罢了，我赢得满堂彩。

山姆大叔不仅大力鼓掌，还给了我一长声的暧昧口哨。

我红着脸把琴还给人家，同时希望餐厅老板别炒了他，毕竟那一点儿出场费，如何苛求品质？

" Sam loves the girl with beauty and talent. You are done。"那座冰山突然开口说山姆大叔爱美貌与才华集于一身的女子，而我……完蛋了。

" Darling, what are you talking about? Don't scare Beatrix."山姆好脾气地要自己的老婆别吓到我。

冰雪女王默默吃着佳肴，没再说危险的话。

我喝了含金箔的素甲鱼蛋汤，吃了鸡肝冻、松露烤面包以及佐了甘草酱的鲑鱼，等到一大盘新鲜海产刺身上了桌，我的肚子已经呈饱和状态。

不行，我得上趟厕所。

当我从那个极富宜家色彩的女厕走出来时，碰巧撞见Sam在男厕外抽雪茄。

" I can't help. I'm addicted."他笑说没办法,自己有烟瘾。

我答乔偶尔也抽，他抽绿色万宝路。

Sam说抽那玩意儿多没意思，还是抽雪茄带劲。

我耸耸肩不置可否，正想回座时，他唤住我：" Beatrix,can we talk? Only you and me."

他一脸严肃，我有了不妙的感觉。

第十三章/晚安，乔

Sam 问我知不知道他为什么大老远从美国飞来？该不会以为他是来吃英国菜的吧？

我答不知道，大概是为了公事吧？！

" That's right." 他吐了一口白烟，" I come here to convey the intention of the board of directors."

传达董事会的意向？什么意向？

我捂住口鼻，咳嗽了两声，因为雪茄味实在太浓了。

" Sorry."他用力吸了最后一口，然后把它按进垃圾桶上方的灭烟沙内，同时暗示我得熟悉一下这个味道，因为他的前任和现任都爱极了雪茄的辣味。

我冷冷地答我喜欢万宝路的薄荷味，乔抽这个。

"HaHa. Every man has his hobby- horse."山姆大叔卖弄起美国谚语，意即"各有所好"。

我告诉他公事上的事我不懂，他应该和乔谈。

" Of course I can talk with Joe, but that means there is no room for consultation. I am thinking ......"他的手指在我的肩上画圈圈，" if I talk with his beautiful wife, it might be better."

" What do you mean？"我后退一步，避开他的魔掌。

山姆收起他的轻佻,告诉我乔不仅做错了决定，害公司损失一大笔钱，而且挪用公款，虽然一个星期后就补上，但仍被眼尖的财务给抓个正着，董事会认为他已经不适合再担任英国执行官一职。

乔挪用公款？ 不可能，我拒绝相信。

Sam 说这是毫无争议的事，三月五号乔拿走了五百五十万英镑，三月十三号还上。

三月五号？

我努力回想......那不是法国人Arsène把琴交给我的那一天？ 我惊讶到心都快跳出来，但仍故作镇定地表示商场上做错决定乃兵家常事，乔帮公司赚钱的时候，他们怎么不说？ 至于挪用公款......他不是还上了？

Sam听完哈哈大笑，他说我真风趣，难道不知道一个错误的决定足以让一家公司死无葬身之地？ 至于还钱......乔的确是还上了，但由此可看出一个人的品格，他不认为董事会会推崇这样的人品？

我一时辞穷。

Sam要我别担心，他回去后可以将大事化小，小事化无......

说完，他掏出一张纸条递给我，约我明天下午四点详谈，然后先行一步回到座位。

我看了一眼纸条，像是临时写上的，字迹潦草。

" Flat 2005, No 2, unit 6,Knight bridge area, London."我默念， 然后随手塞进香奈儿的小脚连体裤口袋内。

~

那张纸条像个火球烫着我的大腿。

"贝贝，妳怎么了？从餐厅厕所回来后一直沉默不语。"我们回家后，乔边脱衣服边问。

"没什么，吃多了胃不舒服。"我答。

乔说床头柜有胃药，并且往那个方向走去，我赶紧阻止他，说自己好多了。

"妳得好好照顾身体，连Sam都说妳太瘦，风一吹就吹跑了……我看得出来他喜欢妳，尤其他看妳拉琴的样子，简直就像看到公司股价蹭蹭蹭地往上冲，兴奋得很。"

乔若知道Sam在厕所外对我的调情与威胁，恐怕会拿刀与他撕杀。

"我累了。"我边说边上床。

乔也跟着上床，却是兴奋非常。

"贝，总公司有意扩大英国业务，原来办公的地方太小也太偏，计划搬到骑士桥区，那里更大、更豪华，妳就等着看妳老公大展拳脚吧！"

这么说，山姆大叔的英国行不简单，乔是否能通过考核至关重要。

~

站在摩天大楼外，我可以想见乔未来的办公室会有多气派。

上到二十层，电梯门一打开，眼前的景象和我的想像截然不同，到处是尘灰和装修材料，工人们进进出出，好不热闹。

我终于在落地窗前找到Sam，他正和一位设计师模样的人讨论图纸。

"You are here, Beatrix."山姆抬起头说。

我不发一语，假装环顾四周。

"Well, everybody can leave now. See you tomorrow morning."Sam下逐客令。

那个戴眼镜的设计师对我点了个头后，带领一帮虎背熊腰离去。

当大门碰的一声关上时，我觉得自己好似被丢入荒岛，偏偏除了我之外，还有一只虎视眈眈的猛兽……

Sam 说这就是新办公楼，问我喜欢不？

"I don't care."我还是一脸冰霜。

"I hope Joe is as calm as you."他答希望乔和我一样淡定。

任谁都听得出他话中有话，我不知他的葫芦里卖什么药，只能静观其变。

Sam在堆起来有半人高的木材上坐了下来，开始高谈阔论，不外商场如战场，必须把握机会趋吉避凶，话锋一转，他说起一个新职位的抢夺是非常惨烈的，任何负面消息都是硬伤，如果有人因为丑闻而离开，以后想在IT业立足难上加难，因为这个圈子声气相通……

"What do you mean? Could you jump to the conclusion?"我已经失去耐心，要求他直接讲重点。

那人遂不再绕圈子，直白地表示乔从此鲤鱼跃龙门还是一蹶不振，全凭他的一句话。

我试着游说，提到乔非常看重他的事业，连周末也加班，他的努力，明眼人一定看得见……

Sam一副无赖相，说光他一个人看见有什么用？得董事会认可才行。

我们彼此对望，还是我先开口："What do you want?"

他答乔的办公室里有一张大办公桌，今天刚搬来，可能不会很舒服，但他一向不拘泥于固定型式……

我下意识地环顾整个办公区，有扇梨花木门特别碍眼。

"Correct."山姆先行一步。

我的内心不断挣扎。

"Are you coming? Honey."他抚着门问。

我终于把紧握的拳头松开，低着头走过去，扣扣扣的高跟鞋声听起来很刺耳。

～

我们正用着餐，手机声忽然响起，乔离座接听。

"Yes.Yes. That's too great. I will do my best."

我喝着奶油浓汤，心里堵得慌。

"Guess what?"乔挂上手机回位，很是兴奋，"我现在是欧盟国IM的执行官了！"

"表哥，恭喜了，请客请客。"赖音如高兴地说。

"对，爹地请客，我要吃炸鸡。"艾米跟着起哄。

赖音如赶紧制止："艾米，妳开什么玩笑？妳爹地就要赚好多好多的钱，妳竟然想吃五英镑的炸鸡？！再怎么着也得吃Criterion Grill的法国菜或者Kettners的意大利菜，你说是不是？表哥。"

这次赖音如把眼光落在乔身上。

"当然，当然，随便你们，想吃什么就吃什么，我请客。"乔的声音像浸过威士忌，超乎平常的High，"过去几个月总有一些不利我的消息传出，我很高兴山姆大叔最后选了我，而不是慕尼黑的那个德国佬。"

"哼！德国佬怎么比得上我表哥？"赖音如转向我，"贝贝，妳怎么不说话？妳老公就要飞黄腾达了。"

我勉强挤出笑容恭喜他。

"贝贝，"乔面向我，"我总觉得是妳给我带来的好运气，也许Sam就是因为妳才提拔我。"

"胡说！"我忽然大起声，餐桌上的三个人一起望向我，我才惊觉自己失态了，"我……我的意思是……一切都是你努力的结果，跟我一点儿关系也没有。"

赖音如笑出声来，说我太小题大作了，一定是考试压力太大，让我成了惊弓之鸟，如果我想购物减减压，她可以陪我去。

"不了，我还想多练练琴。"我答。

当天晚上，我破例拉到凌晨，把自己累到虚脱为止。

上床时，乔已经睡下。我挨着他躺下，耳朵贴在他的胸口上，手环着他腰际，没有任何时刻比现在让我们的心更靠近。

"晚安，乔。"我终于闭上双眼。

第十四章/金凤餐厅

乔说Sam明天飞回纽约，今晚想和我们夫妻共进晚餐。

我不认为经过那次可耻的交易后，我还能心平气和地与Sam面对面，于是推说头疼，躲在棉被里忏悔。

乔很担心，问我是否确定不去看医生。

"我睡个觉就没事。"我答。

他还想说什么，我把头深深埋进被里，一副拒绝交谈的模样，他只好拍拍屁股走人。

乔走后，我从棉被里露出两只眼睛，直瞪着天花板发呆，翠西喊了几次要我吃饭，我理都不理。

"嘟嘟……嘟嘟嘟……"

"Hello."我拿起手机。

"Sweetheart，do you have a headache?"那个恶心的声音响起。

我皱起眉头问乔在哪里？

Sam 答乔正与他那美丽的妻子把酒言欢，他借口上厕所，打个电话问候我。

" Thanks! "

虽然厌恶，但他毕竟是乔的上司，我不想做得太绝。

没想到我的"退一步"换来他的得寸进尺，他问我昨天疼吗？也许下次他该轻一点儿……

" Enough，don't call me again！"我果断挂上手机，屈辱和气愤油然而生。

真是人渣！为什么……为什么越下流的人职位越高？我气得全身发抖。

" 嘟嘟……嘟嘟嘟……"

他竟然还有脸打来？我歇斯底里地对着手机一阵吼叫。

" 贝贝～"手机那端传来母亲的声音。

我吓坏了。

母亲问我怎么回事？我答刚才有无聊份子打电话骚扰我。

" 都是些什么人哪？ 不学好！"母亲一副老师的口吻。

澳洲和英国有九个小时的时差，现在是澳洲的清晨，母亲为什么选在这时候打电话给我？

" 妈，有事吗？ "我问。

" 贝贝，妳爸……"妈哽咽了。

爸怎么了？

～

当天晚上我买了飞澳洲布里斯本的机票。

" 贝贝，我这边的事一处理完就过去,妳别心急。"乔说。

"好的。"我心神不宁地答。

母亲说父亲突发脑血栓，已经送进手术室。我一路忧心忡忡，下了飞机便直奔医院。

"妈，爸怎样了？"我着急问。

"医生说他有大面积脑水肿现象，已经做了开颅减压手术，现在在观察室里。"

我接着问手术结果如何？她答目前看来顺利，但担心会有后遗症。

"贝贝，妳说妳爸若中风，他这辈子不就完了？"

"不会的，爸一定会好起来。"我安慰母亲。

爸终于在第二天下午醒过来。

"爸，您觉得怎样？"我问。

"累，很累。"他答。

我还想说什么，被华裔医生抢了先："柯先生，你动动右手……很好……再动动左手……眼睛看上……看下……我这样按有感觉吗？……你住哪里？……几岁？……妻子叫什么名字？……五加八等于多少？……"

等医生做完一系列的测试，我们被告知病患无大碍，这让悬着的心终于放下。

"后期还是要注意会不会有并发症，像是肺部感染、上呼吸道出血、压疮等，同时也要控制血压及定期做检查，平日小心饮食、不抽烟、少饮酒……"医生耳提面命，我和母亲点头如捣蒜。

医生走后，父亲对母亲说："到鬼门关走了一回，害妳受惊了。"

"还说，下次再这么吓我，小心我不要你了。"

看父母有兴致打情骂俏，我借口买水果离开病房。

~

我给乔打越洋电话，告诉他父亲挺过来了。

"妳确定不要我过去？"他问。

"当然。"

乔刚接了新任务，工作量和压力倍增，我尽量不去烦他。

他问我什么时候回来？我答一个星期左右，因为想借机多陪陪父母。

"应该的，请帮我转达问候之意。"他说。

"没问题。"

挂上手机，我忽然想到中国城走走，顺便采买一下食材，母亲没空逛超市。

~

布里斯本的中国城不仅是商场，同时也是游览胜地。每逢周末，街中心的凉亭便成了公开表演的舞台，举凡中国的武术、菲律宾的舞蹈、澳洲的土著表演、街头艺人的默剧……不一而足。

我走走看看，很是惬意，突然前方一道金光闪过，我不由自主地眯上眼，待睁眼再看，发现不远处有两只巨大的金色凤凰攀在红色廊柱上，门楣有个斗大的银色招牌-金凤餐厅。

这就是薛佳仁开的餐厅？我放缓了脚步。

当我正踌躇着该不该进去打声招呼，一辆载满蔬果的三轮车突然紧急刹车，就停在餐厅侧门。

"喂！出来拿东西。"车夫对着里面吆喝。

一位厨师模样的人走出来，数落他几句，车夫不高兴，两人当街吵了起来。

争吵声引来一个瘦高个儿，他跟着厨师一起指责车伕，车伕见自己势单力薄，扭头骑车走了。

"下次别用这个人，太没时间观念，都11点了才送货，我们怎么来得及准备？"瘦高个儿说。

厨师唯唯称是。

如果瘦高个儿跟着厨师返回厨房，一切都会不一样，但他从口袋掏出烟来吸上一口，猛的一回头，他看到我了。

"……Hi,你好吗？"我干涩地说。

薛佳仁没马上回答我，反而摸摸他的头发，扯扯他的衣裤，很窘迫的样子。

"对不起，吓到你了。"我说。

"没有的事，妳刚刚问我什么？……噢！我好吗？……好，我很好。"他终于开口了。

"听说你开了家中国餐厅，我过来看看。"我替自己的突然出现做出解释。

他有些气馁地表示餐厅已经开了好几个月，还是没什么人气。

"都是这样的，万事起头难。"我打起精神，"能试试你家的菜吗？"

"当然，请进。"

薛佳仁熄了烟，带我从前门进入。

中国餐厅离不开很多中国元素，一个关公像正对着大门口，到处张灯结彩，大厅内散落着唐桌唐椅加上红桌布，男侍者穿黑色唐衫，女侍者穿大红旗袍，空气中回荡着邓丽君甜美的歌声……

我注意到收银台后有个胖胖的收银员，她正低着头不知写些什么。

薛佳仁领我到挨着窗户的位子上，那里采光好。

"喝点什么？龙井？铁观音？菊花？"他问。

"给我菊花茶吧！降火气。"我答。

澳洲的昆士兰省四季如夏，从初春的英国来到这儿难免上火。

薛佳仁像个侍应生似地招呼我，给我倒茶水，又递上烫金的菜单。我翻了翻，果然如赖音如所说是家粤菜馆，价格小贵。

依着老板的推荐，我点了叉烧、芥兰牛肉、咸鱼鸡粒炒饭、海鲜豆腐煲以及发菜牛丸汤。

由于正逢饭点，餐厅陆续有客人进来。

薛佳仁过来了几次，问我叉烧够不够入味？牛肉够不够嫩？汤够不够鲜？我一一给予肯定，同时告诉他不用特意招呼我，他这才自顾自地忙去。

我的胃口一向不大，很快便饱了，转身请侍应生帮忙打包，顺便买单。

"五十五元。"侍应生给我账单。

我把六十元放在小碟子里，薛佳仁一个箭步上前："今天我请客。"

"不成，哪有让你请的道理？"我说。

没想到薛佳仁铁了心，无论如何都不肯收我钱，就在拉扯之际，那个胖胖的收银员走过来把钱收走。

"要是朋友来你都请，餐厅如何赚钱？"她说。

"妙珍，贝贝不一样。"

"没什么不一样。"她抛下一句，果断走回柜台。

薛佳仁双手叉腰，一副无可奈何的样子，我赶紧换话题，说他家的饭菜真好吃，我很少打包食物，但今天一定得带回去给爸妈尝尝，我妈还记得他煮的菜，到现在还赞不绝口……

"那个……今天的菜不是我煮的。"他很尴尬。

"老板手艺好，厨子还会差吗？"我对他笑了笑。

拿上打包好的剩菜剩饭，薛佳仁一直陪我走到大街上。

"回去吧！"我说。

"贝贝，"他像个犯错的小孩，"我是不是让妳失望了？"

"没，"我轻笑，"没的事。"

薛佳仁接着表示餐厅很忙，他一星期做足七天，没空去我那儿，问我能否明早九点来？彭妙珍十一点上班。

"何必呢？你明知她是个醋坛子。"我担起忧来。

"所以才要妳早点儿来，妳一定要来，我有话对妳说。"

此时一位男侍应生小跑步过来："老板，老板娘说要跟你对账。"

"知道了。"他显得不耐烦。

"你老婆叫你，回去吧！明天……明天我来。"

薛佳仁阴霾的脸终于有了曙光："一定！"

他笑着和我挥手道别，我却有股想哭的冲动，那个曾经壮志凌云的少年呀！今何在？

第十五章/要不是妳……

隔天早上我依约来到金凤餐厅，老远就看到薛佳仁站在店门口抽烟，样子很急躁。他瞧见我，慌忙将烟往地上一扔，小跑步过来："贝贝，妳来了。"

"等很久了？"

"没，刚到，走，我带妳去喝早茶。"

他牵起我的手，被我甩开，他是有妇之夫，我是有夫之妇，还是得讲分寸。

面对我的拒绝，他怔了一下，但没说什么。

～

他带我来到这家名为"锦江"的早茶店，离金凤餐厅也就五分钟的步行距离，在二楼，人声鼎沸，还好不用等位。

薛佳仁熟门熟路地点了几样港式点心及一盅茶。

待侍应生走后，我问金凤餐厅为什么不卖早茶？

他答点心师傅难找，再说，卖早茶的多是老字号，很难竞争。

我咬了一口奶黄包，松软香甜的奶黄馅流了出来，不禁喊道："太好吃了！"

薛佳仁说这家的点心师傅是从香港重金礼聘过来的，三代都是做这个。

我举目四望，早茶店现在已经座无虚席了。

"餐厅能做到这样，算成功了。"我说。

"嗯！这是我的目标，现在金凤做午餐、晚餐和宵夜，从早上十一点做到凌晨一点，全年无休。"

"真是太辛苦了。"

"的确，做餐厅就是累，妙珍已经哭过好几回。"

薛佳仁提到老婆，我们都沉默了。

"彭妙珍以前挺瘦的。"还是我先发话。

说真的，我没想到彭妙珍会发胖到这种程度！薛佳仁也是，一下子老了十岁，只是那双狡黠的眼睛还在，否则我要认不出来了。

"她患上甲状腺亢进症，吃药吃的，虚胖。"他解释。

哎！真不知说什么好。

薛佳仁大概也觉得冷场，他夹了根鸡爪到我盘里要我吃，我没动筷，转了话题："听赖音如说，你儿子两岁了，很可爱，叫……杰夫，是吗？"

"嗯！他现在是我们全家的宝，也是希望所在，如果不是因为他……"

薛佳仁开始倾诉这六年来的点滴，说他不该因为彭妙珍对他好及双方家长乐见其成而妥协、说他如何想念我、说他如何憎恨彭妙珍将我逼走、说他在彭家一点儿地位也没有，跟上门女婿无异……任性的他后来搜集了大量受贿证据，一举把岳父告到中央，紧接着提出离婚，彭妙珍受不了这接二连三的打击，服药自杀了，后来虽抢救过来，但他去意已坚。

"是什么让你改变主意？"我问。

"医生说彭妙珍有了身孕，我和她父亲进去看她时，她竟然趴在窗口，一半身子在外面。岳父见状当场跪下，跪我，知道不？他说他女儿若往外跳，他也跟着跳，三条人命哪！妳说我能怎么办？"他显得无奈，"看在他已是耄耋老人又悉心照顾我患病父亲的份上，我只能选择原谅，不然能怎样？人生啊！也不过尔尔。"

原谅憎恨的人是最难做到的，我说他做了件伟大的事。

"我不伟大，即使结了婚，我对妳依然……我是不是太差劲了？"他问。

"不，"我对他微笑，"你给了我最大程度的赞美，谢谢！"

越近中午，中国城也越加活跃，我听到早茶店外车子频繁出入的声音。

"回去吧！金凤也要开始忙了。"我说。

"那么……我们再联系？"薛佳仁满怀期待地问。

"不了，到此为止。"我拍拍他的手，他懂的。

～

和薛佳仁道别后，我走过转角的一家房地产中介公司，伫足看了一会儿贴在窗上的房地产广告，从店里面扣扣扣地走出来一位摩登女郎。

"沿河的别墅升值快，五房三厅二卫，附泳池及网球场，占地1.2公顷。"

"多少钱？"我随口一问。

"两百万，价钱还可以谈。"

我伸直了身子，想着要不要给爸妈买一栋？

"贝贝～"那女子突然喊出声。

我转头一看，竟然是薛佳琪，太令人惊讶了。

"快进店里，让我好好替妳这位贵妇介绍几栋好房子。"

她笑盈盈地迎我进店，容不得我说不。

坐下后，昔日好友完全就是一副职业丽人的姿态，从头到尾都在讲房子，对我这位老同学兼曾经的闺蜜无一丝问候。

"怎么，现在看？我有钥匙。"她问。

看我多所犹豫，她接着说："妳待在澳大利亚的时间长不长？若不长，得赶紧下决定。"

我无可无不可地接受这个意外的邀约。

"这家好，屋主职务调动，想尽快脱手，价钱好谈。"薛佳琪把窗户都打开，好让新鲜空气进来。

这已是今天的第四家。

她介绍的都是两百万元以上的豪宅，这不在我的计划内，我不得不表明自己只想买一百万元以下的房。

"这跟妳的身份不符，谁不知妳老公身家过亿？"

也许说者无意，但话传到耳中还是让人觉得不舒服。

"钱是乔挣的，我不事生产。"

"不事生产不是事，有办法抓住男人才是真功夫，可惜我觉悟得太晚。"

这下子我听出来了，薛佳琪是有意惹我恼怒。

"妳说的对，能抓住男人才是真功夫，有人有这本事，有人没有，强求不来。"

她很轻蔑地反问我有什么真本事？不过是裤带松了点儿，没什么好显摆！

"我裤带松？"我气到不行，"我裤带松还有人要，不像某人，脱光了还无人理睬。"

"柯贝贝妳……"薛佳琪瞪大眼睛，一副想把我给杀了的模样。

"就这样了，妳介绍的房子我都不满意，我走了。"我转身。

她愤而把手中资料扔向我，正中我后背。

"要不是妳，我哥不会密告薛家，我们也不会落入这样困窘的田地；要不是妳，我不会看尽千帆皆不是，到现在还孤单一人。妳早知道我喜欢乔……非常非常的喜欢。"

我当然知道薛佳琪喜欢乔，她还曾找我出谋划策过。

"抱歉，我……"

"别说了，妳走吧！就当我们从未相识，"她喃喃自语，"这个月再没业绩，老板要我走路，也就那样了，不会再坏。"

说完，薛佳琪打开落地窗，迳自走向花园，伫立一会儿后，她突然纵身跃入泳池，快速游了起来，仿佛正参加百米世锦赛。

第十六章/可怜我吧！

我问乔可以买栋房吗？那么下次回澳大利亚时，就不用跟父母挤在那个小屋了。

乔答只要我喜欢，有什么不可以？于是我买下那栋五房三厅二卫。

"这是钥匙，买卖手续虽然还没完成，但妳老公已经把钱汇入卖方律师账户里，按规定我可以先给钥匙，所以房子现在等于是妳的了。"薛佳琪说。

"谢谢！"我收下钥匙。

"对了，原屋主把家具全留下来，妳若不喜欢，我马上让人搬走。"

我答房子是买给爸妈的，要不要家具，由他们决定。

"那么妳爸妈原来的房卖不卖？我有客户想买那个区。"薛佳琪生意人的嘴脸马上显露出来。

"不，那里有我童年到大的回忆，我不让卖。"我坚定地答。

她耸耸肩说反正我有她的手机号，若改变主意，随时通知她。

说完，她拿起包走人。

我望着手中的钥匙愣了好一会儿，最后决定上新房看看。

打开我新购的物业，里面已经被打扫得一尘不染，空气中弥漫着清洁剂的味道，我赶忙将所有的窗户都打开。

"明天就回英国了，希望爸妈会喜欢这里。"我心想。

这是一栋以黑白色为主调的两层建筑，简单中带着高雅，很符合父母的品味。当然，后院的大花园加分不少，我相信母亲会发挥她的园艺专长，让各色花朵争相怒放。

"嘟……嘟嘟嘟……"手机响了，竟然是薛佳仁打来的，我按下接听键。

"我妹中午来金凤用餐，我才知道妳买了房且明天走。妳在哪里？我现在就去找妳。"他说。

噢！不，别见面。

我找了个借口回绝，不想在回英国前又摊上麻烦事。

打开门后，我问他到底想怎样？他有老婆，我有丈夫，我们还各自有了小孩，条条绳索老早将我们五花大绑。

躺在花园的躺椅上，伴着喷泉发出的涓涓流水声，我正半梦半醒着，是急促的敲门声打破平静。

"贝贝，妳开门，我知道妳在里面。"

怎么又是薛佳仁？我感到心烦。

门开后，我问他到底想怎样？他有老婆，我有丈夫，我们还各自有了小孩，条条绳索老早将我们五花大绑。

"我知道，本来不想来的，但越告诉自己别来就越想来，想到妳这一去，不知何年何月才能再相见，我痛苦地想死掉。贝贝，就算可怜可怜我吧！我过得猪狗不如。"

我问他想要什么？一个拥抱还是一个吻？他答两者都要。

薛佳仁很贪心，但我还是施舍了，没想到我们彼此理解错误，当我意识到不对劲时，薛佳仁已经是匹脱缰野马，再也拉不回来了。

我把房子的钥匙交给母亲，交待几句后便坐上出租车往机场的方向去。

坐在英航的头等舱内，我告诉空服员别叫醒我，然后把毯子拉高盖住头部，打算这十几个小时的航程就这么睡死过去。

迷迷糊糊中，我又回到那张黑白相间的大床上，薛佳仁从我的身体抽离，我把床单拉扯过来遮住裸露的身体。

"贝贝，我爱妳。"他心满意足地说。

我用力闭上双眼，把自己恨得牙痒痒的，为什么老把事情搞复杂？真是个宇宙无敌大傻瓜！

从广播声中，我知道飞机即将抵达伦敦。

"乔会来接机吗？"望着窗外的灯光旖旎，我喃喃自语起来。

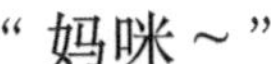

"妈咪～"

一走出关口，我就听到艾米可爱的声音，遂加紧脚步向她奔去。

"哎呦！我的小宝贝！"我将她抱起，"又重了，妈咪都快抱不动妳这只小猪！"

"我才不是小猪，我是公主，爹地说的。"

我转头给乔一个吻。

"回来了，就等着妳回来，走！拿行李去。"

今天乔穿着白绿横条纹的高尔夫球衫加墨绿色西裤，脚登白色高尔夫球鞋，头发梳成复古大背头，裸露的胳膊粗壮，胸肌突出，在在散发出成熟男性的魅力。和他一比，我仿佛是根清新的小黄瓜，苍白而无力。

"今天打高尔夫球？"我问。

"嗯！不可避免的应酬，妳去吗？Kristen 和她老公也会去。"

听说Kristen也会去，我顿时失了兴致。

"不了，我得练琴，时间不多了。"我说。

"随妳。"

乔戴上黑超，我们一家三口往停车场的方向走去。

第十七章 / ANGELA

我披星戴月地练了两个星期的琴，又临时恶补了乐理及音乐史，终于到了上飞机的时刻。

"贝，实在抱歉，答应陪妳去美国，临时却有个重要会议，所以……"乔一脸歉意。

"没事，我一个人也可以。"我安慰他。

乔知道我将飞林男的母校，如临大敌，一早就让秘书订了酒店和两个人的机票。

撇开一个钢琴家每天塞得满满的行程不说，想在诺大的校园里和某个特定的人相遇，犹如中彩票，况且林男已经有了伴侣，还是他的助理，我要如何避开恋人助理的监督和林男见上一面？

综合以上几点，我认为乔多虑了，但没说反对的话，因为我越阻止，他越觉得其中有鬼，没想到最后打退堂鼓的是他，我得只身前往。

∼

" PLEASE COME IN."DR. HALL低沉的声音从门后传來。

我转开门把，那位满头银发的老先生就坐在大办公桌后讲电话。

" Hold on ，" 他捂住话筒，指着沙发，轻声对我说,"Please sit down."

我找了个正对着他的位子坐下，然后把小提琴盒放在茶几旁的地毯上。

Dr. Hall 对电话那头说室内四重奏的排练在下周，但这不妨碍对方使用排练室，因为他们会在下午四点前结束……

为了快速结束谈话，他特别提到面试的学生已经到了，是从英国来的Beatrix。

Dr.Hall挂上电话后，毫无意外地向我道歉，接着又把排练室不合理的时间安排数落一遍。

" You need to book the room 3 months ago, otherwise it has no chance to use it."

" Isn't it just ?" 我附合。

Dr.Hall是个像爷爷般的老好人，他先询问我晚了六年才来报到的原因，我给出"结婚生子"的答案，他没有吃惊，也没有打破砂锅问到底，让我心生感激。话锋一转，他问起我最喜欢的小提琴曲及演奏家，我早有准备，所以回答得行云流水。

" Well, which song are you playing today?" 他问。

终于到了Show Time 的时候，我答《贝多芬D大调小提琴协奏曲》。

这是贝多芬唯一的一部小提琴协奏曲，旋律柔美、格调高雅，完成于1806年。这一年，贝多芬爱上他的学生Ressa，有感而发写下了充满诗意的乐章。

我才拉完第一乐章，老先生便喊停，他问我什么是"爱情"？

"What？"我怔住了。

"I said……what is love？"教授重复刚才的问题。

我答爱情就是想和对方死生契阔。

"Did you show it？"他问。

"I……"我脸红了，"I will try."

Dr.Hall 要我想像自己是贝多芬，爱Ressa又说不出口。众所周知，贝多芬拙于言辞，他的情愫只能表现在音乐上。

"I got it."

我重新拿起小提琴，第二乐章是小广板（一种宽广的抒情），有了教授的提示，我果然拉得顺手多了。

第三乐章是快板的回旋曲，这个跳跃的主题充满欢乐的情绪。我想像贝多芬的爱情终见曙光，他那雀跃的心情……

终于拉完最后一个音，我也像跑完马拉松似地松了一口气。放下小提琴，抬头正好看到教授冲着我微笑，我知道自己通过了。

他走过来和我握手："Good girl. Welcome to The ZL School."

我按捺住激动的心情，微微一颔首："Thank you，Dr. Hall."

走出办公室，我忍不住掏出手机，想告诉乔这个天大的好消息……

"通过了吗？"林男合上《Music Loving》杂志，抬头望着我。

我太惊讶了。

"我不是来找妳的，我和Dr.Hall 有约，"他看了一眼墙上挂钟，"还有十分钟。"

"好……好巧啊！在这里遇见你。"我有些不知所措。

他没接话，反而问我想打电话给谁？乔吗？

"……嗯！"

"真好，快乐的事有人跟妳分享。"

"你……难道没有？"

他冷冷地答没有，这世上没有值得他留恋的人。

"我以为至少有助理可以跟你分享。"

"助理？"林男想了一下，"噢！是，是的，她可以跟我分享……妳什么时候回英国？"

我答明天晚上的飞机。

"那么今晚妳可以来看我排练，我和纽约爱乐乐团合作，后天有正式演出，估计现在买不到票了。"

"我能进去吗？"

林男要我今晚七点整在林肯中心演奏厅正门等，他会请人带我进去……

此时Dr.Hall的门打开了。

" Lin Nan, how come you are here? I thought it will be Angela."

林男答Angela有事，所以他亲自过来了。

Dr.Hall也注意到我，他问我为什么还没走？是不是有事？

" Nothing. I am going now. See you."

我真走了。

～

我准时在七点钟抵达林肯中心 Avery Fisher 厅正门，一些工作人员正搬着重物进进出出。

作为纽约古典音乐界的灵魂所在，林肯中心是所有艺术家憧憬的舞台，同时也是全世界最大的艺术会场，有3栋剧院，分别是：纽约州剧院，大都会歌剧院以及 Avery Fisher 音乐厅。

"Hi, are you Beatrix？"一个瘦小的女子向我走来。

"Yes，are you……"

"我叫Angela，是林男的助理，他让我带妳进去看彩排。"

这就是林男的伴侣？我刻意多看她两眼。

"我从小在美国长大，所以普通话到现在还是说不好，加上身材干瘪，常被误会是第三世界国家的人。"

老天！她误会了。

"抱歉，我没别的意思，我……我自己的普通话也说得不好，因为从小在澳大利亚长大。"我呐呐地说。

"哈哈！开玩笑的，妳怎么就当真了？"接着她转为严肃，"妳知道保护自己的最佳方式是什么？就是学会自嘲，先自嘲，别人就伤不到你。"

"好法子！"我说。

Angela打开音乐厅大门，我走了进去。

"林男的普通话说得很好，他没教妳吗？"我问。

以这个作开场白其实很无聊（跟英国人习惯从天气问起一样），但我一时找不到其他的话题。

"没有，也许认识的时间还不够长。"

她紧接着自我介绍，说自己不过是印刷工人的女儿，读的还是两年制的社区大学，也没什么特别的天赋，能走到现在，全靠上帝帮忙……

她果然又用"自嘲"的方式来保护自己。

"但我打算和林男天长地久，希望有朝一日我的广东腔能变成他的北京腔。"

呃……这是在宣示主权吗？

"对了，林男爱吃上海熏鱼，我现在天天做给他吃。"她又添上一笔。

林男爱吃上海熏鱼吗？我记不起来了。即便他真爱吃，我也做不了，因为我是"君子远庖厨"。

"恭喜他有好口福。"我说。

"听说妳的小提琴拉得很好。"她边走边问。

我哪敢在人才济济的纽约承认自己的琴拉得好？那不啻在关公面前舞大刀。

Angela回我如果她的父亲也是大学教授，或许现在的她也会是个音乐家，而不是什么音乐助理……

她的"自嘲"开始让我觉得厌烦，像大好晴天突然飘来一朵乌云……

~

她带我走向观众席第三排正中的位子，因为前排有人在录音及录影。

"妳需要茶或咖啡吗？"她问。

"不，谢谢妳。"

"不用客气。"

Angela走后，我把目光摆在舞台上，乐团已经各就各位，调音声此起彼落。没多久，林男走了出来。由于不是正式演出，他的服装很休闲，Polo衫加亚麻布夏裤，脚上是英伦风软底鞋。

两个小时的演出让我享受了无以伦比的音乐飨宴，林男每次都能予人惊喜，值得喝彩！

彩排完毕，林男和第一小提琴首席握了握手，再和指挥交谈几句，然后从舞台上一跃而下，往我的方向走来。

"Well，"他张开双手，高兴地说，"弹完了。"

我给了他热烈的掌声，他鞠躬表示感谢，然后问我有没有看到他的助理？我答有，是她带我进来的。

"她很聪明、勤快，是个好帮手。"林男说。

"你这样形容你的伴侣吗？"我问。

"噢！她……她还很会烧菜，衣服也洗得干净。"

怎么听着像是家务助理？让我想起了上海熏鱼。

"林男，"Angela小跑步过来，"房东说明天早上派人来修水龙头！"

"知道了，妳快走吧！"林男眼睛看着我，话却是对Angela说。

"炉灶上正温着皮蛋瘦肉粥，现在回去吃刚好。"她仍不死心。

"我说知道了，"林男转过头去，很不耐烦地问，"能让我和贝贝说会儿话吗？"

Angela虽走了，但停在不远处，两只眼睛直盯着我们瞧，让人如坐针毡。

为了不节外生枝，我催林男回去。他答不回去，天天吃粥吃腻了，就想吃点儿别的，让我陪他。

我看了一眼Angela，不觉得这是个好提议。

"妳来不来无所谓，我反正是要吃的。"他赌气地先走一步。

我考虑了一会儿，还是跟上。

第十八章/纽约，纽约

林男带我来到林肯中心附近的Altanic Grill海鲜餐厅用餐。

"会发现这家餐厅纯属偶然，某天我突然很想吃海鲜，但那些有名的店早已客满，仅Altanic Grill尚有位子。根据羊群效应，凡24小时之内能订到位的餐厅，我都不抱幻想，结果出乎意料，Altanic Grill的确了得，非常不错。"林男说。

"近十点了，现在恐怕关门了。"

"别担心，Altanic Grill 的老板喜欢我的音乐。"林男对我眨眨眼，非常俏皮。

粉丝效应果然可怕，Altanic Grill不仅为我们将营业时间往后延，还送来一盘新菜式让我们尝新。

说话带有浓重西班牙口音的老板稍后过来介绍这道新菜式的作法，原来是将扇贝和鱼放进柠檬中腌制（被酸味浸泡过的海鲜表面会有些熟，但里面却是生的），这和加热有异曲同工之妙，却比烤制或水煮更能保持嫩度，吃起来有刺身的感觉，作为前菜非常开胃、爽口。

" Thank you. Your dishes never let me down."林男说他家的菜从未让他失望过。

" That's my pleasure."老板俯首，并且表示他一早就买好林男演奏会的门票，到时他、Jenny和孩子们都会去。

林男提醒他演奏会结束后到后台找他，他会帮Steven签名。

" That's great. He is learning piano grade 5 at moment and needs your encouragement."

" No problem."

老板对我们做了个"请用"的动作后离去。

趁着林男在喝西红柿芝士浓汤，我仔细观察整个餐厅，发现这里的桌椅设置挺多元化，既有两人、四人、六人沙发座，还可以拼出10人长座，即使一个人来也不用担心，沿着吧台有的是座位。

再看装潢，灯光是温暖的、照片是泛黄的、相框是黑白的、留声机是古董的、轻音乐是优雅的、地板是陈旧的、天花板是挑高的……让人一下子跌入五○年代。

林男说我的怀旧情怀正在滋长，可惜他吃东西向来不吃装潢，只对好吃的感兴趣。

我切下表皮焦香酥脆，内里鲜嫩的三文鱼块纳入口中，点头表示理解。

当我们正大啖美食时，我忽然想起一个人。

" Angela是不是一个人吃着皮蛋瘦肉粥？"我大煞风景地问，因为想探一探林男的态度。

"我根本不关心她是不是一个人吃粥。"

这不是伴侣间该有的表现，难道……

林男冷冷地答只有当事人才有权介入，我遂噤声，没想到接下来他却主动交代两人的关系。

"Angela是我的粉丝，追随我多年，她很热情，但我一直不温不火。有一天她把书店的工作辞了，从西岸飞到东岸，她约我吃饭，一顿饭下来，她得到助理的工作。"林男停顿了一下，"我给了她钥匙，说她可以搬过来和我一起住，但不能干涉我交朋友。如果十年内我没找到合适的人，也许会给她一纸婚约；如果找到了，那对不起，只能辜负她了。"

我说这很不厚道，他把一个女人的青春活活给拖住了。

"但她答应了，她可以不答应的……反正我想结婚的对象嫁给别人了，对我而言，其余的女人都一样。"

听他这么一说，我突然没了胃口。

"放心，我不会再打扰妳，妳可以继续保有妳温暖而幸福的家。"他刺我一下，让我更确信伤他至深。

我说想看看真实的纽约，于是林男带我来到 TC 酒吧。

一进酒吧我就后悔，到处乌烟瘴气，空气中还有大麻的气味。我看见一个女的，头发像鸡冠，腿上束着一条破了洞的牛仔裤，上身套了件很薄的白衬衣，里面的黑色胸罩呼之欲出。再看脸庞，红的红，白的白，加上夸张的金色眼线及黑嘴唇，整个人感觉很怪异。

"What are you looking at?"她对我咆哮，我赶紧收回目光。

好不容易挤到吧台前，林男叫了长岛冰茶，我要了蓝色夏威夷。

"所有的鸡尾酒名称都是有含义的，譬如我手中的长岛冰茶就有示爱的意思。"他说。

"那这个呢？"我举起手中蓝得像海洋的液体问。

"蓝色夏威夷代表期盼与爱人共度假期。"

是吗？我在期待一场爱之旅？

此时一张亚裔脸孔硬挤了上来，嚷着要这要那，把酒保耍得团团转。

"嘿！你不是林男吗？那个弹钢琴的小白脸。"

"No, I am not."林男马上否认。

"Come on. We are Chinese."他和林男勾肩搭背，裸露的臂膀上有天使纹身，"My name is Abbas."

叫Abbas的小子拉我们去和他的朋友见面，只因他们也是搞音乐的，我们勉为其难地答应了，然而一坐下来就发现桌上除了几瓶酒和散落的瓜果外，还有少许白色粉末，顿时知道这是怎样的聚会，不免瑟瑟发抖。

"我来介绍，这是Ryan、Dick、Kevin、Luke,我们都是重金属乐队的成员，刚在中国城做完表演。"

闲谈中我知道Ryan是主唱，在座几位是他的队员。

"别以为弹钢琴就比较高尚，不过装模作样而已，表达不出年轻人的心声。"Ryan挑衅地说，接着对空喷出一缕大白烟，我下意识捂住口鼻。

"音乐无国界，也无高低之分。"林男答。

"你听着，哪天出了名、有了钱，我要把林肯中心包下来，让你们这些高傲动物弹琴给我听，弹个三天三夜！"

"没错！"、"弹死他们！"、"看还高傲不？"……

只有Abbas还算理性，他提醒大家冷静冷静。

此时一个左侧眉毛有个眉钉的小伙子问林男："喂！老兄，你该不会以为我们是低等动物吧？！"

"当然不会，"林男笑了，"只是我以为你们包下林肯中心是为了唱出年轻人的心声，而不是为了看高傲动物表演。"

"在那个僵硬的演奏厅唱歌？Fuck! 那是侮辱我们的音乐。我们的音乐是平民的，是大众的，是在乡野、公园、海边……才能体现出它的价值。"Ryan继续大放厥词。

"那好，我期待你们出名的那一天，"林男看着我，"贝贝，妳不是想看纽约夜景？"

"是的，"我站起身，"纽约的夜景是出了名的好看，再不看就天亮了。和各位聊天真有意思，请继续你们的谈话。"

在他们惊诧的表情注视下，我和林男很有默契地离开TC酒吧。

～

"这就是纽约，形形色色的人都有。"林男仰望天空有感而发。

"谁说不是？刚才很怕那群人一个不高兴就动起粗来。"

"是有可能，所以我才赶快拉妳走。"

我把目光投向夜幕下的纽约，此时的建筑物都被洒上金粉，那些白天不起眼的灯饰，夜晚却有流光溢彩的效果，在人来人往的喧嚣中顽强地表现自我。

林男看我对光影感兴趣，问我想不想到洛克菲勒大厦的楼顶露台观看纽约的天际线？

"不，我累了，而且乔的手机一整天都处于关机状态，我有些担心，想回去查看有无留言。"

"那好，我陪妳回酒店。"

第十九章/苦涩的滋味

一踏入四季酒店，我便往前台走去。

" Excuse me. Are there any messages for Beatrix? "我问。

" Please wait for a moment, madam."

一分钟过后，那个笑容可掬的服务人员回答没有我的留言，但是林先生已于两小时前入住。

林先生？我太惊讶了，请她再次确认。

" That's right."服务人员最后给予肯定的答复。

离开前台，我的心乱糟糟的。

"呵！"林男苦笑，"这就是我哥，杀得人措手不及。"

"男～"我轻唤他。

"知道了，我走了，新学期见！"他握紧我的手后马上放开。

"再见，路上小心。"

"一定再见。"他比了个胜利手势。

我刷开酒店房门走了进去，乔正躺在床上看电视。

"你来了。"我说。

他看了一眼床头柜上的闹钟，主动报时："凌晨一点零五分。"

"我……我去看纽约夜景。"我把包放下，顺便踢掉高跟鞋。

"我开完会就飞过来，以为我们可以共进晚餐。"

"你没说，我打了你一天的手机。"我冷冷地答。

他问考试通过了没？我嗯了一声，赤脚走向浴室。乔的突袭让我心情郁闷，我需要做个长长的泡澡。

在大浴缸里放满水，顺便洒上玫瑰沐浴露，白色的泡沫便像雨后春笋般一个个从水底钻了出来。我把整个身体浸入泡沫内几秒钟后再探出头来，我喜欢玫瑰的香气，从头到脚。

"贝贝～"乔也脱了衣服进到浴缸里，"好久没和妳共浴了。"

"我累了。"我不带感情地说。

"妳什么都不用做。"

乔抚着我的腰，我闭上了眼睛。

我和乔在玫瑰的香气中醒来。

"早！"乔吻了我脸颊。

"嗯……你好早啊！"我睡眼惺忪地看着他。

"想带妳去吃早餐。"

我答不饿，一杯黑咖啡就能打发。

乔游说我Jane的早餐不一样，很多人大老远来纽约就为了吃他家的早餐。

"啊～好想睡啊！再让我多睡几分钟。"我把头埋进被子里。

"看来妳需要来点儿刺激的。"

他开始给我搔痒痒。

" 别 ...... 呵呵 ...... 好 啦 ！ ......Stop...... 我 投 降 ......I mean it......I swear......"

~

晨浴完，我和乔手牵手离开酒店。

清晨的纽约显得很慵懒，橘红色的晨光斜斜地打下来，有种末日到来的异样感觉。当颜色转换成橙黄色光芒时，车声、人声也开始鼎沸，城市慢慢苏醒了。

"不会吧？！这么早就排队？"我惊叹。

此时Jane的绿色遮阳棚外已经开始排起队伍。

" 所以要妳早点儿过来， 再晚， 队伍会排到下一个路口。"乔说。

我们约莫等了一刻钟，服务员才出来唤我们进去。

我拿着菜单，迟迟无法下决定。

"试试他家的班尼迪克蛋，很特别。"

" 那好，"我合上菜单，"你帮我点。"

乔点了一大壶英式早餐茶、两杯鲜榨果汁及班尼迪克蛋，传统的给我，Jane特色的给他。

茶和果汁先上，十多分钟后，我们的早餐也送上来了。

传统的班尼迪克蛋是用英式松饼为底，上面平铺着软嫩的温泉蛋，配上香酥的加拿大培根肉还有蛋黄酱；Jane特色班尼迪克蛋则是除了饼和蛋外，又加上蟹饼和菠菜。

我拿起叉子将蛋戳破，蛋液即刻倾泻而下，流过培根肉再流入松饼，蛋、饼、肉的绝佳组合轻抚着我舌尖，润滑着我的每一寸味蕾，忍不住再喝上一口醇香四溢的早餐茶，啊！这样一顿早餐让我心情大好，如沐春风。

"Jane的早餐是不是值得妳早起？"乔问。

"嗯！"我用力点头，"如果艾米也在这儿就好了，她挺爱吃蛋的。对了，你确定翠西会好好照顾她？"

"当然，她是个负责任的管家。"乔信心满满地答。

～

乔说回程是晚班机，问我这一整天想做什么？

"我想到处走走。"

"不想购物？"

"不，购物也很累人的。"

乔笑笑，他大概以为女人天生爱购物。

～

我们来到中央公园，那里有个小湖，年轻的情侣们在波光粼粼中荡桨，船侧有野鸭作伴。

我和乔没去划桨，反而在湖边草地上坐了下来，一边看着太阳穿过树叶所留下的斑驳影子，一边聊着琐事。

"昨天的面试官有没有刁难妳？"乔问。

"没有，他像爷爷一样慈祥。"

"考完试妳做了什么？"

"到处逛逛。"

"逛到凌晨一点？"

噢！不，这是在开庭审大会？

"嗯！"

"一个人？"

"……嗯！"

"妳有没有……"

"如果你想问我有没有遇到林男？……没有，我没遇到他，你不知道钢琴家的行程排得满满的吗？"

乔看着湖面沉默一会儿，最后向我道歉，说他太神经质了。

"没事，"我把头枕在他肩上，"别想太多。"

你若问我为什么要说谎，我也答不上来。我当然知道诚实的可贵，也不享受说谎带来的快感，但……我在意说话对象的感受，如果说实话会伤了对方，我宁愿选择说谎。

～

中午我和乔来到布鲁克林桥下的 RIVER CAFE，这家餐馆在东河边的泊船上，船窗外就是曼哈顿下城的风景。我很想坐在靠窗的位子上，一边吃饭一边看河景，但靠窗口的位子很难订到，提前一个月订都不一定有，何况我们是临时上船的客人。

没能坐在靠窗的位子上虽然很遗憾，但一个人55美元的套餐还是弥补了缺憾，它包括前菜、主菜和甜点。前菜有果木熏制的三文鱼和牛塔塔，主菜有阿米什鸡、大龙虾和西冷牛排，餐后点心是杏仁蛋糕，用的是磨碎的带皮杏仁。

"好吃吗？"乔问我。

"你选的当然好吃。"

"我记得妳不爱吃杏仁。"

"人的口味是会变的。"

乔盯住我一会儿，说了句风马牛不相及的话："我不喜欢美国人，他们比较轻浮。"

"没错，我也不喜欢。"

"贝贝妳……"

"什么？"

"没什么，"乔的神情有些落寞，"起风了，有点儿冷，小心着凉。"

虽然夏风吹进船舱里很舒服，但我还是同意有点儿冷。

离开River Cafe，我拉乔去逛大都会博物馆，不知为什么，他一直心不在焉，让我也索然无味，决定提早打道回府。

又是头等舱，我已经不知道"非头等舱"是什么样子了。

空服员推着小车过来问我要什么酒？我答长岛冰茶。

乔要了香槟。

"我弟喜欢喝长岛冰茶。"乔摇晃着香槟说。

"没错，我们在TC酒吧时……"

糟糕! 说溜嘴了。

"TC酒吧？"

"那个……"

"贝贝，别说谎了，妳说谎后总是特别迁就我。"他举起香槟，微笑着说，"Cheers！"。

我心神不宁地喝了一口长岛冰茶，意外发现它竟如此苦涩，以前为什么没发觉？我转头看乔，乔也正看着我手中的长岛冰茶出神，他皱了一下眉头，仿佛跟它有仇似的。

第二十章/诱人的起司蛋糕

回伦敦后，乔马上投入工作，比以前更忙。也难怪，以前他只要负责英国业务，现在整个欧盟国都归他管，忙是肯定的。

"夫人，先生说今晚不回来吃饭。"翠西说。

"知道了。"

我正和艾米一起在电脑上收集以P开头的动物图片，老师说下礼拜轮到她上台报告。

"Bird."艾米高兴地点击一张画眉鸟的图片。

"Sweet，Bird 是B开头，不是P。"

艾米失望地把图片重新放回盒子里。

"夫人～"

"什么事？"我抬起头。

翠西说乔最近很少在家吃饭。

"嗯！他工作忙。"

"我也很少见到爹地。"艾米抱怨。

"自从您和先生从美国回来，先生……不一样了。"翠西的神情有异且话中有话。

我要女儿自己试着找找，妈咪先跟翠西讲会儿话……

"噢！快点儿回来。"艾米边看电脑屏幕边答。

我把翠西带到琴房，那里隔音效果好。

"夫人，我不该说这个，这是你们夫妻间的事。"

"别怕，妳说的话在我这里是安全的。"我给她吃定心丸。

于是翠西吞吞吐吐地说乔送洗的衣服袖口上有口红印……

"那……也许是我的。"虽然我非常的"不确定"。

"我也想过这个可能性，但……但是……"

"没关系，妳说。"我的心跳得很快，但仍故做镇定。

翠西说上周六晚她和男友去苏活区的酒吧玩，出来时，她看到乔把一个站街女郎载走，那女的在他们进酒吧前就已在路边骚首弄姿很久了。

从莱斯特广场向北步行约20分钟，即是伦敦著名的苏荷区。早期的苏荷区是伦敦的红灯区，最近几年由于紧挨着的Mayfair快速发展起来，下班后的白领多会聚集在此喝酒、谈天、跳舞，苏活区的夜生活不再只是嫖客和妓女间的交易，反而变得丰富多彩起来。

"妳……确定？"我问。

"是的，我看到先生的车牌号了。"

当翠西给了肯定的答案后，我像泄了气的皮球。

"我知道了，谢谢妳，翠西。"我困难地咽下苦果。

她一走，我已打算和乔长谈。

从美国回来后，乔便不再碰我，即使我有意挑逗，他也兴趣缺缺，加上频繁的晚归（有時甚至彻夜未归）……我不是没感觉，只是自欺欺人地把它归究于新工作的繁忙和压力所致。

艾米睡着后，我洗了个香喷喷的澡，换上"Victoria's Secret"的红色睡衣躺在床上假寐，姿态撩人。

乔进房后，站在门口好一会儿才向我走来，我心中小鹿乱撞。

谁知他竟是把棉被拉过来往我裸露的地方盖去。

完了，完了，他不再对我感"性趣"了。

我的心跌落至谷底。

隔天一早……

"爹地，你昨天没和我们一起吃晚餐，翠西煮了你爱吃的鱼。"艾米说。

"对不起，爹地忙。"

我低着头吃炒蛋，闷不吭声。

"贝贝，最近忙些什么？"乔像做例行公事般问起。

"瞎忙，帮艾米看功课及讲床前故事。"

"很好，我最近忙，没空讲床前故事。"

我放下刀叉，半开玩笑半认真地说："我得跟Sam抱怨，你的工作量太大了。"

乔答没办法，家里开销大，他不赚钱谁赚？

"等我从学校毕业，也能赚钱。"

"当然，"乔放下刀叉，"只是赚的钱恐怕无法负担妳目前的生活。"

我像是被人扇了两耳光。

～

乔载艾米上学，我一个人待在家里难受死了，被人圈养的金丝雀大概就是这种感觉。

我决定不让负面情绪继续困扰我。

拿上车钥匙，我把车开上摄政街，沿途经过匹卡德利广场，没看到吸引人的东西，转个弯，我来到牛津街，那里有许多商店，走的是以年轻人为销售对象的休闲风，可惜依旧没能让我下车。

我掉转头，将车子开向唐宁街，这是白厅大街上其中的一条横街，短而窄，是以17世纪英国外交家唐宁爵士的名字命名（有名的唐宁街10号便是英国首相官邸），可惜我已过了观光客事事好奇的阶段，首相官邸我呼啸而过。

"该去哪里？"我心想。

冷不防我已来到骑士桥区，乔的办公大楼就近在咫尺，我把车开到地下停车场。

"贝贝，What？"

"妳表哥在干嘛？"

"等等，"赖音如大概去侦察，半天才回来，"他在办公室和某个重要人物讲话，怎么，妳找他有事？"

"没事，妳能出来一下吗？"

赖音如答她现在在上班，月底了，忙得要死，别想害她丢工作……

"那算了。"我很泄气。

"等等，再过一个小时是午餐时间，我想吃岷江餐厅的炸酱面，它在Kensington花园酒店的顶层。"

由于赖音如说餐厅上菜慢且她只有一个小时的用餐时间，不由分说，我先上餐厅把菜都点上。

"贝贝～"赖音如向我奔来，"饿死我了，刚挨了主管骂，我需要美食抚慰我受伤的心灵。"

她把炸酱面、北京烤鸭、铁板牛肉、白灼虾、清炒蒜苗全扫进肚里后，问我可不可以吃甜点？我点了点头，于是她让服务员给她来一盅木瓜炖奶。

我说我以为她在减肥，她答她是在减肥，不过那是晚上的事，晚上六点以后她不进食，只喝水。

"如果晚上有约会呢？"我问。

"这个比较麻烦，如果那天有约会，中午就不吃。"

"够辛苦的了。"

"谁让减肥是女人一辈子的事业？如果时间能回到中国唐朝该有多好？那时的女人以丰腴为美，我想吃啥就能吃啥。"

我说如果回到唐朝我就惨了，因为我吃不胖。

"没事，我表哥喜欢瘦子。对了，妳今天找表哥有事？"

"没什么重要的事，只是乔最近怪怪的，我想知道公司是否运营正常？"

赖音如答公司一切正常，盈利状况呈曲线上扬，不过……

"不过什么？"

她犹豫了一下才说，原来警卫抱怨乔待在公司的时间过长，有几次甚至在沙发上睡着直至第二天早上，害他没办法睡懒觉……

没想到乔为了公事鞠躬尽瘁。

"可是……有个人也加班到很晚，是销售部经理沙丽小姐。"

沙丽小姐？

赖音如介绍此人是中日混血儿，父亲是东京大学教授，母亲是粤剧演员。她继承了母亲的美貌和日本人的彬彬有礼，做事尽责、仔细，很得乔的器重。

"那也没什么，卖力的员工谁不喜欢？"

"我没说有什么，我只说沙丽小姐美丽又有教养，而且还单身，是办公室的宅男女神，活脱脱就是块诱人的起司蛋糕。这块蛋糕每天在表哥面前晃啊晃，尤其下班后，诺大的办公室就只剩一男一女……当然，如果不把那个碍眼的值班警卫算进去的话。"

我吃着铁板牛肉，口中索然无味。

赖音如继续向我捅刀："贝贝，妳在家待久了，不知道外面的世界人心险恶，虽然表哥已经结婚，但他身上的光环依旧亮眼，妳以为他永远是柳下惠？"

"我不认为他是柳下惠，但他现在不碰我了。"

"果真，"赖音如击打桌子，显得义愤填膺，"他和沙丽一定有鬼。"

和站街女比，沙丽正常多了，正因如此，我不得不防，因为这类人不会满足于偷吃，而是一锅端走。

送走赖音如，我打给翠西，她说乔已通知她今晚有约，不回来吃，我的心又往下沉了几公分。

"翠西，晚上我也有约，妳去接艾米，盯着她写功课，我回去讲床前故事给她听。"

翠西在手机那头嘀嘀咕咕，我已挂上手机。

第二十一章/沙丽小姐

我打手机给乔，佯称自己正在外面购物，问他能否一起吃晚餐？

"抱歉，今天很忙，没空，妳能找朋友陪妳吃吗？"他说。

"没问题。"我故意发出高昂的声音，借以掩盖低落的情绪。

戴上黑超，我来到一层中庭的咖啡座，特别挑了个能瞄准电梯口的位子坐下。

" What do you want to drink？"那个有一对清亮眼睛的男服务员问我。

" Mocha."

没多久咖啡送上来，我的眼光却落在咖啡杯下压着的粉红色纸条，上面写着："I still have 2 hours till I finish the work. Would you like to have dinner together? I know a good place."

我抬起头来，那个男孩笑得一脸灿烂。

哎！都怪自己有洗脸时取下戒指的习惯，估计我那枚无以伦比的粉戒正躺在浴室的洗手台上。

我告诉他，如果两小时后我老公还没来接我的话，我不介意和他一起用餐。

那男孩的笑容僵住了，赶紧向我道歉，我要他别介意，他给了我最大程度的赞美。

在我叫了第三杯摩卡的时候，那男孩歉然地表示再过十分钟店就打烊了，问我还需要些什么？

真不敢相信时间过得这么快，我向他点了起司蛋糕片，他问要加奶油吗？

" Yes, please."我答。

当蛋糕呈上来时，我笑了，那男孩用奶油在上面挤了朵白玫瑰。

" That's for you, madam."他说。

" Thanks."

男孩接着说他本来想送我粉红玫瑰，但店里只有白色奶油。

我告诉他没关系，我喜欢白玫瑰，白玫瑰代表纯洁之爱，在这个纷扰的社会里，我极需一股清流。

咖啡店关门了，整栋大楼的上班族也散得差不多，我依旧没看见乔的身影。

大厅警卫已经看了我好几眼，我有点儿害怕会被强制驱离，还好此时乔下楼来，我正想迎上前去……

" Joe, when is the appointment?"

" 8 o'clock. We still have time to make it."乔答。

那个貌似日本人的女子想必就是沙丽小姐，但她怎么可以唤我老公"Joe"？ 他好歹是她的顶头上司（听说日本人很讲究上下级关系，看来不尽然）。

待乔和沙丽小姐走出旋转门，我才匆匆跟上。

过马路时，我看见乔扶了身旁的她一下，虽然只是短短的几秒钟，却让我醋性大发。

我没有"任性"很久，因为那两人走进Apex Temple Court 酒店，我加快了脚步。

这家豪华酒店位于伦敦历史悠久的法律寺区，就在繁忙的舰队街旁。

乔和那女的走进酒店的附设餐厅内，我看见沙丽小姐坐在原本应属于我的位子上和一个高大的男人谈笑风生，讲的还是德语，反倒他的女伴和乔说着英语（乔不会说德语）。

我站在餐厅外，透过玻璃窗往内看，一时没了主意，难道我打算站在这儿等到他们都酒足饭饱后？

我又做了件蠢事，在酒店大堂的咖啡座喝今天的第四杯摩卡，这次位置对准餐厅出入口。

德国人吃起饭来，那叫个"没完没了"，一顿饭吃了足足四个小时。

当乔和沙丽小姐送走客人回到大堂时，我赶紧把时装杂志高高举起，好遮住整张脸。

"11点半了。"沙丽小姐看了一眼腕表，讲的还是普通话，字正腔圆的。

"没想到这么晚了。"

"是很晚，你打电话给你太太了吗？"

"我告诉她今天会很忙。"

"累吗？"

"很累。"

沙丽小姐答她也很累，听说累的时候泡个澡很舒服，她知道这家酒店有大浴缸……

不用看沙丽小姐的脸庞，我也能想像此刻的她一定是春情荡漾。这样的调情谁能躲得过？何况对方还是个有内涵的知性美女。

很快乔便走向前台订了个房，两人依偎着上楼。

我很想冲上前阻止那对男女，但……

"乔有什么错？我自己也有笔糊涂账。"我替他说话，不知为什么，心里酸酸的。

那一天直到清晨五点，乔才蹑手蹑脚地上床，他的身上有 ELEMIS 洗浴用品的香气。

我闭上眼睛，假装好眠。

乔坐看了我好一会儿后，俯身吻了我，我随即翻身趴在他的小腹上。

"贝贝～"

"回来了？"

"嗯！"

"今天是我的安全期。"我说。

"早上五点，我累了……"

我不管乔说什么，扒开他的裤裆。

"贝贝～"

"嘘～,你什么都不用做，让我来……"我呢喃着。

乔没有拒绝。

第二十二章/黑丝袜

我让赖音如给沙丽小姐传个话，说我中午在隔壁大楼的中庭咖啡厅等她。

"贝贝，怎么了？"赖音如嗅出不寻常的味道。

"没什么，清理门户。"我恨恨地说。

"小心啊！她是块Tough Cookie。"

她要我小心来者是个狠角色，但我可是乔明媒正娶的妻，更何况艾米是他的心头肉，想跟我斗？哼！滚一边去！

我跟沙丽约12:10，她就有胆12:40才姗姗来迟。

"抱歉，下午有会议，我在路口买了个热狗吃。妳知道的，咖啡厅只卖三明治和甜点，两样都没有饱足感。"她摘下黑超说。

我很冷淡地请她入座。

"我一点钟上班。"她加了一句。

What? 迟到毫无愧疚感，还想限定谈话时间，是可忍孰不可忍，我立刻下马威："乔是我老公。"

"乔是我上司，替他卖命是我的职责。"

"乔是妳叫的？我以为日本人很能区分上下级关系。"

"乔允许我这么叫他，毕竟我和他的关系不一般。"

关系不一般？我问她什么意思？

"我爱他，他也爱我。我知道他结婚了，但我愿意等，等他把不合理的婚姻结束掉。"

不合理的婚姻？什么叫做"不合理的婚姻"？我还是乔的太太，她竟然恬不知耻地承认两人早已暗渡陈仓。

"说这句话时，妳照过镜子没？"我问。

"苍蝇不叮无缝的蛋，如果不是你们的婚姻先出现问题，我如何插足？老实说，我也不愿是妳，但我爱乔没有错，错在没能及早认识他。"

怎么所有的小三都是一副"受难者"的姿态？

"爱没错，插足也没错，错在原配排在了队伍前面，这就是妳的逻辑？"

"你们的婚姻早挤进了三个人，这对乔很不公平。"

"所以妳也想参与进来，四个人就合理了，是不是？"我扬起声好掩盖自己的难堪。

显然她对我的情史有一定的了解，是谁提供的情报？不言而喻，我顿时矮了半截。

"请降低声量，这里是公共场所。"她面无表情地说。

我咽了好几口口水才把怒气压下去。

"听着，我对妳义无反顾的精神致上最崇高的敬意，但乔爱我也爱我们这个家，更爱艾米，我担心妳的付出将会是竹篮子打水一场空。"

她慢条斯理地答："乔有我家的钥匙，这意味着什么？我希望妳退出，这样最简单，妳和乔都能得到解脱。"

我再一次被击倒，事情比我想像的还要严重。

"呵呵！小三劝退原配？这世界是不是疯了？"

"妳一时无法接受我能理解，"她戴上黑超，站起身来，"下星期乔要飞美国开年会，妳有的是时间考虑你们婚姻的未来。"

她走了，苗条的身材和黑丝袜在我脑海中留下难以磨灭的记忆。

待人走远，我转头看了一眼隔壁大楼，乔正在那儿……和黑丝袜一起。

"乔，难道我让你如此失望？"我对着大楼喃喃发问。

和沙丽小姐不欢而散后，我特别待到下午五点，等赖音如下班，好拉她唠嗑。

"好可怕的女人啊！竟敢叫妳退出？！"赖音如吐了吐舌头。

"妳说她的底气从何而来？"

"也许因为她父亲是东京大学的教授吧！"

"不可能，我父亲也是教授，赚的钱并不多，权力也没那么大。"

赖音如说教授也许赚的不多，但她家的松本家族在日本可是响叮当，企业横跨全球，不仅涉足IT业，还包括影视、地产、保险和服装。

"难怪她年纪轻轻就当上销售部的经理。"我有"酸葡萄"心理。

"妳又错了，沙丽小姐虽然看着年轻，但其实三十好几了，牛津大学毕业后又在剑桥大学读博……"

我要她别说了，在学业上我一败涂地。

"知道就好，人家见多识广，不像妳……"赖音如毫不客气地落井下石。

"我得回家了，免得艾米老说看不见妈咪。"

艾米并没有抱怨，但我没勇气再听情敌的光荣史及面对攀比之下黯然失色的自己，所以早早结束谈话。

今天的乔意外准时下班，还给了我一大束红玫瑰。

"祝妳青春永驻！"他给了我一个吻。

"今天不是我生日。"

"为什么非得生日才能送花？这段时间我太忙，忽视妳了。"

乔温暖的话语比神仙妙丹还管用，我顿时从挫败中站了起来。

"马上吃饭了，我让翠西准备香槟，我们喝两杯。"我捧着花说。

"贝贝～"

"什么？"

乔凝视着我，似有千言万语，但……

"没什么，我先洗个澡，一身汗臭。"他说。

"好的，我帮你放洗澡水。"

我边放洗澡水边把红玫瑰放进水晶花瓶里。

这是顿温馨的晚餐，翠西还拿来很久没用的烛台，点上了几根白蜡烛。

"嘻嘻！我们点蜡烛吃饭。"艾米说。

"不好吗？"乔问。

"好，很像在过节。"

艾米说的没错，此时桌上摆满佳肴美酒，乔和颜悦色，我心情大好，艾米则笑得像朵花，我们林家的确像在过节。

我洗了个澡,香喷喷地上床,乔正在读他的报表。

"我们应该有个协议，在床上不许办公，只许……"我把手往下探去。

"贝贝～"乔抓住我的手，"我们谈谈。"

我有些尴尬，但仍配合着说："好呀！谈什么？"

"那个……妳什么时候去美国?"

"十月开学，但我想早点儿过去。"

"这么说还有两、三个月，时间不多了。"

的确，时间不多了。

乔问我艾米怎么办?

"我的课业会很忙，恐怕很难照顾到她，再说了，她喜欢这里的老师和同学。"

"所以妳打算把她丢给翠西照顾？"

"我当然知道艾米需要妈妈，但我分身乏术。"

说到这儿，我的确不是个好母亲……

我还在自责，那一厢却一记重磅打得我头昏眼花。

"沙丽说……妳今天找她谈话了。"

"沙丽……沙丽跟你说的？"我忽然觉得口干舌燥。

"……嗯！贝贝~"

"什么都别说了，"我抱紧他的身躯，"我原谅你，我已经原谅你了，让我们重新开始。"

乔将我从他身上拔起，说不是原不原谅的问题，冰冻三尺，非一日之寒，我们……我们需要彼此冷静一下。

冷静一下? 我问这是什么意思?

"下礼拜我去美国开年会，年会只有三天，但我打算在那里待一个月。一个月过后，如果我们彼此还有牵挂，表示还能继续走下去。"

"如果没有牵挂呢？"

"如果没有牵挂，那就……那就让我们彼此祝福吧！艾米跟着我，妳去实现妳的梦想。"

不，这不是我要的。

我改打"亲情牌"，说艾米会哭着找妈妈。

他冷漠地答："妳依旧是她的母亲。"

现在我完全了解乔的意思，说白了，这不过是分手前的缓兵之计罢了。

我努力压抑即将夺眶而出的眼泪，骄傲地说："好，就照你说的。"

乔释然，说我果然通情达理。

天知道我多想耍赖、多想不通情达理，可惜尊严在作祟，我放不下身段求他。

"能问你个问题吗？"

"妳问。"

我问他是不是一个人飞美国？他答是。

"知道了。"我躺回床上，心中五味杂陈。

乔熄了灯，跟我道晚安。

我没回应，翻了个身背对他。

第二十三章/任性之旅

"妈咪，为什么今天是妳载我去学校？"艾米坐在BMWi8后座问。

我告诉她乔去美国开会了，所以从现在起由我送她上学。

"爹地去开会？去多久？"

"一个月。"

"好久啊！希望他回来的时候不会忘了我是谁。"

是啊！我也希望乔回来后不会忘了"我"是谁。

送走艾米，我躺回床上，哪儿也不想去，两只眼睛瞪着天花板发呆。

以前上帝总是眷顾我，即使有小插曲，很快便化解，但这一次奇迹却没有发生，在我和沙丽小姐的博弈中，乔明显被她拉了过去……

"嘟……嘟嘟……"

我赶紧抓起手机，神色紧张地答：" Hello."

" Guess what?"

我以为是乔打来的，结果是赖音如，顿时泄了气，有气无力地问有什么事？

" 表哥去美国了……"

" 废话！我能不知道吗？"

" 沙丽小姐也跟着不见，听说是休年假了，哪有那么巧的事？"

沙丽小姐也不见了？乔不是说……我还能信他吗？

赖音如说现在公司上下都在谈论这件事，洋人也喜欢八卦的。

" 知道了，还有事吗？"我的心情down到谷底。

" 没事……噢！我听说彭妙珍病了，而且病得不轻，现在基本以医院为家了。"

这么严重？我要她说仔细点儿。

" 彭妙珍这一病，最辛苦的莫过于薛家兄妹。薛佳琪现在也在餐厅帮忙，只有周末才去Open Home,一根蜡烛两头烧的结果，才二十几岁就有了白头发，憔悴得不成样。"

" 那杰夫和两老……"

" 他家请了保姆和钟点工。"

我还在为自己的处境唏嘘不已，没想到有人比我更惨……

" 贝贝，妳能去看看薛佳琪吗？毕竟你们曾经那么亲近，就差共用一把牙刷。"

如果她说的是彭妙珍，我恐怕会拒绝，毕竟两人的交情很一般，但她说的是我以前最好的朋友，我陷入两难。

"我考虑考虑。"我答。

挂上电话，我的思绪已飘向两万公里外的澳大利亚……

艾米挂上手机稚气地说爹地在迪士尼乐园帮她买了一个好大的泰迪熊，以致于还得多买个机位才能回家。

"爹地有没有说什么时候回家？"

"没有，我再打给他问问。"

"不用了，"我捂住她的手机，"爹地……爹地有没有问起我？"

她皱起眉头，似在回想："好像……好像没有。"

乔像是铁了心肠，他给艾米打电话、给翠西打电话、给阿四打电话、给赖音如打电话、给艾米的老师打电话、给……也许他还给楼下的门房打电话，就是不打给我。

想起昨天去学校接艾米，老师对我说下礼拜就放暑假了，乔特别交待把艾米放进"礼仪夏令营"里。

一听说夏令营在古堡里举办，离伦敦有三个小时远，我立马不同意。

" But Mr.Lin said you are going away soon."

糟糕！果真如此，但……我真不想在最后的倒计时里又跟艾米分离。

" No, Amy will be with me this summer holiday." 我斩钉截铁地对老师说。

我在床上翻来覆去总睡不好觉，在乔面前，我一直是受宠的公主，一向都是他追着我跑，受他忽视还是头一回。

"不行，我得问问他这个'礼仪夏令营'到底是怎么回事？"我从床上坐起，一通电话打到美国，也不管两国之间的时差问题。

电话响了两声后，乔接了。

"那个……老师说你要把艾米放在夏令营里。"

"嗯！"

"她……她还那么小，我不想要她离家那么远。"

"妳不久就要上纽约，我又忙，与其把她留在家里，倒不如让她参加活动。"

我还想说什么，电话中传来女子模糊的说话声。

"OK, coming."乔小声对那人说，然後转向我，"贝，我有个晚餐约会。"

"跟沙丽小姐吗？"我困难地问。

他迟疑了一会儿："贝贝～"

"好了，知道了。"我匆匆挂上电话，感觉心已死。

"夫人，您确定这是个好的决定？"翠西忧心忡忡地问。

"放心，我带艾米回澳大利亚看她的外公外婆。"

"可是学校还没放暑假……"

我说待会儿打个电话给学校得了。

"那先生……"

"先生若问起，由我承担，不劳妳费心！"我没好气地答。

这佣人是怎么回事？竟管起我来，一个个全站到乔那边去了。

"妈咪，Tony说今天要给我荧光贴纸。"坐在头等舱里，艾米还在为她的不用上学大惑不解。

"宝贝儿，到了澳大利亚，妈咪给妳买好多好多漂亮的荧光贴纸。"

"可是Tony看不见我会着急，老师也是。"

"乖，妈咪已经告诉老师了，妳不用担心。"我转移话题，"待会儿就能看到外公外婆，开心不？"

艾米答开心，然後转头看舱窗外，那儿白云朵朵。

安抚好艾米的情绪，我跟空服员要了画板、牛奶和小饼干，以防她无聊及肚子饿，然後戴上眼罩小憩。

昨晚我一夜未眠，想起乔正和沙丽小姐在一起，我把肠子都悔青了。

乔有什么错？他一直在委屈求全，如果我能早点儿在乎他，也许他就不会被外面的诱惑给迷住。现在说什么都太晚了，是我拱手把他送给了沙丽，一个有才有貌，还能在事业上助他一臂之力的女人，我凭什么留住他？

也许这就是报应，林男有了Angela，乔有了沙丽，而我……什么都没有。呵呵！够讽刺的了，我原本坐在金山银山之上抱怨自己拥有太多，转眼间却一贫如洗，什么都没能抓住，难道这就是上帝给我的惩罚？

我摘下眼罩，捂住脸，怕自己泪流成河。

"妈咪，妳是不是想吐？"艾米问。

"是的，妈咪不太舒服。"

她递过来一个呕吐袋，安慰我："没事的，马上就到家。"

是啊！就要到家了，我要倒在父母的怀里痛快地大哭一场……

第二十四章/傻子

"艾米，想死外婆了。"妈一把将艾米抱起，亲个不停。

"怎么这时候回来？乔呢？"爸问。

爸已经从学校退休，靠着退休金，他和妈也能过上恬淡舒适的生活。

"乔出差了，"我放下行李，"再过一个多月我就要上ZL音乐学院报到，所以带艾米过来看看您们。"

母亲抱怨我不提早通知她，现在冰箱里什么好菜也没有，待会儿还得上超市买……

"别忙了，我们上馆子吃。"我说。

妈不同意，她说馆子里的菜又油又不卫生，哪有家里煮得好？

爸笑说妈现在除了照顾花园里的花花草草外，就是钻研吃的，她还想出本书教人怎么做菜呢！

"那好，真出书了，我第一个买。"我说。

三个大人哄堂大笑，除了艾米……

"外婆，我口渴。"艾米在妈耳中小声地说。

"走，咱们到厨房去，外婆榨果汁给妳喝。"妈转头问我，"贝贝，想喝什么？"

"不了，我想先休息一下。"

爸说我和艾米就住在走廊尽头的那一间，我打电话回来后，妈打扫过了。

"好，行李我待会儿整理，现在我真需要躺一下。"

我迳自走向房间。

没想到乔当晚就打越洋电话过来，语气很急躁。

"艾米的课还没上完。"他说。

"一年级的课不重要，而且也不差那几天。"

"妳难道就不能等到她放暑假？"

我答突然想爸妈了，而且艾米也好久没看到外公外婆，更何况不久之后我将有远行，就想在走之前一家人聚聚。

乔沉默了一会儿后，祝我们玩得开心！

虽然想继续高傲下去，但还是忍不住唤了他的名："乔～"

"什么？"

"你这几天开心吗？"

"我……尚可。"

"你还是决定待满一个月？"

乔在电话那头多所犹豫，我的心坠入无底深渊。

"没事，随便问问的，艾米很喜欢澳大利亚，还说不想回英国了……没事，妳就和沙丽小姐好好的，我很好，真的，没事，呵呵！真没事。"我已经语无伦次了。

"贝贝～"

"什么？"我满怀希望地问。

"好好照顾艾米，替我亲吻她。"

"……好的。"

挂上手机，我已泣不成声，原来……原来男人变起心来，十匹马也追不回。柯贝贝呀柯贝贝，妳造的什么孽？

艾米说想吃意大利面，妈说中国城有一家BRAVO意大利餐厅，菜做得挺好的，于是我们祖孙三代浩浩荡荡地往那里去。

在服务员的推荐下，我们点了牛肝菌汤、腌春鸡配时蔬、西冷牛排、酒香芝士饼等，当然还有艾米喜欢的蕃茄肉末意大利面。

酒足饭饱后，艾米吵着要去海洋世界，我对那些从小玩到大的游乐园早已敬谢不敏，没做过多讨论，便决定由爸妈带着艾米去玩，我留在中国城。

"我们把车开走了，待会儿妳怎么回去？"爸问。

"没事，你还怕我回不了家？"我笑问。

艾米跟我吻别后跟着外公外婆走了，看他们走远，我想起澳洲行的目的。

我在金凤餐厅外待了一会儿，现在已过了中午用餐时间，有几个厨师模样的人蹲在餐厅门口抽烟，我正踌躇着要不要进去，薛佳仁走出来大声喝斥那几人："要抽烟别在门口抽，多难看！"

一干人马被他轰走后，他转过头来，不出意料，他看到我了。

"妳……什么时候来的？"他有些尴尬地问，大概因为被我瞧见他骂人的样子。

"刚到。"

"进来吧！下午两点到五点是餐厅休息时间。"他做了个"请进"的动作。

~

"艾米，噢！我女儿说想吃意大利面，所以……"我替自己的突然出现做出解释。

"你们上哪家吃？"薛佳仁边问边帮我斟上大麦茶。

"我妈说BRAVO好吃。"

"BRAVO的确做得不错，门庭若市。"

我问他金凤餐厅现在的生意如何？他答还行，就是累。

他的头发有些凌乱，脸上泛着油光，似乎真的很劳累。

"听说你太太病了。"我问。

薛佳仁眉头深锁地答彭妙珍病了好一阵子，怕是好不了了，也许该请个风水师傅看看，这些日子太不顺了。

我安慰他别担心，一切都会好的。

"谢谢，妳……过得好吗？"

我笑笑答很好。"

"妳一向不善于说谎，何必从现在开始？"

"我……是很好啊！"我硬撑着。

他转而问我乔是不是跟着一起回来？我答他去美国出差了。

"一个人去美国？"

忽然觉得伤口被洒上盐，我选择沉默。

"妳老公对妳不忠？"

我看着眼前人，一字一句慢慢地吐出："听着，乔-一-个-人-去-美-国-出-差。"

他似乎听不见我说的，继续问："那女的和乔发展到什么程度？"

"我说了，乔-一个-人……"

"贝贝，别担心，妳的秘密在我这里是安全的。"

午后的阳光斜斜地打进来，薛佳仁穿着一身唐衫，额头和眼角有了皱纹，头发稀疏，有早秃的迹象，他……变丑了，但我却像看到亲人般，对他交起心来。

"她叫沙丽，是乔的下属，现在他们两人在美国。"

"多久了？"

"你是问他们两人在一起多久了？这个我不知道。"

"乔爱她？"

我还是答不知道。

"妳爱乔？"

薛佳仁的一席话把我问住了，我爱乔吗？虽然只是短短分开了数日，我却天天想着他。

"我应该是爱他的，他是我丈夫。"我低下头，很落寞地说。

没想到薛佳仁不苟同，呵呵呵地笑了起来："我也应该爱着妙珍，她是我老婆，但……我真没爱上她，不管过去、现在还是未来。对我而言，她是杰夫的母亲，如此而已。"

这算什么？我和薛佳仁坐下来像怨夫怨妇般地批评彼此的另一半？

薛佳仁说那行，不批评他们，我们自我反省，他先说他的。他不该为了家族的期望和不爱的人结婚，更不该为了道义勉强维持貌合神离的婚姻，还他妈地生下一个孩子，现在连脱身的机会也没有了。

说完，他看着我："现在换妳了。"

"我……我不该结了婚还三心二意。"

"还有呢？"

"没有了。"

" Come on. 妳没玩过真心话大冒险吗？妳太没胆量也不夠诚实。"

虽无一句丑话却激怒我了，同时我也想看看薛佳仁在听到我的不堪后，脸上会是什么表情，所以一口气把我干过的丑事全给交待了。

"妳和乔的弟弟……"

"是的。"

"妳还和乔的上司……"

"没错。"

"在办公室？"

"我相信你没耳聋。"

"哇！妳真是唐朝豪放女，那为什么跟我……"薛佳仁忽然住嘴。

"跟你怎么了？不夠豪放？"

"不是的，"他有些灰头土脸，"算我说错话，对不起。"

"不用道歉，你现在总算看清我了，我不是那种穿着白衣的纯情牧羊女，说穿了就是从这张床滚到那张床的婊子，乔会找别的女人是我疚由自取，不值得同情，你心里大概就是这样想的吧？！"

不知为什么，在薛佳仁面前贬低自己，让我有一种快感。

"不是。"他说。

"肯定是。"

"我说了不是。"

"你只是嘴巴说说而已，心里肯定那样想。"

谁知薛佳仁二话不说，把茶壶盖打开，将右手掌伸进壶內，老天，那是滚烫的开水哪！

"你有病是不是？"我赶忙把茶壶拿开，放到隔壁桌上，"让我看看你的手。"

"没事。"薛佳仁把手伸进自己的裤兜里，坚持不让我看。

"You are silly."我目光对准他，带气说。

"我高兴。"

"傻子！"

"傻子爱婊子。"

我知道他在说笑，但听在耳里怪怪的。

彼此沉默了一会儿后，我说想去看她。

"谁？……噢！她，为什么？"

我还在想该怎么回答，薛佳仁抢先一步："我来安排。"

第二十五章/蚕食鲸吞

"这就是艾米，"薛佳仁蹲下身，"长得像妳，小美人一个。"

我催促艾米喊人。

"叔叔。"艾米小声喊了一声，然后躲到我身后。

我解释她还害羞着。

"没事，大了就好。"他站起身对我身后的女儿说，"艾米，我带妳去找弟弟玩好吗？他叫杰夫，两岁多。"

"他在那里？"艾米探出头问。

"他在车上，和保姆一起，"薛佳仁答，然后转身向我，"我带艾米过去，妳进去看妙珍，她说想和妳单独谈谈。"

我看着薛佳仁把艾米带走，艾米还回头望着我，很不确定的样子。我笑着和她挥手，她才依依不舍地走了。

彭妙珍躺在病床上，她的头发依旧乌黑，但瘦得可以，两

146

手臂比竹竿还要细，肤色呈暗黄色，两颊深陷，只有那双大眼睛还精神着，闪着昔日的气势和辉煌。

"妳的气色不错。"我说。

彭妙珍苦笑，似乎不苟同，但仍礼貌性地说："坐。"

我找了把椅子坐下。

"怎么回来了？"她问。

"这个秋季我就要上ZL报到，临行前带孩子回来转转。"

"就是未婚先孕的那一个？"

彭妙珍损人的功力仍在，一句话就能噎死人。

我答没错，也是因为艾米，我耽搁了六年才上大学，但我不后悔生下她，她是我的天使。

"真好，生了个天使，嫁了个钻石男，我们班上嫁得最好的就是妳。"

奇怪，明明是赞美的话，怎么到了彭妙珍嘴里就变了味？

"求仁得仁，妳也不错，嫁给薛佳仁，也有了可爱的孩子。"

彭妙珍的脸上尽是轻蔑的神情："我是求仁得仁嫁给了心目中的男神，但妳……妳为什么夜夜都来和我们挤？一张床挤三个人，妳知道那是什么滋味吗？"

"欲加之罪，何患无辞？"

"别装一副清纯样，妳和我老公上床了，我知道。就在几个月前的下午，他无端消失两、三个小时，回来还吹着口哨。"

我咬咬下嘴唇，彭妙珍的确观察入微，我无话可说。

"其实即使你们没有真枪实弹，我们的婚姻也早已名存实亡，薛佳仁只是把我当成一个摆饰，从来就没正眼瞧过我，那就更不用说我曾经胖到不想照镜子，或者瘦到成了现在饿死鬼的模样。"

我说她太极端了，如果薛佳仁对这个家没有一丝情感，早甩担子走了，但他选择留下来，可见对她还是有依恋。

"他的依恋是因为杰夫，杰夫是他的宝贝，当然，也许还有道义上的责任，但绝对不是因为我。"彭妙珍捂住脸，"有时我觉得他恨我，恨得想掐死我。因为我，他失去了妳；因为我，他的演员梦破灭了；因为我，他得守住一个生意不上不下的餐厅，加上上有老，下有小，我还生着病……"

"别想太多，妳的病会好的。"

"会好？哼！"彭妙珍一把扯下顶上的发，"看看这是什么？一个大光头，我在做化疗。医生、护士总说我会好，但我清楚得很，那不过是把有限的时间拉长几个月，好让我继续苟延残喘，明白不？"

我吓得目瞪口呆。

"为什么？妳说为什么是我？虽然我不是最善良的，但也不见得是最邪恶的，上帝为什么惩罚我？该惩罚的人多了去，为什么是我？为什么是我？"彭妙珍早已泣不成声。

我赶紧安慰她，说事情一定会有转机，有什么需要帮忙的，我一定帮！

"有，有妳能帮的，"她急急地说，"拜托离开薛佳仁，离得越远越好。即使我死了，也不要你俩在一起，他可以再娶，但对象一定不能是妳，如果他娶了妳，代表我之前的努力全白费，是个彻头彻尾的失败者。贝贝，妳能答应我吗？妳已经拥有太多，别再和我抢，我拥有的也只有这些了。"

~

我从病房里浑浑噩噩地走出来，到了停车场，没看到薛佳仁，是保姆过来喊我，我才知道医院的花园里有个小型的游乐场，此时艾米和杰夫正在溜滑梯。

"彭妙珍和妳说什么？"薛佳仁问。

"没说什么……我不知道你太太病得这么重。"

薛佳仁答他不敢告诉两个老人实情，怕他们承受不住，只说餐厅工作忙，妙珍留在那里过夜……

"辛苦了，你这样困难……"

"贝贝，"薛佳仁停了好一会儿，似乎琢磨该如何开口，"彭妙珍还在，我没资格说什么，既然乔对妳不忠，彭……的日子也不多，我希望最终我们能走在一起，我会弥补失去的时光，艾米我也会视如己出。"

我没料到薛佳仁竟选在这个时间点表白。

我谢谢他的抬举，说自己不过是个带着拖油瓶的弃妇罢了，不值得他珍视，况且……况且我答应他太太了。

"答应什么？"薛佳仁神色紧张地问。

"答应……就那么回事，你懂的。"

我没想到薛佳仁会如此生气，他握紧拳头，涨红了脸："可恶！到死她还不让我好过！"

"不是彭妙珍的错，而是我觉得我们不合适，你应该找一个能和你胼手胝足的女子，我太养尊处优了。还有，彭妙珍并不在乎你再娶，可见她还是心疼你……"

薛佳仁握住我的手，要我别听她的，生病的人脑筋都不清楚。

我放开他的手："但我没生病，我的脑筋清楚得很，我……我还心系着乔，即使他可能……可能不再爱我。"

～

乔给艾米打电话，我把手机交给她。乔不知在电话中说了什么，把艾米逗得很开心。

挂上电话，我问她爹地讲了什么笑话？

"爹地没讲笑话，他说他给我买了漂亮的裙子还有约会芭比。"

"这样就能让妳如此开心？真不可思议呀！"

"不是的，我笑是因为阿姨说她和爹地在路上看到一只小狗……"

我顿时脸色大变，没等艾米说完，我扬起声问："阿姨？什么阿姨？"

"沙丽阿姨……"

"妳怎么会认识她？认识多久了？"

大概我的神色过于紧张，吓到艾米了，她嚎啕大哭起来："我不知道，我什么都不知道，呜呜呜……"

母亲听到哭声冲了进来，艾米找到救兵，一头钻进老人的怀里。

"怎么了？这是。"母亲质问我。

"没什么，心情不好。"

母亲责备我再怎么心情不好也不能拿孩子出气，她还那么小。

我也觉得自己过分了些，蹲下身向艾米道歉。

"不要……不要妈咪……要外婆。"女儿呜咽得厉害。

"妳看看妳，连个孩子也顾不好，"她转向艾米，"走，外婆给妳讲故事，讲公主的故事，好不好？"

母亲抱走艾米，留我一个人在房内反省。

我是越反省越生气，沙丽不仅闯入我和乔的生活，还闯入艾米的世界，她是怎么了？想通杀？可气的是乔竟然默许，还替她俩搭桥，置我于何地？

是可忍孰不可忍？我一通电话打到美国。

"Hello."竟然是沙丽的声音。

"乔呢？"

"在洗澡。"

我可以想见那两人就是一对奸夫淫妇，夜夜笙歌，乔则是"从此君王不早朝"。

"让乔洗完澡打电话给我！"我没好气地说。

"有要紧事吗？"沙丽问。

妈的，我是乔明媒正娶的妻，有没有要紧事，还轮得到她过问？

"就说艾米摔破头了。"我说。

不到三分钟，乔来电，很着急的样子。

"我妈正给艾米讲故事。"我冷冷地答。

"可是沙丽说……"

我承认说谎，因为怕他不打电话给我。

"贝贝，妳……"

我不给乔指责我的机会，直接告诉他别把沙丽带进艾米的世界里，艾米是我的，我不希望他的情人污染我的天使。

乔酸溜溜地说原来艾米是我的天使，他还以为我早放弃她了。

"我以为我们已经就这点达成共识了。"我说。

"我没说不，妳依然可以按照原计划进行，只是我想让她们尽快熟稔起來，因为沙丽将会成为艾米的家庭教师。"

家庭教师？听得我火冒三丈，谁同意来着？

乔答是他同意的，沙丽小姐是牛津大学毕业生，又在剑桥大学读博……

"这就是症结所在，这样的高材生怎么肯屈就当一名小小的家庭教师？"

"沙丽说了，她这辈子最大的愿望就是待在家做做薄饼、教教小朋友ABC,然后接送孩子上下学。"

"待在家？"我气到不行，"待在家是什么意思？"

"我安排她住在家里。"

我总算听明白了，我前脚去美国，沙丽后脚就会跨进林家，然后蚕食鲸吞地把我苦心经营的堡垒变成她的家。

"No way."我大喊。

乔不理睬我，说既然艾米没事，他挂了。

"等等……"不等我说完，手机那端已传来挂机的声音。

我气得甩了手机。

"可恶，太可恶了！"我边捶打枕头边嘶吼。

我不知道事情为什么会变成这样？才刚发现一个小火苗，转眼间就成了熊熊烈火，将我烧得面目全非。

"乔，你回来，我要你回来。"我趴在枕头上痛哭失声。

第二十六章/借口

赖音如说薛佳琪在金凤餐厅帮忙，只有周末才做Open Home。

今天是周六，趁着吃早点的当口，我随手翻开华文报的广告，知道她在母校附近的高级住宅区卖房。

我边吃母亲做的馒头夹蛋边决定待会儿银行办完事就去找她。

~

"这屋几房？售价多少？"我下车走向前。

薛佳琪叉腰看了我好一会儿："怎么，想买？"

"问问。"

"问问就不用了，已经卖了大半年也没卖掉，都是一些问问的顾客，没诚心买。"

我答不应该呀！这区很好。

"是很好，但隔壁鄰居捣乱，在自己的屋顶上放了好几个骷髅头，院子里还養鸡，整天咕咕咕叫个不停，加上卖家不愿降价，简直是Mission Impossible。"

我问能进去看看吗？她耸耸肩，阴阳怪气地说反正现在没客人。

这是栋两层楼的花园洋房，客厅入口处有个宽敞的螺旋楼梯直达楼上，两个厨房、一个吧台、三个厅、五个房，有土耳其浴室和桑拿。屋后是两英亩的草坪，面河处有个游泳池及私人码头。

"不错，比我跟妳买的房好多了。"

"这能比吗？价钱差三倍，妳要是愿付同样的钱，我铁定能帮妳找到更好的。"薛佳琪像吃了火药似的，句句带刺。

我沉下脸："老朋友了，所以过来看看妳，看样子是我自作多情，妳并不乐意见到我，那我走了，祝妳早日拿到佣金。"

"走吧！通通都走，树倒猢狲散，人生也不过尔尔。"她低头抚摸着摆放在厨房流理台上的小玩偶，"餐厅生意不好，我们一直在花过去存的钱，彭妙珍病着，她又不愿上公立医院排队，私立医院光一天的住院费就夠我们卖上两百碗炒面，加上我爸还得做复健，若不是我哥硬撑着，这个家早倒了。"

看昔日好友处于困境，我也感伤，忽然想起她家的那把琴……

"妳爸那把Stradivari卖了多少钱？"我问。

"妳怎么知道我爸把琴卖了？"

我不敢说她家的琴正在我家，只好讲些无关痛痒的话："我知道你们不会卖房，毕竟一大家子要住，所以……"

薛佳琪承认琴的确卖了，还讲了个数字，我倒吸一口气，没想到琴贩子从中获利过半，简直是吸血鬼！

" 我们原以为卖了琴能解决大部分的问题，但是……不瞒妳说，餐厅是租来的，每月的租金高得吓人，我们只是努力在维持一个没落贵族的颜面，实际上早已金玉其表，败絮其中。"

我不知该如何安慰她，还好此时有客人走进来，是个好看的中年男士。

" Hi, Paul. Long time no see."薛佳琪马上精神起来。

" Good morning."那男的向我们道早安。

我见说的差不多，是该道别的时候，遂悄悄走人。

艾米说她想弟弟了，我问薛佳仁能带艾米上他家玩吗？他答求之不得，但是餐厅忙，他走不开。

"没关系，只要有人开门就行。"我说。

是保姆开的门，艾米一进去就喊着："杰夫，杰夫……"

那两岁孩童闻声走过来，一路"米、米、米"地喊个不停。

我笑看两小孩，忽然听到苍老的声音从背后传来："贝，贝，贝……"

我转过头去，一个老得不能再老的老人正坐在轮椅上，是薛父。

"薛爸爸好。"我喊了声。

"贝，贝，贝……"他指着我，手指在颤抖。

"你好吗？"我问。

可惜薛父还是"贝，贝，贝……"地喊着。

"这已经不错了，他通常只会咿咿呀呀。"

坐在薛爸爸旁边的男人开口，想必他就是彭妙珍的父亲。以前只是在电视或报章杂志上看过，真正面对面还是头一遭。

"彭……彭爸爸好。"我有些羞涩地和他打招呼。

"好，好，佳仁打电话回来说妳是妙珍的朋友，坐，家里乱。"

眼前的这位老人，脸上爬满皱纹，眼角还有大片老人斑。他的手上拿着碗，正给薛父喂食，和我印象当中那个叱咤风云的政坛红人有所出入。

此时薛爸爸咳嗽了两声，彭父赶紧放下碗勺，站起身来拍打他后背。

"好点了吗？"彭爸爸问。

薛父果然咿咿呀呀起来，让人不知所云。

"妈咪，我可以到杰夫房间玩乐高吗？"艾米问。

"好的。"我微笑。

保姆把两小孩带走。

"我来喂薛爸爸吧！"我挨着轮椅坐下。

"妳问他要不要妳喂？"彭爸爸用下巴指指那位耄耋老人。

我拿起碗舀了一小匙，很有耐心地说："来，薛爸爸，吃一口。"

没想到薛父把脸撇向一旁，理都不理我，让我好生尴尬。

"还是我来吧！"彭爸爸把碗接过去，"他现在就只想折腾我。"

我站起身来，五味杂陈地看着眼前这两位老人。如果不是知道他们过往的恩怨，真要为他们雷打不动的情谊所感动。

~

我正和两小孩堆砌着城堡，薛佳仁一声不响地走了进来。

"餐厅不是正忙着？"我边问边把城堡的窗户装上。

"我回来拿个东西就走。"

我问拿到了没？他答没找到，是公司印章，财务急着要。

听说是急事，我赶忙对艾米说："妳和弟弟乖乖在这里玩，妈咪帮杰夫的爸爸找东西，马上回来。"

~

薛佳仁说印章在书房里。

"印章长什么样？多大？"我边翻箱倒柜边问。

"有姆指般粗，金色，四方印。"他答。

"姆指……金色……四方……"我念念有词，眼睛开始扫过房间的每个角落。

"哈！在这儿。"我喊，然后伸手过去。

印章就在书桌上，茶杯的旁边，我正纳闷薛佳仁为什么找不到，他却把手盖住我拿着印章的手，然后上前吻我的发。

"找印章只是借口？"我边问边翻开印章底座。

"找印章只是借口。"他把我的身子扳过去，"自从上次……我等很久了。"

"佳仁……"

"嘘～什么都别说。"

他粗鲁地把我抱上桌："来吧！唐朝豪放女。"

也许说者无意，但听在耳中却很不是滋味，让我想起乔上司那双邪恶的眼睛。

"不。"我挣扎着要下来，却被薛佳仁孔而有力的臂膀给压倒。

"贝贝，妳等着，我能给妳乔所不能给的。"

"不，你不能。"我喊着，"即使你能给我天上的星星，我爱的依然是乔，不是你。"

不知哭了多久，薛佳仁才将我扶起，帮我整理弄乱的裙子。

"对不起，我一直以为妳的婚姻是被迫的、是不幸的，加上乔有了情人，我觉得是时候站出来了……"

我答不是他的错，是我错了，我拥有太多，却不珍惜……

"别说了，"薛佳仁苦笑，"爱人就是要对方过得好，我……爱妳，所以愿意放手。"

"谢谢你！"

我上前想给他一个拥抱，却被他一把推开："我真得走了，财务急着用章。"

他把章塞进夹克的口袋里，对我微笑："走了，拜！"

望着他远去的背影，我感到悲凉，如果不是瞄到印章上刻着"杰夫"二字，我真要以为财务急着用章呢！

第二十七章/面目全非

转眼间，我已待在澳大利亚近一个月。这一天，艾米挂上手机后高兴地宣布乔后天回家，而且回家后会给她一个Surprise。

我正在插花，边把百合插在雏菊的左侧边答："噢！让我猜猜……是泰迪熊？"

艾米说泰迪熊是礼物，她老早就知道，不算惊喜。

"那么是芭比娃娃。"

"也不是，我已经有好几个芭比了。"

我绞尽脑汁，依旧想不出来。

"其实我也不知道，所以才叫Surprise。"

"那么只好耐心等待啰！"这次我把肾蕨摆在花盆底部，然后去拿火鹤。

"沙丽阿姨说她也有礼物送我。"

我拿花的手停在半空中，转头看她："妳说什么？"

"沙丽阿姨说她会做薄饼给我吃，上面洒上巧克力碎片和果仁，如果我喜欢，她还会再加上一球香草冰淇淋。"

我愤而甩了火鹤，表情严肃地对她说："不许吃！那女人的东西都不许吃，听到没？"

艾米显然被吓到了，脸色苍白地问为什么？

"还问为什么，因为有毒。有没有听过白雪公主的故事？公主吃了后母给的苹果就一命呜呼了。妳想死掉吗？死掉了就看不到爹地和妈咪，也看不到小朋友，更不能玩乐高，所以一定，一定不能吃那女人做的东西，记住了！"

我弯腰捡起地上的火鹤继续插花，艾米站在边上直视我，眼睛眨也不眨，仿佛看到了外星人。

~

我正在打包，母亲走进来质问我："妳给艾米灌输了什么乱七八糟的东西？我做薄饼给她吃，她竟然问我有没有毒？"

"没什么，教她保护自己。"我把艾米新买的花裙子放进Samsonite拉杆箱內，再把Victoria's Secret放进內衣专用袋里，然后转身找我的Parade腰带。

母亲难以置信我会告诉一个五岁小孩食物里有毒，还说这是教她保护自己。

"妳五岁时，我可没这么教妳。"母亲补上一句。

"不是这样的，只是您刚好做了薄饼。"

"薄饼怎么了？"

想起母亲也曾经小三压境，估且豁出去，看妈怎么说。

"怎……怎么会这样？这么好的一个孩子……"

"就知道妳不相信。"

"贝贝，是不是妳犯错在先？妳好好想想。"

原来妈认为我是那个"不好"的孩子。

"哎！不管谁先犯错，反正事情已经这样了，只能走一步算一步。"我打起太极拳。

母亲说我傻，结过婚还有小孩的女人，再嫁可是困难重重，不像乔，他结再多婚、有再多小孩，只要经济实力够，不怕再娶……

"我能怎么办？变心的是他。"

"妳就是这样，搞不清楚状况，现在小三出现了，妳得好好应对，是把老公拉回来还是将他往外推？"

妈苦口婆心，听在耳里却很烦人，这些道理难道我不懂？

"好，现在我就回去对抗小三。"我顺着母亲的思路走。

"这就对了，夫妻没有过不去的坎，妳跟他认个错，他会原谅妳的。"

"认什么错？"

"认……反正妳一定有错，示弱也是一种武器。"

示弱也是一种武器？亏妈还讲得出这么富含哲理的话。

我思前想后，认错的前提是乔还爱着我，如果不爱了，就算我弱得瘫在地上，他也不会多看我一眼。

我和艾米回伦敦半天后，乔也进门，手上抱著一个半人高的泰迪熊。

"爹地～"艾米高兴地飞奔过去。

"Sweet Heart，想爹地了？"乔一把将艾米抱起，现在他的左手抱着艾米，右手抱着泰迪熊。

"想，很想，"艾米亲吻乔脸颊，然后转头看着她的邻居，"这是送我的？"

"嗯！它坐了十几个小时的飞机来看妳，快打声招呼。"

"Hi，我是艾米，你叫什么名字？"艾米问那只棕色的熊。

"我想它在等妳给它取一个好名字。"乔提醒。

艾米像个大人似地说名字很重要，她得好好想想。

乔将艾米放下，并把玩偶交给她："妳想想吧！也许它现在想看看它的房间。"

"嗯！那我带它进去了。"艾米抱着比她还高的熊跌跌撞撞地回房。

我站在客厅一隅，等着乔注意我。

"先生，要茶吗？"翠西问。

"不用了，到地下停车场把行李拿上来吧！"

乔坐下，长叹一口气后，眼光终于落在我身上："妳要一直站着吗？"

"旅行愉快吗？"我赶紧坐在他身旁。

"很愉快，妳呢？澳洲之行如何？"他问。

我答很好，父母还问起他。

"妳没把我的恶行告诉他们吧？"

"恶行？什么恶行？"我装傻。

乔笑说没什么，问我什么时候去美国？我答下礼拜。

他沉默了一会儿后说知道了，然后站起身来。

我问他去哪里？他答洗个澡，因为待会儿还要出去。

"出去？你才刚到家。"我睁大眼睛。

"明天一早我得开始工作，所以想趁今天再放松一下。"

我心想都已经放松一个月了，还放松？但嘴巴说的是："那正好，我陪你出去走走，晚上吃你喜欢的法国菜，然后看看夜景……"

"贝贝～"他显得为难。

我顿时脸色大变，是她，两人都已经腻在一起一个月了，还不夠？

乔解释反正我下礼拜就走……

"所以你们恨不得我马上消失，好成全你俩，是吗？"

"贝，妳得讲讲道理，先弃船逃跑的人是妳。"

我振振有词地说自己是去完成学业，不是去玩。

"还有呢？"乔问。

"没有了。"

"妳不说我替妳说，还有去续前缘，因为我弟在那儿等着妳。"

乔提起林男，我心虚了。

"瞧！妳说不出话来了，所以我们是彼此成全彼此，谁也不欠谁。"

直到他进房关上门，我仍然说不出反驳的话。

这一夜，我在床上辗转难眠，乔到凌晨一点才进门。

他一躺下，我马上飞扑过去。

"贝，我累了，饶了我吧！"

"No way，你刚才还在温柔乡里，怎么现在就不行了？她很淫荡是不是？我也可以荡给你看！"

一说完，我马上把身上睡袍扯下，露出里面的性感內衣，火红得刺眼。

"来吧！我会让你欲仙欲死！"我说，然后在他的胸膛上留下一个吻痕。

"贝，贝贝，停……我说停……"乔用力推开我，"她怀孕了。"

"谁？谁怀孕了？"

"沙丽怀孕了。"

我捂住嘴，吓得说不出话来。

"我一直想要个男孩。"他解释。

"你要我也能生，是你……是你说不想让我太辛苦，有艾米你心滿意足。"我哽咽了。

"人是会变的。"

呵！好个人是会变的，现在乔变得面目全非，我再也认不出来了。

"原来这就是你给艾米的Surprise，让她当上别人的姐姐！"我翻身躺回去，"你现在想怎样？"

"沙丽想要明媒正娶。"他答，顺便把条件也开出来，"我每个月给妳生活费，学费我也会付，直到妳再婚。珠宝首饰什么的妳都可以留下，车子也是妳的，想在美国买房也行……任何时候妳都可以回来看艾米。"

原来乔不再顾念我了。

"睡吧！明天还得早起。"他伸手将床头灯给熄了，翻身背对我。

啊！昔日的温柔已不见，换来的只有冷漠。

我彻底心碎。

第二十八章/画中人

"哇！没想到沙丽小姐的动作这么快，简直像是乘坐喷射机，完全不给妳反击的机会。"赖音如吐了吐舌头说。

是啊！从知道有这么个人到被三振出局用了短短不到两个月的时间，加上她还怀了孕……

"也许我们的情报有误，表哥和她早眉来眼去了。"赖音如说。

不可能，我对这方面很敏感，乔若早有二心，我一定能感觉到。他明显和我疏远是从抓到我欺骗他的证据后，也正因如此，让沙丽有了可乘之机……

"说这些都太晚了，强敌压境，妳已被打入冷宫。"赖音如的眼睛直盯着电脑，"还好还有个二表哥，否则妳岂不是赔了夫人又折兵？"

还好还有林男？呵呵！林男也有新欢了。

"乔误会我的纽约之行和林男有不可告人的丑事发生，天知道我们不过是喝了点儿酒、叙了些旧，还意外得知他和助理已经同居了……"

"什么？！"赖音如抬起头来，"连二表哥也不要妳了，看来妳真的是四面楚歌。"

听她这么一说，我还是没忍住，斗大的泪珠滚落下来。

"老天！妳的泪水真多，"她慌了手脚，"我是不是该去拿个脸盆来接？"

赖音如讲了笑话，害我破涕为笑。

"讨厌！"我捶打她，"我应该椎心泣血，却变成现在的哭笑不得。"

"该哭笑不得的人是我，妳和乔闹别扭，结果我被扫地出门了。"

我问这是怎么回事？

原来沙丽小姐非常重视个人隐私，她希望"家"不包括闲杂人等，所以……

"其实我也没什么好抱怨的，表哥说一个礼拜 £800 的租金他付了，妳瞧，我现在正在看租房信息，£800 一个星期的确有很多好选择。"

这么说大势已去，沙丽入主林家已是板上钉钉的事，我突然感到悲哀。

赖音如转而问我乔是否提及离婚？我答沙丽想明媒正娶。

"要我说，妳就死赖着不走，看表哥和沙丽能奈妳何？拖也要拖死他们！"

我也想过这个可能性，放弃自己的理想，老老实实、本本分分做乔背后的女人如何？但我不甘心啊！六年前的我错过了入学的机会，六年后的我不想再有遗憾。况且乔的猜疑有一大部分来自林男，即使我真的不再三心二意，他仍会拿这件事说事，我已是被黥面的罪犯……

"不了，拖死他们的同时也禁锢了自己，我不想再为打翻的牛奶哭泣。”

“Well，这么说没有挽回的余地了，”赖音如很感慨，“看来我搬家搬定了。”

林男给我发来数封邮件，说他在彼岸等我。

“ 我租了个更大的屋子，有三个房间，客厅摆下三角琴后显得小，但是没关系，我们可以在阳光房里聊天、休息，那里采光更好。”

“ 今天院子里飞来了一只鸽子，我丢了根玉米给它，听说古时候有飞鸽传信，好想让它替我捎封信给妳。”

“ 我每天都在细数还有几天就能和妳见面，这多少冲淡演奏会带来的压力，偷偷告诉妳，每次上台我的脚都会不由自主地打颤。”……

我的眼睛离开邮箱，然后瞪著熟悉的房间发呆，明天……明天我就要搭机飞纽约了。

乔不知道是不是故意的，他说今天上完班直接飞巴黎参加会议，也就是说，等他从巴黎回来，我早已不在家。

也好，省得道别离。

“ 夫人……”翠西轻敲我房门。

“ 进来。”

翠西走了进来，脸色有些许异样，她说有客人，是沙丽小姐。

好个沙丽小姐，竟敢找上门来，这是摊牌还是下马威？

"说我不舒服，不想见客。"我揉揉太阳穴，一副头疼的样子。

"好的，夫人。"翠西走了。

为了这次远行，我买了两张机票，一张给我，一张给我的小提琴，另外还得替它做特殊包装，以防气流不稳所带来的损坏。我的衣服、包、鞋子很多，不可能全部带过去，只挑了几件喜欢的。琴谱很重，所以早先一步空运过去，估计我到校时，谱也跟着到。艾米的事已做了安排，虽然我挺不喜欢沙丽当她的家庭教师，但"天高皇帝远"，我又能如何？

"夫人……"翠西又来敲我房门。

"头痛，别烦我！"

"沙丽小姐把咖啡杯全换新了。"翠西在房外嚅嚅地答。

什么？！是可忍孰不可忍，我还是这个家的女主人，她竟然爬到我头上？

我气冲冲地打开门，直捣黄龙。

～

"看！这手工做得多好，我说如果能拿着这杯子喝咖啡，一定是人生一大享受，乔二话不说就买下了。"

沙丽这是在炫耀自己的举足轻重吗？

我给了她一记回马枪："这颜色看着就像好几年没刷牙所产生的牙垢，也难怪，近朱则赤，近墨者黑，乔最近的品味的确低了不少。"

沙丽轻笑，手指着瓷杯："这叫黄釉瓷，是颜色釉中的贵族，听说在中国的古陶瓷艺术中占有重要的位置，因为黄色一向是帝王的专用色，不许民间使用。"

我忘了她是牛津、剑桥的高材生，连个杯子也能扯上专业术语。

"听着，明天我就飞美国，妳爱怎么折腾就怎么折腾，今天能让我清静清静吗？"我下逐客令。

"来，妳坐下，"她突然卸下武装，拍拍旁边的位子，语气转为温柔，"妳和画中人长得很像。"

"画中人？"

"穿芭蕾舞裙那一幅，妳不知道吗？就摆在乔的办公室里。"

自从和Sam在乔的办公桌上翻云覆雨后，我便不再踏足那个肮脏地，当然更无从知道乔是什么时候把那幅画带到伦敦的。

"那不是我，只是跟我很像的某个人罢了。"

"乔可不这么想，他认为妳是上帝派来解救他的天使。"

听她这么一说，我的思绪飘回到澳大利亚……

踩着嘎嘎作响的木地板，我们弯身进到这个我勉强能站直而乔得驼着背的阁楼里。光线很暗，因为窗户只有一个书包大小。

"这是储藏室吗？"我捂住口鼻问。

乔没回答我的话，蹲下身翻找东西。

"找到了！"他兴奋地说。

这是一个一百厘米见方的板状物，乔把它从一堆杂物中拾起，拍拍丝质覆盖物上的灰尘，然后小心翼翼地打开。

一幅芭蕾舞少女的油画像跃入眼帘，笔触很梦幻，除了粉红色的芭蕾舞裙外，她的手上还拿着一把小提琴，赤足婆娑起舞……

"不错，谁画的？"我问。

"不知道，"乔的手指头轻轻抚过画中人的脸庞，"小时候父亲经常打骂我，动不动就把我关在这个阁楼里，不准我吃饭。当时年纪小，不懂得反抗，只能呜呜呜地哭。后来我发现了这幅画，感觉她就像活人一样陪伴着我，以后即使我再被关，也就不那么害怕了。"

Oh, 乔……

我心疼他，他却像没事似地问我有没有发现这幅画的特别之处？

"特别之处？"我凑上前仔细瞧，"没什么特别的啊！"

"妳不觉得画中人是妳？"

听他这么一说，我赶紧仔细观察，那是一张女孩的侧脸，大大的眼睛、高高的鼻子、尖尖的下巴，画中人可以是任何人，乔却说是我，这也太扯了。

我毫不留情地否认。

"是妳，"乔凝视着画，喃喃自语，"是妳陪伴我度过了黑暗。"

这真不是我，等等，难道这就是他喜欢我的原因？

乔看着我，吞吞吐吐的，我又给予鼓励，他才肯说。

"我真说了，妳可别吓到。记不记得有一天我们在Tim的酒吧偶遇，妳急着回家,不小心撞上柱子……"

当然记得，谁不记得自己干过的蠢事？

"就是那天晚上我做梦了，梦到画中的女孩转过头来，是妳，妳开口要我来找妳。"乔放下油画，抓住我臂膀，"贝贝，原来是妳，我终于找到妳了。"

～

"天使又如何？现在他找到另一个天使，日本来的。"我自弃地说。

沙丽没有反驳，她起身走向窗口，边俯现外面的车水马龙边娓娓诉说她和乔之间的故事……

第二十九章/赌注

沙丽说她是个工作狂，经常加班；乔也是，甚至比她更晚。

有一天她好不容易把一个项目赶出来，时间已是夜里11点。她匆匆走出办公室，不巧和一个穿着暴露的女子撞个正着，她刚从乔的办公室走出来。

为了避免尴尬，她加快脚步离开，但还是被自己的上司赶上……

乔说太晚了，坚持送她回家。回到家，她礼貌性请乔进屋喝咖啡，遂有了第一次比较深入的谈话。

"原来乔就是这样陷入妳的情网里。"我酸她。

"不是这样的，我承认我们的关系因为那次谈话有了进展，但只能说乔把我当成心理医生，当时他宝爱的还是妳。真正让我起抢夺念头的是妳的不知足，拥有乔这么优秀且痴情的汉子，妳还吃在嘴里看在碗里，无视他的伤心难过。既然妳不珍惜，我也没必要客气，我相信我会给乔他该有的幸福。"

在沙丽的指控下，我一无是处，甚至是咎由自取。

"谢谢妳的点评，我收获颇丰。"

"听着，我并不想与妳为敌，尤其妳还是艾米的母亲，我希望扮演一个'大度'的后妈及称职的贤內助角色。妳可以随时回来看女儿，但我不希望妳再骚扰乔，他需要一个稳定而正常的家庭生活。"

听完沙丽的一席话，我一时角色错乱，仿佛我才是小三，她是雷打不动的原配。

"沙丽，请妳搞搞清楚，我才是这个家的女主人，至少目前还是。妳的身份充其量只是乔的下属、艾米的家庭教师，了不起还是一个私生子的母亲，我不认为妳有这个底气和我谈判。"

"我不是来和妳谈判，而是要妳做出抉择，如果妳选择乔，明天下午他在巴黎戴高乐机场等妳。"

看着她递过来的行程单，我惊讶到说不出话来，问她葫芦里卖的是什么药？

"我这么做不是为了妳，而是为我自己。乔说了，如果妳没赴约，他会彻底对妳断了念想，这才是我要的，因为我希望获得完整的他。"

我向她道谢。

"谢什么？"她笑了，"我不是丘比特。"

接着她表示自己从来不下对自己毫无益处的赌注，如果最后我没赴约，那么必须服输，答应尽快签署离婚协议，并且和乔止于朋友关系。

沙丽小姐果然是块tough cookie。

"Deal."我答应了。

∽

机场大屏幕上显示飞纽约的全日空航空请到F柜台，飞巴黎的汉莎航空请到A柜台。一个在左，一个在右，我恨不得有两个分身，各自奔向所爱的人。

"嘟……嘟嘟……"我的手机响了。

是林男的声音，他问我在哪里？我答Heathrow机场。

"哪个柜台？"他又问。

"D柜台。"

林男要我别挂机，一分钟后，他重新接听："贝贝，向后转。"

我回过头去，看到一位手捧玫瑰花束的瘦削男子，他就站在我身后五大步的地方。

"你……怎么来了？"

林男答古时候有郊迎，所以他效法老祖宗的隆重精神。

"你真silly。"

"实话告诉妳，我来是为了押妳回ZL音乐学院。不知为什么，我总感觉妳又会再次爽约，为了消除疑虑，我只好亲自过来带妳走。"

Oh no! 我还没决定坐全日空航空还是汉莎航空，难道这就是命运的安排？在我不知所措时，上帝适时为我指出明路。

"你……瘦了。"我说了风马牛不相及的话。

"想妳想的。"

他告诉我为了迎接我，他推掉了今晚和明晚的演奏会，报上说今晚这一场，奥巴马总统会是座上宾，估计现在FBI全出动了。

"你竟然还能说笑？"

"好，不说笑。"他牵起我的手，"如果这次妳再脱逃，我会从全日空飞机上往下跳，一了百了。"

～

空服员过来收走餐盘，我把汉莎航空的行程单揉成一团塞进空了的纸杯里。

"那张纸是什么？"林男问。

"没什么。"我对他微笑，心里却酸酸的。

乔在巴黎机场等不到我会是怎样的心情？沙丽赢了赌注，她应该赢的，我是多么忧柔寡断的人啊！

林男握紧我的手："别担心，我们会好好的。"

我们真的会好好的吗？

当我选择往左走到F柜台时，命运已转了方向，我不知道横在面前的是喜亦是忧，只知道我满足了一个男人的宿愿……

"我为妳写了一首曲子，回家后弹给妳听，嗯？"他问，眼神充满爱意。

"好的。"

我转头看机舱外，大片的橘红色云彩像不小心被打翻的颜料，渲染了整个天空。几道金光投射下来，很是刺眼，我索性闭上了双眼，希望夜的黑赶快来到。

～

我们一走出关口就看到ANGELA，她翘首以盼，很焦急的模样。当她看到林男，深锁的眉头瞬间舒展开来，眼睛也有了光彩。

"妳怎么来了？"林男问。

Angela答纽约爱乐乐团的经理告诉她，临时替代的钢琴家得了急性肠胃炎，今晚上不了台，再找人不恰当，加上他昨晚缺席，网上有很多传闻，这不是个好现象……

林男表示我刚到纽约，他得先安顿好我。

"贝贝小姐的事我来安排，你先到林肯中心彩排行吗？今晚的佳宾是日皇伉俪，他们是你的忠实粉丝，外交部来电说希望能看到你上台。"

林男还想说什么，被我拦住："还是去吧！我也想听你的演奏。"

他想了想，又低头看表，已近中午，但来得及彩排。

"我直接上林肯中心排练，下午五点送演出服过来，顺便替贝贝安排个好位子。"林男对Angela说。

"没问题。"她答，很高兴的样子。

"对了，将贝贝载到我的住处。冰箱里有柠檬水和千层派，贝贝喜欢吃。"

Angela的笑脸僵住了，问："她不是住校吗？"

"不，贝贝和我住，"林男走向他的助理兼情人，不带一丝情感地说，"别忘了我们的约定，我有权交朋友，妳无权干涉。"

他走了，Angela呆在原地一动也不动，像个木头人似的。

"妳还好吧？"我问

她转过头来，面如死灰地答好，然后弯腰帮我提行李，我说不用，她仍把行李抢了去，用力过猛，倒像是和谁赌气来着。

我很想告诉她，自己已付了学校住宿费，和林男同住不在计划内，但她不给我说话的机会，脚步飞快地往停车场走去。

第三十章/改弦易辙

"妳放心，今晚我会找家酒店住下，只是林男给我的薪水并不高，想在纽约市区找房难如登天。"在车内，Angela对我大吐苦水。

此时的我终于有机会告诉她，自己已经付了学校住宿费，请她直接载我回ZL音乐学院即可。

"贝贝，妳确定要如此做？"Angela眼露欣喜。

"当然，凡事总有个先来后到，我不会做鸠占鹊巢的事。"

Angela向我表达谢意，同时欢迎我一起回家吃夜宵，今晚她做了林男爱吃的滑鸡粥和四喜烤麸。

"妳做的太多了，超过一个助理该做的范围。"我说，顺便很不礼貌地问林男给了她多少月薪？

Angela的回答令人大吃一惊，那是一个连单身女郎都得勒紧裤带过活的数字，何况她还得负担两人的伙食费。

"这太过分了！"我说。

"其实也没那么糟糕，林男没让我付住宿费。"

听她这么一答，我更没理由和林男同住了。

今晚是柴可夫斯基之夜。

这位十九世纪最伟大的俄罗斯作曲家用作品反映了人民的苦闷及对幸福生活的渴望，举凡协奏曲、舞曲、歌剧……等无不涉猎，钢琴曲虽不多，但足以撑起一场演奏会。

许久没听林男弹琴，让我非常期待。他的表达方式一向丰富有层次，善于把握作品的风格和内涵，可惜今晚的他过于浮躁，没有抓住深沉的意韵。

演奏会结束，我到后台找他，他正和日皇伉俪谈话，通过肢体语言，我能感觉必是溢美之辞胜过实质点评。

送走贵宾后，林男注意到站在角落的我。

"妳来了。"

"是的，"我走向他，"演奏会很成功，恭喜！"

林男说內行人看门道，外行人看热闹，以我的专业水平，不需讲外行人的客套话。

既然这样，那我不客气了。我直言他有些许错音，但瑕不掩瑜，最大的败笔是他把柴可夫斯基弹成了帕格尼尼，这很不恰当……

他听完后闷不吭声，我害怕自己过于耿直伤了他，毕竟音乐神童是在观众的掌声中茁壮的。

"妳说的没错，"林男终于开口，"今晚的我不在状态下，对于专业的钢琴家而言，这是不可饶恕的过错，我会汲取教训，不再犯同样的错误。"

我问他为什么不在状态下？他答因为我终于回到他身边，所以心情一直处于亢奋之中，很难把柴可夫斯基忧国忧民的情怀表现出来。

我很能理解林男说的，同为音乐人，我太清楚环境的影响。

"我在第一排没看到妳，妳坐在哪里？"林男问。

我答坐在二楼E区。

他听了很生气，责怪 Angela 不会办事，竟然安排那么偏的位子。

"你的票一早就售罄，Angela还能帮我找到位子实属不易。"

"也是，除非有人退票，但这个可能性极小。对了，想去哪里吃宵夜？我请客。"

我想起Angela的滑鸡粥和四喜烤麸，赶紧说不，自己想尽早回宿舍……

林男一听说我没打算住在他的别墅里，很是恼怒。

"我来纽约是为了完成当年未竟的心愿，任何让我分心的事都应该尽量避免。"我解释。

"我不会吵妳的。"林男一副可怜相。

"我给你课程表，任何时候你都可以在校园內找到我。"

"不是这样的，我……我希望一回到家就能看到妳。"

我说他太贪心了，但答应周末和他见面。

"今天是周日，我还得等六天，怎么办？我现在就开始想妳了……"

他说得幼稚，却感动了我。

我告诉他"小别胜新婚"，等待也是一种幸福。他说我强辞夺理，相爱的两人何尝不想朝朝暮暮？

啊！我也想要有朝朝暮暮的爱情，但我不得不考虑Angela的感受，我若和林男住一起，她何去何从？两女一男同住一个屋檐下那就更可笑了，我不认为Angela会如此大度，而我也做不到无动于衷。

"扣、扣、"

我和林男同时转头过去，是Angela，她轻敲化妆室的门，即使门户洞开着。

"男，走吗？"她小心地问。

我想起Angela做好的夜宵，遂赶在林男前面说："我得走了，再晚不安全。"

林男提议一道走，让Angela先载我回学校。

我一口回绝，说自己想试试纽约地铁，这是快速认识一个城市的捷径。

林男还想说什么，我已拿起包迅速转身，不给他说话的机会。

第三十一章/包养

我低着头走出教室，一个大男生忽然横在我面前，害我差点儿一头撞上。

" What's wrong with you?"我很恼火，怒视着眼前这个没礼貌的人。

" Excuse me , where is the Big Ben?"他问我大笨钟在哪里?

" What?"

他闪着狡黠的双眼，有些捉弄人的意味。我上下打量他，很眼熟，说不上在哪里见过面。

" A-ha, 我就说妳是学生，还骗我们妳已婚。"

噢！我想起来了，一年多前我和Mlle Martin上完一对一的法语课，在咖啡店里遇到两个中国来的大男生，他们用不流利的英语问我大笨钟怎么走？我马上用流利的普通话指点他们……

"快告诉我那个幸运儿是谁，我马上谋杀他！"男孩试图唤醒我的记忆。

"没有什么幸运儿，"我沉下脸来，"你也就读这所学校吗？"

"是的，我是大二学生，主修钢琴，中文名何一凡。对了，妳是不是大一新生？以前没在校园内见过妳。"

我答自己刚从英国过来，是新生，对这里很陌生，连餐厅在哪里也不知道，到现在还没吃早餐……

"这怎么行？"他低头看表，"现在肯定没早餐了，不过十分钟后可以吃午餐，我带妳去，嗯？"

~

我和何一凡在十一点钟进入餐厅，人不多，几乎不用排队。

"凯撒沙拉看起来很清爽、南瓜汤黄澄澄的很绵密、勃艮第红酒炖牛肉……这个应该炖很久了，嗯……我是要牛肉还是意大利千层面呢？"我望着不锈钢台上的食物出神。

"贝贝，问妳话呢！"

"什么？"

"我是中国同学会的副会长，人多热闹，妳也加入吧！"

我想了想，这种政治鲜明的组织总让人生畏，还是免了吧！

他听完大笑，说我想多了，会参加同学会的人都是为了吃中国饭及讲中国话，如此而已。

若真是那样，倒是可以考虑考虑。

我边想边拿了焦糖布丁当甜点，一转头看见何一凡的托盘上只摆了个优格和香蕉。

"你该不会中午只吃这些吧？！"我问。

"从现在起十天是我的减肥期。"

何一凡一点儿也不胖，和传统的中国男生不一样，他的骨架大，胸膛突出，整个体型成倒三角形。再说长相，他的脸型有棱有角，看起来很刚毅，像从大山里走出来的青年……

他笑问我这评论是褒还是贬？

"是褒，时尚圈正流行这种健康风。"

何一凡说我好眼光，他现在是VOGUE的兼职模特儿。

"真的假的？我现在正和超模用餐？"

他马上撇清，说自己还是新人，和超模不在同一个级别，但他有信心能在纽约时尚界闯出一片天。

"那干嘛学音乐？"我开始吃牛肉，果然入口即化，"你应该学体育。"

何一凡说我的认知出现了错误，超模不能光看外表，内涵尤其重要，他每天沉浸在音乐里，久而久之能彰显高贵的气质。

我耸耸肩不予置评，那个圈子离我太遥远，即使我一直用着他们代言的商品。

"妳学什么专业？"他忽然问到重点了。

"主修小提琴，副修钢琴。"

他提起有个认识的摄影家在找会拉小提琴的美女拍照，问我感不感兴趣？时薪200美元，比他赚的强多了。

我马上摇头拒绝。

"妳拿奖学金吗？"他问。

我答没有。

"妳很有钱吗？"

我否认。

这下子何一凡犯迷糊了，他问我要如何负担一年七万美元的学费加住宿费？他认识的人要嘛有过硬的身家，要嘛自食其力，早早加入打工大队，我是属于哪一种？

我用小勺挖着焦糖布丁吃，气定神闲地答我被富商包养了，他负担我的一切开销。

何一凡的喉咙发出"呃"的一声，然后低下头默默吃着他的香蕉和优格。东西少，没两下就吃完了，他请我慢用。

我对他微笑，他点了个头起身走了，那样子看起来倒像是落荒而逃，而我却大大松了一口气。

"Excuse me. May I have Latte and a piece of blueberry cake?"我要了拿铁及蓝莓蛋糕片。

"Certainly."餐厅服务员答。

我忽然感到胃口大开，打算在下午的第一堂课前，做一回"饱食终日，无所事事"的闲人。

~

我在校园里看过几回林男的身影，他现在是博士候选人，又是个小有名气的钢琴家，我总能看到学校学生们所流露出的倾羡眼神，胆子大一点儿的会上前攀谈几句，但不是被Angela阻挡，就是吃了林男的闭门羹。

"他叫林男，2005年日本宾松国际比赛桂冠的得主，眼睛长在头顶上，高傲得很。"何一凡在我背后议论。

"是吗？"我转过头去，"你跟他很熟？"

"不熟，但他是本校的传奇人物，想不注意都难，许多小道消息不径而走。"他指着林男身后那个红色的影子，"看到那个矮个子没？她是林男的助理兼同居女友，但林男完全不把她看在眼里，呼来喝去的，也难怪，本身条件差，活该被踩在脚底下。"

我对八卦不感兴趣，听男生讲损人的八卦，更是厌恶。

“除了当狗仔，你没其他的事情好做吗？”我问。

他说他刚去指导教授那里交暑假作业，碰巧遇见我，问我今晚能和他一起参加"中国同学会"举办的迎新派对吗？会后有抽奖，最大奖是纽约Strand书店的5o美元代金券。

“这倒不错，有吃、有喝、有玩，顺便还能赢大奖。”我说。

“大小姐，每个人得交2o美元入场，'中国同学会'不是慈善机构。”他毫不客气地戳破我的幻想。

我答自己再想想，如果无聊再去。

他转而嘻皮笑脸地游说我：“那里有很多富二代，也许妳能再找个人包养妳。”

“好呀！我不介意再找个金主。”我转身离开。

何一凡在我背后喊：“别忘了，晚上七点我在宿舍门口等妳。”

我把他的话扔到脑后，快步走向乐理教室。

第三十二章/管好你的嘴

"扣、扣、"

我看了一眼桌上闹钟，19:20，谁会敲我房门？

"我在楼下等了妳半小时了。"我一开门，何一凡就抱怨。

"顶多二十分钟。"我纠正。

何一凡说他提早到，所以的的确确等了30分钟。

我不想纠结那十分钟，表情严肃地说："我没让你等，你可以不等。况且我的意思是若觉得无聊才会去参加那个什么会。很抱歉，今晚的我不无聊，正在听音乐剧《猫》。"

"那正好，我也喜欢《猫》，我们一起听吧！"

他作势要进房，被我挡在房外。

何一凡嚷嚷："妳不能这样，要嘛让我听音乐剧，要嘛跟我去那个什么会，二选一，没有其他选项。"

我说他耍无赖，他答那是他的强项，他会将我的评价视为赞美。

与恬不知耻的人多说无益，我马上让他吃闭门羹，没想到他竟然在房外唱起音乐剧《猫》的主题曲-Memory.

MIDNIGHT, NOT A SOUND FROM THE PAVEMENT

Has the moon lost her memory

She is smiling alone

In the lamplight ……

我不得不承认他的声音浑然天成犹如天籁，比起拗口的中式英语，他的英文歌唱得字正腔圆，少了浓重的中国腔。

" Be quiet."我打开房门要他安静点。

何一凡没降低声量，反倒把走廊当成舞台，对我又唱又演的，我看见邻居们纷纷把房门打开，对我们行注目礼，真要羞死人了。

"快走！"我推他一把，顺便锁上门。

"中国同学会"租了学校礼堂举办迎新晚会，参与者多携家带眷，小孩子跑来跑去，夹杂婴儿的哭声，只能以一个"乱"字形容。还好节目开始后，大家鱼贯入座，吵闹声逐渐消停。

" Ladies and gentlemen , tonight……"

主持人开始介绍"中国同学会"的宗旨和迎新晚会的意义，原来今晚上台的都是学长姐，表演的也多是家乡情怀，不管唱歌、跳舞或小品，绝对要让观众找到"家"的感觉。

前几个节目图个新鲜，我还能专心，后面就千篇一律，让人哈欠声连连。

"再忍忍，节目过后有中国菜吃。"何一凡压低声音对我说，仿佛我来就是为了吃。

我又勉强自已几分钟，不行，太无聊了，现场收音不好，看小品像看默剧，不知为什么那个男的要甩女的耳光，而女的却还笑脸迎人？

注意力一转移，我很快将眼光放在会场上那个满脸落腮胡的摄影师身上，他来来回回，爬上爬下地拍照，像只小猴子似的。

拍完陕北大秧歌后，他镜头一转开始拍起观众，被拍者不但不回避，反而举起剪刀手，仿佛中了头彩。几番辗转，他竟将长镜头对准我，让我很恼怒，怎么有人会如此孟浪？连征求允许也没有。

"张三，够了，你的底片不用钱吗？"何一凡开口了，明显认识对方。

叫张三的人没回应，转身另外找目标，此时观众陆续起身往两旁散去。

"节目结束了，"何一凡像拉警报似地喊，"快，动作慢的只能吃剩菜剩饭。"

我注意到礼堂两旁的长条桌上已经摆满了中式菜肴，有宫保鸡丁、蚝油牛肉、红烧大虾、糖醋排骨、炒饭、炒面、港式点心……等等，饮料则有软饮、咖啡和豆浆。

何一凡帮我抢了虾、排骨、炒饭，又拿来叉烧包，转身再去夺鸡丁和牛肉，把用餐当成打战。

"你得快、狠、准，否则只能瘦成皮包骨。"他说。

我听了噗嗤一笑，因为这礼堂还真找不到他形容的瘦子。

"吃！"何一凡递给我筷子，"不够我再去取。"

看着缺口的盘子上糊成一团的东西，我顿时失了胃口，将盘子递还给他："我不饿，你吃。"

"卖相是不好，但挺好吃的。"何一凡塞上一口炒饭，含糊不清地说。

望着眼前这一群饥饿相的男女老少，我仿佛进入截然不同的世界，这和我以前的生活大相径庭，一个天堂，一个……不能说是地狱，只能说回到人间。

"妳没见过这种场面吧？！"他问我。

"的确没有，我的家境小康，但靠着自己的一点儿音乐天赋，一路入读贵族学校，来往者非富即贵，嫁给乔后更是灰姑娘翻身，从此过上锦衣玉食的生活，完全不知民间疾苦。"

"由俭入奢易，由奢返俭难，人不可能永远幸运。"

也许说者无意，但我听者有心，不禁陷入长长的沉思中。

"告诉妳，前几天我以中国同学会副会长的身份请林男为我们这个神圣的组织献上一曲，他打官腔，说我必须和AMI公司谈，没经签约公司的同意，他不能做公开演奏。妈的，他不说谁会知道？"

我站在林男这一边，他的担忧没错，毁约是很严重的事，谁能保证杜悠悠众口？

何一凡放下啃得干干净净的骨头，赌气地说明星都是捧出来的，如果他站在林男的位置上，一样能扬名立万。

"那可不一定，台上十分钟，台下十年功。你有时间忌妒别人，倒不如充实自己。"

何一凡涨红了脸："怎么，说到妳的心上人不高兴了？"

"什么心上人？"这下子我真的不高兴了。

“妳不是因为老公不要妳才灰头土脸地离开英国投向林男的怀抱？没想到使君有妇，落得赔了夫人又折兵。”

谁？是谁红口白牙地毁谤我，然后经过口耳相传，成为八卦爱好者的谈资内容？

我愤而将手中的热咖啡洒向他：“管好你的嘴！”

在引来更多注目前，我怒气冲冲地离开是非地。

第三十三章/人言可畏

回到宿舍，我气愤依旧。

躺在床上，我把这几天发生的事在脑中过了一遍。不对，我、乔和林男之间的三角关系是极其私密的事，外人不可能知道，就算何一凡道听途说，始作俑者也必定是我身边的熟人。

乔不可能、沙丽不可能、林男不可能、Angela......???

是Angela吗？

"嘟......嘟嘟......嘟......"

我看了一眼桌上闹钟，23:00，一分不多，一分不少，是林男，他跟我约了每晚11点钟的电话约会。

"今天过得如何？"他问。

"还行。"

然后他高兴地宣布"伦敦城市音乐节"邀请他在闭幕式做压轴演出、CD也在录制当中......

"AMI公司的要求很高吧？"我问。

林男答那肯定是，AMI是古典音乐界的龙头老大，问我怎么知道他签约AMI的事？

我不敢说有关他的事，自有狗仔义不容辞地传播着。

"报上说的。"我顾左右而言他，"听说今晚中国同学会举办的迎新晚会曾邀请你上台演奏，被你回绝了。"

"嗯！根本是不可能的事，AMI在这方面规定很严，中国同学会即使请了Angela的表弟来说项也无补于事。"

"Angela的表弟？"

"嗯！他也是ZL音乐学院的学生，学的是钢琴，去年被我教过，有点儿小聪明，但不够努力。"

我紧张得全身发抖，问Angela的表弟是不是叫何一凡？

"妳怎么知道？"

哈！我怎么知道？今天一整天都被这个姓何的缠住，我还傻不楞登地被他牵着鼻子走。

大概受的惊吓太大，我对林男接下来的问话只是嗯嗯呀呀地应付着。

"怎么了？声音听起来无精打采的样子。"他问。

我答我累了，林男很体贴地放我去睡觉。

挂上手机，我终于有余力去恨那个虚伪的小人。何一凡，你给我等着！

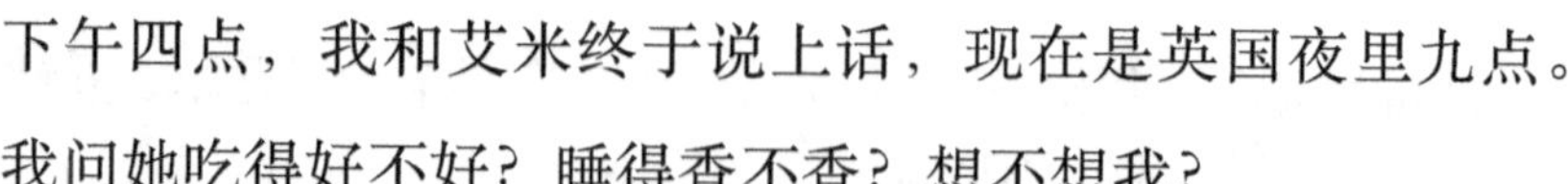

下午四点，我和艾米终于说上话，现在是英国夜里九点。

我问她吃得好不好？睡得香不香？想不想我？

艾米说吃得很好，除了她不喜欢的胡萝卜之外；睡得很香，只是现在得比平常早半个小时起床；很想我，很想很想……

我说我也想她，无时无刻。

"妈咪，妳什么时候回来？"

我该如何告诉她，我回不去了？

"爹地也很想妳。"艾米找来救兵。

不，乔不会想我，我伤他那样深……

"我看见爹地偷偷看妳的照片，然后沙丽生气了，好几天不跟爹地说话。"

噢！不，我不愿乔再因我而神伤。

"爹地现在在哪里？"我问。

"他就在我身边等着给我讲床前故事，妳等等，我把手机交给他。"

我还来不及说不，手机那头已传来熟悉的声音。

"好吗？"乔问。

我答好。

"我在巴黎机场等了很久，直到下一班飞机也抵达，我才确认自己失败，败得彻底。"

除了"对不起"，我什么也说不了。

"Hold on."乔突然要我别挂断。

过了十几秒……

"在吗？"他问。

我答在，他说有些话不方便当着艾米面前说，他现在走到主卧室了。

“嗯！”

“妳别听艾米胡说，真实情况是翠西把妳的东西全部收到储藏室，我不小心瞄了一眼当时的婚纱照。沙丽没有不高兴，也没跟我冷战，我们三人现在是和乐的一家人。”

好个和乐的一家人，是我没福气，错过了幸福……

“妳错过了幸福。”乔说。

“我知道，替我亲吻艾米。”

乔还想说什么，但我挂上手机，顺便把眼角的泪水划去。

“对不起。”

我还在伤悲，一句突来的道歉，让我忍不住转过头去，是何一凡，他正站在我身后，毕恭毕敬的。

这个人是怎么回事？老阴魂不散的。

“昨晚我口不择言，就想跟妳当面道个歉。”他说。

“不必，我的确赔了夫人又折兵，但谁的人生没有一点儿波折？你没有吗？你表姐没有吗？”

我又说他的家族都有“以自嘲来保护自己”的倾向，包括他说Angela是矮个子，又说她条件差，活该被林男踩在脚底下等等。

何一凡说我的消息真灵通，知道Angela是他表姐。我答彼此彼此，女人八卦起来不输男人。

“老实说，我对妳没意见，甚至有某种程度的好感，但我反感林男，因为他欺负Angela甚深,只是我没料到手中的枪杆子没瞄准，擦枪走火伤了妳。”

“你怎么可能对我没意见？我是人人喊打的小三，老公不要我，转而倒贴林男……”

"别说了，"他把一张小纸片递给我，"这是我中的一等奖，Strand书店的5o美元代金券,送给妳！"

什么跟什么？简直是小孩子行为，竟然以为可以用5o美元收买我？！

他说我又误会他了，他是把好运送给我，顺便表达歉意。

"不要！"我把代金券往外推。

"我推荐妳买《FATES AND FURIES》这本书，我看的是中译本，味道差了点儿。妳应该可以读原文版，作者是 Lauren Groff。"

"我不看书。"

谁知他硬把券塞进我手里，转身逃之夭夭。

上完《MUSIC AESTHETICS AND CRITICISM》，教室外面起了一些骚动，我把文具和笔记本扫进背包里，信步走出教室。

我看见林男站在角落，几个女生围着他叽叽喳喳，他一脸的不耐烦，我正想转身……

"贝贝，"林男忽然向我走来，"等妳很久了，走，吃饭去。"

在我做出反应前，林男已经抓起我的手，在众目睽睽下，昂首而去。

一离开同学们的视线，我马上放开他的手："你不该这么做，人言可畏。"

"I don't care. 我又不是为他们而活。"

"但我在乎，尤其初来乍到，若早早被贴上标签，一辈子都洗不掉。"

林男问我被贴上什么标签？我很想把何一凡的评论原原本本告诉他，但我不能。

"你是有名气的钢琴家，我不想攀着你上位。"我答。

林男说早在他成名前我们就已认识，谈不上谁攀附了谁，若我有顾忌，下次他会低调些。

看在他态度诚恳的份上，我勉强接受，也有了笑脸。

"现在有幸请妳吃饭吗？我知道一家好味道的餐厅，它是纽约布鲁克林地区唯一的一家米其林三星餐厅，厨房是开放式的，地方不大，只有18个座位，通常得提前6周预订。"

"提前六周？那时你并不知道我会来纽约。"

林男的脸上出现一抹诡异的笑容。

"Oh no!别告诉我这家餐厅的老板也是你的粉丝。"

他开怀大笑。

我说他这辈子注定有好口福，他不置可否，转而表示他的车子就停在学校停车场，我可以在他身后保持五大步的距离，够低调了吧？

我笑而不答，然后紧跟在他身后五大步，一步不多，一步不少。

第三十四章/意外归来

从 Chef's Table 走出来，已近夜里11点。

"我得回宿舍了。"我说。

"今天星期五。"他提醒我。

我说我知道今天星期五，是周末狂欢的开始，但我有莫札特的作业要做，还有很多曲子要练习。

"别担心，我帮妳。"

"莫札特的早期作品受巴洛克时期的音乐风格所影响，"林男俯下身和我面对面，"中期作品则显现出一种轻松、愉快和简单高贵的特点。"

"晚期呢？"我问。

林男开始亲吻我耳垂，然后在我耳边呢喃："晚期受海顿的影响，作品更为复杂，情节更加生动，音乐和舞台的结合更为一致……"

"谈谈《费加洛婚礼》。"我丢给他另一份作业。

"《费加洛婚礼》是莫札特最具代表性的歌剧，它刻画了人物的心理变化，也描绘出爱情的细腻差异，对推动戏剧的发展及强化喜剧效果起到至关重要的作用……"林男解开我上衣的钮扣。

"男，"我的身体无端燥热起来，"也许……也许Angela会突然回来。"

在失去理智前，我得赶紧踩刹车。

"不会的，我派她到芝加哥，芝加哥和纽约有一万多公里的距离。"

"可是……"

他吻住我的唇，不让我说话。

～

林男受邀为一年一度的"芝加哥音乐节"拉开序幕，演奏地点为千禧公园露天音乐厅。按理说音乐节比较轻松，只需在电话中谈好，不必亲力亲为，但林男故意将ANGELA支开，好和我约会。

"Dr. Watson 很严格，"我躺在林男怀里撒娇，"我怕我的钢琴过不了关。"

林男说Dr.Watson 的确一板一眼，但为人很正直，只要我把该做的都做了，他会给我相应的分数。

看来也只能这样了。

"想不想听我为妳做的曲子？"林男忽然来了兴致。

想，很想，但现在已经凌晨一点钟，恐怕会吵醒邻居……

林男不理会我的担忧，一把将我拉起，我只好随手将Angela的晨褛裹在身上。

～

我双手支在三角钢琴上，林男边弹琴边含情脉脉地看着我。

他的曲子很柔、很细致，像风轻盈，像水温柔，像雾朦胧，也像月浪漫……

一曲罢了，我给他热烈掌声。

林男起身俯首致意，让我想起站在舞台上的他，即使致谢，他也一贯高傲得不得了，像施舍似的。

"你自卑过吗？"我好奇一问。

"为什么这么问？"

我说因为他看起来从不自卑。

"我的确从不自卑，但六年前我曾经自卑过，觉得自己不够好，所以心爱的女人嫁给了别人。"

噢！林男～

"但现在不存在了，那个自卑的理由已不再是理由，妳又回到我身边。"他笑了，让人如沐春风。

"叮咚～"

突来的门铃声让我心惊，肯定是半夜弹琴扰人清梦，邻居跑来投诉了。

我皱了皱眉头，决定躲到房间里，因为Angela的晨褛透明如纱，我可不愿吓坏邻居。

～

"她在哪里？"是Angela的声音。

我吓得魂都飞了，赶紧跳下床，想在她破门而入前上锁，可惜晚了一步。

"那是我的晨褛。"Angela带着杀气。

"我......我马上还妳，请回避一下。"

可惜Angela等不及，她上前扒我的衣服，我双手护胸，不想在她的面前光裸着身子。

林男没迟疑，他像母鸡护卫小鸡一样，甩了Angela一记大耳光。

"你......你打我。"Angela捂住脸颊，斗大的泪珠滚落下来。

林男说他不仅要打她，还要将她轰走。这个家只有一个女主人，那就是柯贝贝，任何人对她不敬就是对他的挑衅......

Angela听完马上扑倒在地："对不起，我错了，别赶我走。只要让我留在你身边，你说什么是什么，全听你的。"

林男怎么也不同意，并且说到做到，把一个大号红色行李箱拉出来，再将Angela的衣物一股脑地全塞进去。

"滚！越远越好。"他对她嘶吼。

Angela哭得像个泪人似的，两只眼睛肿得像核桃，眼线也花了。她又哀求几句，林男仍要她走，她遂转移目标。

"贝贝，"她爬着过来，跪在我面前，"帮我说几句，晨褛我不要了，送给妳！"

她呜呜呜地哭得很悽惨。

依据我对林男的了解，他想做什么，旁人根本无法左右，但我有他的软肋。

"你们的事我不管，"我脱下晨褛，穿回自己的衣服，"我现在就走，如果有人因我丢了工作，我再也不回到这里。"

林男过来阻止我离去，我表情严肃地说："你敢挡我的路，咱们就到此为止。"

那人知道我脾气，让开路来，我头也不回地走了。

走出林男的别墅，我正想用女性专用打车服务叫车，但眼前那一辆未熄火的Honda却引起我的注意。

"扣、扣、"我敲击车窗。

驾驶员挪动一下身子，继续装睡。我用手去扳车门，发现上锁了。

"何一凡，你开门，我知道是你。"

见他仍装死，我愤而从地上拾起一块巴掌大的石头，打算让他的车破相。

"别，"他终于开车门，"这是我贷款买的，钱还没付清呢！"

我将石头往地上一扔，坐进车里。

"跟踪我多久了？"我气愤地问。

"从学校停车场开始……"

啊？竟然有大半天了。

我问是不是Angela要他这么做的？他答不是，他之所以这么做，是为了让他表姐死心，但显然没起到作用……

从何一凡口中得知Angela从小就是个内向又不自信的女孩，父母长期忽视她，兄弟姐妹间的感情也很淡薄。直到接触到林男的音乐，Angela闭塞的世界才被打开一扇窗，她视他为救世主，说是超级粉丝一点儿也不为过，所以当Angela知道林男要雇用她时，乐得像中了头彩，更不用说后来搬去和男神同居，她简直高兴到想跪下来亲吻他的脚趾头。

"真傻！"我摇头。

"妳可以笑她傻，但不能抹杀她的痴情，她已经寂寞够久了，林男是她活下去的希望。"

"他是她活下去的希望，那我呢？三振出局？"

"妳年轻貌美又有才华，放在哪里都是发光的金子。"他话锋一转，"我不是吓唬妳，再这么下去会出人命，妳还是尽早离开吧！"

我说我以为他不喜欢林男，不希望看他俩在一起。他答他是不喜欢林男，但Angela喜欢，他阻止不了犯痴的表姐，只好阻止看似比较明理的我，因为不想看到有任何人受到伤害……

此时此刻，我宁愿相信何一凡是真心为我好，而不是Angela派来的说客。

"让我好好想一想吧！说真的，我来纽约就是为了学习，不想再儿女情长了。"

"那么我代替Angela谢谢妳！"他显得很高兴，"夜深了，打车不安全，我载妳回学校宿舍吧！"

我默默系上安全带，车子摇晃一下便安稳地滑出停车位，我们一路向东。

第三十五章/也无风雨也无晴

Dr.Watson 说也许我的小提琴造诣不错，但钢琴实在有待加强，如果我不想下学期重修，势必得加倍努力。于是下完课，我匆匆吃完晚饭便带上琴谱直奔琴房。

我练习的是莫札特的《土耳其进行曲》，据说两百多年前，每当土耳其国王访问欧洲，总要带上一支乐队，把别具一格的土耳其音乐传播出去，这多少影响当时的作曲家。莫札特也赶上这股潮流，写出《土耳其进行曲》，由于具有非常通俗且流畅的旋律，成为不朽的古典小品。

"扣、扣、"我刚弹完最后一个音，有人敲门。

透过玻璃门，我看见何一凡的脸。

"今天Dr.Watson是不是给妳苦头吃？"门一开，他问。

"没有，他很慈祥地建议我该拨出一点儿时间给钢琴。"

接着他非常不见外地坐下来翻看我的琴谱。

"好久没练这首曲子了，感觉有点儿生疏。"他说。

"是吗？"

没想到下一秒，他纤细的手指在黑白键上来回飞舞，优美的旋律从指尖流淌出来，把《土耳其进行曲》弹得行云流水、荡气回肠，我则听得目瞪口呆。

"妳的问题出在主题更换不够明显，十六分音符的音速不是全然正确。还有，妳弹奏得不够铿锵有力，以这种气势，根本不构成进行曲的要素。"

"咳！"我死鸭子嘴硬，"这个我老早就知道了。"

"知道妳还没弹出来？该打屁股！"他站起身，"现在换妳弹给我听。"

我瞪大眼睛，哪有老师不请自来的道理？但再一想，自己的钢琴成绩正处于悬崖边缘，分分钟有可能粉身碎骨，让钢琴系的学长点评一下不无小补，于是依着他的指示，我坐下来弹琴，并且加强气势及音速控制。

"好多了，但是……"这次他指出我曲风上的瑕疵。

~

"扣、扣、"

如果不是琴房的下一位使用者催人，我还不知道两个小时转眼已过。

"谢谢！我是不是该付你束脩费？"走出大楼，我问。

何一凡说那全凭我的良心，不管是五美元的热狗还是米其林大餐，他都欣然接受。

"好，等良心发现的那一天，我通知你。"我笑说。

天色已黑，晚风习来很是凉爽，加上我刚练完琴，收获颇丰，原以为这将会是惬意而舒心的夜晚……

"听说林男和拉小提琴的新生搞在一起。"

"真的假的？那他的同居助理怎么办？"

"什么怎么办？一边凉快去呗！谁让学妹漂亮又有才气。"

"听说那个学妹为了林男离婚，连亲生孩子也不要，够狠的了。"

"这有什么，林男随便开个演奏会就有上百万的收入，更不用说CD的版权费，她算攀上高枝了，这种见钱眼开的女人多了去。"

"……

几名中国学生叽叽喳喳地边谈天边往琴房走去，声音大到足以让我和何一凡一字不漏地全听进去。

"真不关我事，"何一凡一脸无辜，"我什么都没说。"

"没说才怪，有谁会像你一样大嘴巴？"

"真的，贝贝，妳要相信我！"

我把他抛在脑后，小跑步起来。

23:00，林男打给我，响了十几声我都没接，然后就是一连串的索命连环 call……

我不知道自己在气什么，反正就是觉得很烦、很无辜，怎么我就成了见钱眼开的小三？

"嘟……嘟嘟……"我看了一眼来电显示，这次竟然是赖音如。

我接听，问她为什么这么早起？

"没办法，被二表哥吵醒，他说妳没接电话，怕妳出事。"说完，她打了个大哈欠。

林男也真是的，太小题大做了。

赖音如问我和林男是不是吵架了？我答没有，只是为了别的事心烦，想静一静。

"没事就好，"她又打了哈欠，"可别像大表哥和沙丽一样，我挂了。"

乔和沙丽怎么了？我赶紧阻止她收线。

"说白了就那么回事，沙丽催促大表哥和妳离婚，大表哥一直拖着，沙丽认为他没诚意解决问题，存心让她当未婚妈妈……"

我想起和沙丽的约定，其实只要乔拟好离婚协议，我会二话不说给签了。

赖音如说重点不在这儿，沙丽是个工作狂，即使怀孕了还像拼命三娘，结果小产了。

"这是什么跟什么？怎么又跳到小产了？时间顺序简直乱得可以。"

"哎！谁让我现在睡意正浓，脑子不听使唤，待会儿还得跟二表哥报平安呢！想到就累，再聊了。"她挂上电话。

虽然结束谈话，但脑子里我还在想乔和沙丽的事，久久无法释怀。

~

下午四点我打给艾米，她说乔正在洗澡，待会儿会到她房里，我赶紧抓住机会问个究竟。

"爹地和沙丽吵架，几乎每天都吵，爹地说沙丽不管我，沙丽说她的baby死了，她没心情管我。"艾米答。

果然如同赖音如所说，沙丽小产了。

我要艾米听话，把该做的功课做好，别理会大人吵架。

"可是他们吵架的声音很大声，即使我捂住耳朵还是听得见。"女儿抱怨。

这可不行，大人经常吵架会给孩子带来阴影，我得跟乔好好谈谈。

"爹地来了，妳跟他说吧！"艾米把手机交给乔。

我要乔到书房讲电话，那里相对"安全"些，然后把意思传达给他，希望他考虑一下艾米的感受。

"知道了。"

我又等了几秒钟，手机那端仍无一点儿声响。

"那……我挂了。"

"贝贝，"他终于开口，"如果……如果我把离婚协议拟好，妳会签吗？"

"……会，我希望你幸福。"

乔反问我，为什么离婚对他而言是幸福的？

"因为……因为沙丽义无反顾地爱着你，不像我，让你没有归属感。"

乔说我矫情，明明希望获得自由身，好和林男走在一起，却把自己形容成殉道者。

我答这是两码子事，何况林男现在有同居女友，情况变得比较复杂。

"呵！如果当初……妳也不致于走到这一步。"

我谢谢他的咀咒，最后不忘祝福他和重组家庭幸福美满。

面对乔的嘲讽，原来我已能做到"也无风雨也无晴"，那么旁人再多的误会和流言又算得了什么？

挂上手机，我走向琴房，打算吃晚饭前再多弹几遍《土耳其进行曲》。

第三十六章/道德绑架

上完Miss Jones 的《Music Guide》，我信步走出教室。

"贝贝～"

听到有人唤我，我转头过去。

Angela小跑步过来，笑得一脸灿烂："我等妳很久了，我们一起吃晚餐。"

她带我到学校附近的TavolaItalian Dining意大利餐厅，虽是近在咫尺，但我是新生，压根儿没来过这第56街道。

餐厅装饰得非常典雅，不论是手绘壁画、古朴地砖还是拱形穹顶都流露出浓郁的地中海风情。

侍者告诉我们如果是初次到来，可以试试经典菜式中的牛肉和海鲜。

"还是妳来点，我上高级餐厅的机会不多，对食物没有特别的喜好，妳是客人，主随客意。"她把决定权交给我。

由于经常和乔外食，吃遍山珍海味，我很懂得食物搭配，所以欣然接受这个"任务"。

大致翻完精致的菜单后，餐前酒我点了以苹果白兰地为基底的Calvados，口味辛辣，很适合意式餐点的开场；冷盘选择了炸鲜鱿鱼仔配香草酱汁以及芝麻菜香梨沙拉配帕玛森干酪；主菜我替Angela选了细面"天使头发"，自己的则是蘑菇意饭配鹅肝和甜酒汁；甜品要了无花果拿破仑及提拉米苏。

"还是妳见过世面，我只属于大排档。"Angela又开始自嘲。

我告诉她大排档也有好滋味，她说我是坐在米仓里说话，偶尔吃几次大排档当然滋味美妙，若经常吃就不是好不好吃的问题，而是把自己的层次给降低了，说白了就是掉价。

不知道为什么，和Angela说话很吃力，我们说不到一块儿去，总觉得她愤世嫉俗，甚至有些恨我，除了林男的原因外，还有别的什么，也许是我的好运气，也或许是我的起点高。

"妳也可以选择不掉价，听说妳厨艺了得，天天开伙就不用上大排档了。"我吃着鹅肝，慢慢地答。

Angela说她的确能做一手好菜，也很会收纳，钱都用在刀口上，自认为具备一切"好太太"的基本条件，可是我一来，什么都不对了，菜嫌不够味，衣服嫌没烫出直线，晚上根本不碰她，这样的日子她不知道还能忍受多久？

我终于知道这场鸿门宴的用意何在，顿然失了胃口。

"我和林男很早以前就认识，并不是因为他在纽约，我才到这里学习，而是六年前我就已考上ZL音乐学院，因为家庭原因，直至今年才入学。"我耐着性子解释。

"我知道，"她低头吃意面，吃得很慢，细嚼慢咽，"妳的故事我都能倒背如流。林男和我在一起，大部分时间都在谈妳，简直把我当成告解的神父。"

"如果真是如此，我只能说妳太伟大，伟大到成了圣人，我猜想这世界上没几个人能忍受这种待遇。"

Angela答她一点儿也不伟大，相反的，正因为她的渺小，只要林男一击掌，她便会听话地来到他跟前，任凭他处置……

我说人得先爱自己才能爱别人，这是亘古不变的道理。

"妳有颜、有才又有资源，当然够底气说这样的话。我长得一般又没才气，家世背景更拿不出手，像我这样的女孩多了去，注定不是孤独一生就是随便找个水电工或货车司机下嫁，而我不愿这样庸俗地过一辈子。不瞒妳说，林男是我的理想型，再怎么委屈，我也要待在他身边。"

这是为了宣誓主权还是下战书？我实在猜想不到她约我吃饭的目的，遂开门见山地要求她明说。

"别误会，贝贝。我来是求妳和林男在一起，他已经三天不进食，两周后有全美巡回演奏会，我怕会影响演出。"

这是怎么回事？林男闹绝食？

Angela答因为我不接听他的电话，在校园內他又很难碰见我，以致心情郁闷，把气都发在她身上，认为就是因为她死皮赖脸地待在别墅里，让我望而却步的缘故。接着她求我搬过去同住，林男一天看不到我，浑身都不对劲，更别提现在想饿死自己……

我很迷惑，Angela才描述完林男对她的不凡意义，这厢却将我往林男的怀里送，这合逻辑吗？

她答不是合逻辑的爱情才叫爱，林男若要她当小，她也愿意，只要我不反对。

这更可笑了，我现在连正宫都谈不上，有什么资格同意林男纳妾？何况我还没开放到不介意"三人行"。

Angela很失望，她原先的构想是别墅有三间房，林男和我住一间，她单独住一间，另一间当书房。既然我不同意"三人行"，她只好收拾行囊……

"别搬，"我想起林男给她的微薄薪资，"让我跟林男谈谈。"

Angela 载我回别墅，随即借口拿林男的演出服，匆忙开车走了，想来是不愿介入我和林男的谈话之中。

拿着 Angela 给的钥匙，我很轻易便打开黑桦木大门。

林男并不在客厅内，那架白色三角琴显得孤单。我转开主卧室的门把，林男背对我躺着，床头柜上的黄色小灯正亮着。

"滚，不想见到妳。"他说。

"你的坏脾气什么时候能改一改？也只有 Angela 受得住。"

听见我的声音，林男马上坐起，开心地说："妳来了。"

我坐下来开始说教，针对他的绝食举动以及对 Angela 严苛到不近人情的态度。

林男说不是他残忍，而是 Angela 让人无法忍受，如果早知道她是这样的人，打死他也不愿和她有一点儿干系。

"什么意思？"

"她比我妈更像妈，管我可严了。我越赶她走，她越粘上来，不管冷嘲热讽还是拳头相向，她就只会哀兵这一招，让我觉得自己是坏人，而她是逆来顺受的受气包。"

我不是当事人，无法判断谁对谁错。

"对了，妳为什么会突然来到，还知道我绝食，是不是 Angela 说了什么？"

我告诉他，今晚我和 Angela 共进晚餐。

"就知道她找救兵去了，没用的，这次我是铁了心要她搬，她不搬，我搬！"

"你给的那点儿薪水让她搬哪儿去？"

"难不成妳要我加她薪水？"他瞪大眼睛，难以置信。

"回答我，如果我没来纽约，结果会不会不同？"

林男犹豫了，而我心如明镜。

原来若不是因为我，他依旧会吃她煮的菜、穿她烫的衣服，然后夜晚要她……

"让她留下来吧！看在她劳苦功高的份上。"我感慨。

林男答让她留下来可以，但我必须搬来和他同住，这是条件。他再也受不了和我两地分离的痛苦，看不到我，他弹琴没了热情。

"两女一男同居一屋？这成何体统？"我坚决反对。

"要不，花园里有间工具室，把它腾出来再加盖卫浴即可，不在同一个屋檐下就不会落人口实。"

怎能让Angela睡工具室？这太不人道了。

正当我们争得面红耳赤时，Angela进屋了，一听说林男的计划，她忙不迭点头。

"一切还和从前一样，我煮三餐、打扫卫生、帮林男接洽演奏会及其他事宜，做一个助理该做的所有事。贝贝，"她面向我，"妳就安心住下来，我不会打扰妳和林男的生活。"

我还是觉得不妥，既然Angela愿意搬到工具室，这给予林男更大的生活空间和自由，我就没必要搬过来，住宿舍挺好的……

"妳还不明白吗？看不到妳，我痛苦得无法弹琴，妳是我灵感的泉源。"林男说。

我还在犹豫，Angela突然卟的一声跪倒在我面前："请妳搬过来，我代林男恳求。"

这不是道德绑架吗？我赶忙拉她起身，Angela死活不肯，她说除非我答应，否则她要长跪不起。

可气的是我竟然同意了，因为无意间看到林男失望的表情，那个表情六年前也曾出现过，当我告诉他自己怀孕了，不得不嫁给乔……

"太好了，"Angela跳了起来，"择日不如撞日，我现在就载妳回宿舍打包。"

就这样，我莫名其妙地被赶鸭子上架，当晚搬进了林男的别墅。

第三十七章/阴阳怪气的ANGELA

Angela 帮我将行李搬进屋，随即泡了咖啡，好让我和林男能坐在客厅边喝边聊，自己却像一阵风似地躲进厨房里，没两下工夫就炒好两盘面。

"林男已经饿很久了，时间匆忙，我煮了肉丝炒面，你们吃点儿。"她说。

林男是该吃东西，但Angela忘了我和她今晚才吃过大餐，现在肚子饱到不行。

"吃，Angela 的厨艺很不错。"林男边吃边说。

我拿起筷子，无聊地拨弄眼前的面条，看林男吃得津津有味，加上扑鼻的香味，我忍不住吃上一口，天哪！这是我吃过最好吃的炒面。面条是一般的乌冬面，肉丝是一般的里肌肉，青菜是一般的青江菜，Angela就是有办法将普通食材化为神奇，而且是在喝一杯咖啡的时间內完成，真是了得。

我正想当面赞美厨师，她拉着大号红色行李箱从主卧室走出来。

"我把我的东西都带走了，贝贝，妳可以将妳的东西归位。"Angela 对我说。

这怎么成？已近午夜，工具室里连张床也没有，遑论卫浴还未加盖，这多不方便！

"今晚妳就住客房吧！等一切就绪再搬出去。"我提议。

Angela将目光投向男主人，希望他表个态，孰料林男却闪躲开，低头专心吃面。

"不了，像我这种出身的人什么环境适应不了？别管我，你们继续吃面吧！"

" Angela～"我轻唤她，她仿佛听不见，开门走了。

～

我掀开窗帘，工具室亮着，昏黄的灯光更显凄凉。

"贝贝～"林男从后环抱我，"很晚了，该睡了。"

相较于林男的无关痛痒，我担心Angela 连床被子也没有，她要怎么睡？

林男答那不是我们的问题，是她自己愿意去的，没人强迫她。

但我还是"强迫"林男给Angela 送去一床被褥。

～

隔天一早，我匆忙梳洗完毕，想赶9:00的乐理课。

林男从床上坐起："今天早上我没课，妳等我一下，我载妳去学校。"

"没事，"我拿起包，"你继续睡。"

走出房间，我看见Angela围着围裙从厨房走出来，手里拿着一碟煎好的荷包蛋。

"早，贝贝，早餐准备好了。"她说。

"早，"我在找鞋，"我不吃早餐，快迟到了。"

Angela转身又回到厨房。

"贝贝，"林男从房间冲出来，头发有些凌乱，"说了等我一下，妳现在乖乖去吃早餐，开车到学校只要20分钟。"

此时Angela再次从厨房走出来，手里拿着一个包好的三明治，转头对林男说："你待在家里，我载贝贝去学校，她可以在车上吃。"

停顿了一下，她像想起什么似的："男，锅里有粥，小心烫！"

其实真的不需要这么劳师动众，出门五十米就有公交站牌，很方便的。

我再次拒绝，Angela拿上车钥匙，小声对我说："咱们别为难林男，嗯？"

～

"咱们别为难林男"是什么意思？一个早上我都在思索这个问题。

不仅如此，在载我去学校的路上，Angela重新提起两周后林男有巡回演奏会，他需要稳定的情绪才能有好的发挥……

"林男需要什么，咱们就给什么，不能扼杀了天才。"她进一步说。

这又是什么意思？

显然Angela将我拉到同一阵营，我们的存在是为了成就才华洋溢的钢琴家。在我看来，这种"燃烧自己，照亮别人"的思维根本是Mission Impossible.

虽然我爱林男，但我不愿做他背后的女人，我有我自己的精彩。

和Angela话不投机，我快快地打开三明治外包纸，想在上课前草草解决早餐问题。没料到车子突然紧急刹车，三明治就这么滚落到座位底下……

"看来三明治不太合妳胃口。"Angela说。

如果我没意会错，她嘴角的微笑是带有那么一点儿胜利的味道。

~

"怎么了？像吃了大便。"

我上完乐理课走出教室，何一凡又阴魂不散地粘上来，而且满嘴"脏"话。

"没吃大便，正确地说，一个早上什么也没吃。"

何一凡说他没想到我那么快就失宠了，连富商也不包养我，以致连早餐也吃不起……

"你说的没错，靠山山会倒，靠人人会跑，我现在得自食其力了。"

"既然要自食其力，何不考虑我提过的拍照机会？时薪200美元，况且摄像师妳也见过。"

"该不会是那个满脸落腮胡的人吧？！"

何一凡听了很高兴，他说我猜对了，就是张三。

我摇摇头，话懒得说一句。

"贝贝，原来妳在这里。"林男走了过来，刻意看了何一凡一眼，后者很识相地走开。

看何一凡走远，我问林男怎么来了？

"想买辆车送妳，这样上下学方便些。牌子、款式、颜色都由妳挑，如果没课，现在就可以上车行转转。"

我告诉他买车钱我有，他现在该解决的是Angela的住房问题，床、寝具、还有卫浴设备是必需的……

"不用妳提醒，我已经这么做了，"他再次问我，"妳确定不要Angela搬走？"

想起Angela今天早上的表现，虽然让人心寒，但我还是在柔弱面前低头。

~

林男说的没错，如果我有一辆车，上下学、购物什么的，都会方便许多。

趁着没课，我独自一人上车行，走了一圈，停在一辆小车前。

售车员说我好运气，这是前面一位顾客订下的，收车时抱怨颜色不对给退了，如果我喜欢，八折卖给我。

我看着眼前这辆蓝绿色小车，虽然颜色不是我最喜欢的粉红色，但也差强人意，何况公里数为0，代表是新车，既能马上开走又打了折扣，为什么不呢？

我刷了乔给的信用卡副卡买下Mini，没办法，我还是喜欢开好车。其他牌子的太招摇，只有Mini相对低调些，虽然它的价钱比起大车有过之而无不及。

我开车回林男的别墅，恰巧碰上Angela购物回来，后车厢打开着，里面有好几袋日用品及食物。

"贝贝，这是……妳的车？"她问。

我答是。

她眼睛盯住Mini，若有所思："林男对妳真好。"

噢！不，她误会了。我正想告诉她这不是林男买的车，但是……

"不用解释，优胜劣败，林男喜欢妳没错，妳的确比我优秀。"

她闷着头把车子里的东西全搬进屋里，连我想帮忙也被冠冕堂皇的理由给回绝了。

"好好保护妳的双手，妳是拉琴的，手很重要，万一受伤了，林男不怨死我？。"她说。

这是怎么回事？连这么点儿小事，她也能编派出一堆是非来？

想到未来的日子都得和阴阳怪气的Angela打交道，我顿时像朵枯萎的花，没了生息……

第三十八章/回不去了

上完上午的课，下一堂课是四个小时以后，我想也许可以回家煮碗拉面吃，于是开上Mini。

回到家，林男和Angela正在吃午餐，我放下包到厨房煮水。

"怎么，还没吃？"林男关心地问。

"嗯! 忽然想吃韩国泡面加蛋。"

林男说那多没营养，我应该吃均衡的食物。

"偶尔吃吃不碍事。"我笑说。

没想到他转头要Angela帮我煮面，说贝贝哪会煮？天生五谷不分。

Angela听了怔了一下，随即带笑说："当然是我煮，我天生劳碌命。"

她走了过来，我答不用了，她说一定要，又说我的水放多了，得放掉一些，于是在我没料到的情况下，她拿起锅子往后退，而我的手却往前想倒掉一些锅中水，就这么凑巧地碰到一块儿，我忍不住哀叫一声。

林男立马冲过来，将我的手放在水龙头下冲水，然后转身对Angela咆哮："看妳干的好事！"

Angela满脸委屈地冲出屋外。

"男，这是意外，你知道的。"

"音乐人的手很重要，她应该更小心点儿才是。"他答。

我起床走到窗口，阳光正好，院里的草坪绿油油的，让人心情舒畅。

没多久，我看见Angela从工具室里走出来，样子有些鬼鬼祟祟。她左右看了一下，又往主卧室的方向望，我赶紧躲到窗帘后，等我再把头探出去，刚好看到她把什么东西倒进游泳池里。

"怎么了？贝贝。"林男从浴室走出来。

"没什么。"我离开窗口。

从明天起，林男将开始做为期一个月的全美巡回演出。身为助理，Angela当然如影随行，一个早上都能见到她边哼歌边做家务。

林男吃完早餐就在客厅里练琴，我没打扰他，拿上Lauren Groff 写的小说到花园看。没错，就是用何一凡硬塞给我的代金券买来的。

《FATES AND FURIES》是今年的热销小说，内容从丈夫和妻子的角度各书写一段"金玉其表、败絮其中"的婚姻，当真相揭开的那一煞那，真令人触目惊心……

合上书，我不禁想着：故事难道说的是我和林男？

我们相识在少年懵懂的青葱岁月，有一段"纯纯之爱"，后来我虽然嫁给了乔，但心里一直有个位置留给他。再后来，我的婚姻出现问题，只身离开伦敦来到纽约，以为从此可以和初恋情人在一起，但是……林男变了，他变得刻薄且喜怒无常，大概成名过早的关系，大家追捧他，造成他"恃宠而骄"的性格。

我和他的关系不一般，他还不至于冲着我发脾气，饶是如此，有几次他几乎要失控，只是在最后一秒钟踩刹车，维持了表面的和谐。

张爱玲曾说"人生是一袭华丽的袍子,上面爬满了虱子"，说的一点儿也没错。

我和林男虽然拥有许多共同的回忆，那些甜美的时光也的确支撑着我走到现在，再看如今，那个被粉丝宠坏，变得毫无耐心和同情心的男人真的是林男吗？还是一个长得像林男的男人？

"贝贝，今天下午我和林男上飞机，家就交给妳了。"Angela打断我的臆想。

眼前的她一身园丁打扮，头上戴了一顶宽边大草帽，腰上系着用帆布做的围裙，脚踩黑色胶底鞋，右手拿着松土的铲子，左手提着一只红色水桶。

面对她的委以重任，我当然无条件接受。

"噢！顺便一提，今天早上我已经帮泳池加了消毒粉，妳若想游泳，可以安心使用。"

原来今晨Angela给游泳池加的是消毒粉，我微笑道谢。

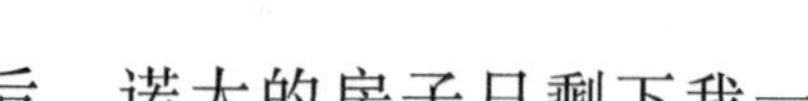

林男和Angela走后，诺大的房子只剩下我一人，我突然感到寂寞。

"对了，"我灵机一动，"何不做法国土司当晚餐，顺便打发寂寞？"

于是我推开门，想到附近印度人开的便利商店买我要的牛奶、土司和鸡蛋，这才发现外面已下起雨来，正想回屋拿把伞时，我看见何一凡了。

他穿着白丁恤加牛仔裤，全身湿透。我赶紧拿了伞跑过去。

"你怎么来了？"

"想来看妳，另外有要务在身。"

要务？什么要务？

我打了蛋、加上牛奶和糖，然后把切片面包浸在里面。

平底锅被我抹上黄油加热，等到黄油融化后，再把浸好的面包煎到两面金黄便大功告成。

"没想到妳还会这一招，恭喜妳不会饿死了。"何一凡吃着我做的法国土司，嘴里却不饶人。

"即使不会这一招，我也不至于饿死，再不济还能上街拉小提琴卖艺。"我答。

讲到小提琴，何一凡赶紧把嘴巴里的土司咀嚼完毕，然后抢着说："张三愿意提高时薪到一小时250美元，只要妳愿意当他的模特儿。"

我看过很执着的人，但没看过这么执着的。

"我不是明显拒绝过吗？"

"没办法，张三说他小时候看过一幅油画，从此深印在脑子里，想着有朝一日一定要把画中的影像拍出来。他面试过很多人，都不是他儿时的记忆，直到遇见妳……"

听他这么一说，勾起我的好奇心，到底是什么样的画让张三久久不能忘怀？

"他说……"何一凡皱起眉头，似乎在回忆张三说过的话，"那是一幅少女的油画，整个画面很梦幻。她穿着粉红色的芭蕾舞裙，手上拿着一把小提琴，赤脚婆娑起舞……"

听完，我的心喀噔了一下，那不是乔一直念念不忘的画吗？他甚至把画挂在办公室里。

"怎么样？答应吧！张三说要不是妳的侧脸很像画中人，他不会一而再，再而三地请求，连带我也不好受，吃人的嘴软，他已经请我吃了五回重庆火锅了。"

我把脏了的杯盘放进水槽，再把抹布弄湿拿来擦桌子。

"好，我答应。"我边擦边说。

其实我也不清楚自己为什么要答应，也许那幅画一直是我喉咙里的一根刺，惟独面对它，我才能得到解脱。

何一凡有些意外，他以为我又会找借口拒绝。

"这样你就不会再来烦我了。"我轻描淡写。

此时的何一凡有些吞吞吐吐，我知道还有事。

"请理解接下来的谈话是站在妳的角度说，不是为了偏袒我表姐。"

"Go ahead."

他说我何苦把自己逼入一个死胡同？家里有老公和孩子，却跟一个性情乖张的人搅在一起，偏偏这个怪人旁边还跟着一个有受虐倾向的女人，我是身陷在暴风眼中而不自知……

说得太好了，人有时连自己也无法了解，我不是不想跳出来，只是如同陷入泥沼中，越陷只会越深……

"如果妳真的有心离开这场风暴，何不趁着林男离家的这个月做出抉择？即使搬家也无人阻挡妳。"

他的这番话算是给这几天的阴霾带来一线阳光。

"我的确该做点儿什么，因为林男和我已越走越远，回不去了。"

"那好，有事找我，我两肋插刀在所不辞。"

我微笑，庆幸自己终于在形色匆匆的纽约交上一个真心的朋友……

他的这番话算是给这几天的阴霾带来一线阳光。

"我的确该做点儿什么，因为林男和我已越走越远，回不去了。"

"那好，有事找我，我两肋插刀在所不辞。"

第三十九章/颤抖

我依约来到张三的工作室，它位于伦敦的唐人街，即威斯敏斯特市的苏活区。

前台小妹请我稍候片刻，因为张师傅正在帮一对新人拍照，估计快拍完了。

趁着等待的当口，我把墙上的照片和得奖证书都流览一遍，发现张三的头衔还真多，譬如中国摄影协会资深会员、伦敦美学学会研究员、英国摄影俱乐部指导员……等等。这些头衔对事业推广也许有帮助，但对艺术本身毫无意义，任谁都知道，美院博士的画作不见得比一个目不识丁的人画得好。

由于挂在墙上的照片商业气息太重，我难以判断张三是艺术家还是匠人，希望他别把我拍得太庸俗才好。

没多久，一对男女走了出来，脸上都带着气。

"新娘礼服就只穿那么一次，没必要订做，二手的不也挺好？"男的说。

"既然这么小气干嘛结婚？我又不是二手新娘！"女的气呼呼地答。

对了，张三的店还做礼服租赁生意。

"妳来了，柯小姐。"张三从里间走出来。

我向他道了声Hi，他一句废话也无，直接带我上更衣室。

"妳把这件衣服穿上。"他递给我一件细肩带粉红色芭蕾舞长裙，腰间有紫色腰带，和那幅油画里的服装非常近似。

穿好后，他递给我一把小提琴，一看就知道是便宜货，不过当道具还行。

"请赤脚拿着小提琴跳舞，动作不需要大，慢三步会吗？"他说。

张三不知道我看过那幅画，根本不需要他指导。

"我现在的发型对吗？"我问，其实是提醒他－我的发型不对。

那幅画中人挽了一个发髻在脑后，脸侧的发很凌乱，有种颓废的美感。

"这个嘛～"张三似在回忆，"我让助理帮妳扎个辫子吧！"

我告诉他不是辫子，而是黑色发髻，然后留些碎发在脸颊两侧，别扎太紧。

他有些错愕，不太确定我说的发型是否和他脑中的印象相吻合。

"随便你，我只是认为跳芭蕾舞的女孩应该会有那样的发型。"我说。

张三思考了一下，还是决定按照我说的做，他唤来助理帮我挽发。

挽好了头发，我从假饰品当中选了一对金色环形耳环，面对镜中人，总算有点儿"似曾相似"的感觉。

准备妥当后，我走向摄影区，张三正在调灯光，看见我来，他像触了电似地看直了眼。

"妳……妳真像画中人。"他感叹。

~

虽然看过原画，但想把感觉找回来还是花了我一些时间。

我赤脚踩着舞步，让左侧肩带往下滑，双手提着小提琴的琴头，侧面往下看45度……

"卡！"张三喊。

他回看拍过的照片，欣喜之情溢于言表："太棒了！这就是我要的效果，简直和儿时的印象一模一样。"

我莞尔一笑。

~

张三把250美元交给我，说："原以为会大出血，没想到一个小时就拍完，省了不少底片。"

我收下钱，问他拍照做什么用？

"'伦敦城市音乐节'对外征求海报，必须跟音乐扯上一点儿关系。我想起小时候看过的油画，画中人手里拿着一把小提琴，这总跟音乐扯上关系吧？！于是我打算将画拍成硬照后做成海报参加比赛，这是个成名的好机会。"他解释。

原来如此。

我想起林男曾说过，这次的"伦敦城市音乐节"邀请他做压轴演出，既然他答应了，代表这个音乐节大有来头，否则高傲的林男是不会参加的。

"那好，祝你旗开得胜！"我祝愿。

张三答但愿一切如我金口，还说照片洗出来后会送我一张。

~

已是秋末，但秋老虎的威力还是不容小觑，我把家里的空调全开足，总算没有大汗淋漓。

"嘟……嘟嘟……"是林男打来的。

他问我一个人在家可好？有没有按时吃饭？他现在在迈阿密，天气热得要命。

"纽约也很热，都十月底了，难道这是地球的暖化现象？"我问。

林男答他不清楚，如果我觉得热，到泳池泡一泡也许会好些。

他又和我聊了些家常才说拜。

挂上手机，我走向落地窗，泳池蓝色的水正向我招手。

~

换上Speedo的粉红色泳装，我走向泳池。

躺椅上放着我的白色浴巾，饮料则被放进冰桶里。

做完暖身运动，我正想卜通一声下水，恰巧看见一只绿色蜥蜴正在泳池旁边爬步。

童心一起，我蹑手蹑脚地走过去，想和它打声招呼，谁知它受到惊吓，一跃跳进泳池里。

哎！这下子得跟蜥蜴一起游泳了。

我懊恼着，然而……等等，那是什么？

水中的蜥蜴竟然变色了？我听说蜥蜴在逃避天敌的侵犯或接近猎物时会迅速改变身体的颜色，借以融入周围的环境之中，但……它为什么会呈橘红色？这和周围的颜色完全不搭嘎。

我凑前看个仔细，蜥蜴不仅变了色，表皮还焦掉。我拿起捞网去捞蜥蜴，上岸后它一动也不动地躺在阳光下，和几分钟前的活泼样貌完全不同。

再看手中的网子，原本白色的棉线，部分已成了黑色，这是怎么回事？

放下网子，我把躺椅上的浴巾扔进水里，不一会儿，浴巾竟成了熊猫身上的毛色，黑的黑，白的白。

即使再蠢的人也看得出这水有问题，我一通电话打给泳池专业清洁公司。

～

" Are you sure you don't want to call the police? "泳池清洁员问我。

我告诉他不需要通知警察，也许是我心不在焉，错把浓硫酸当成消毒粉了。

清洁员狐疑地看着我，也许心里想着液体和固体怎么会搞错？但我管不了那么多，请他将水放掉，彻底清洗泳池后再放入干净的水。

他嘟囔了几句，我塞给他5o美元当小费，他这才心甘情愿地工作起来。

趁着清洁员在清洗泳池，我回到屋内关紧房门，然后躲进被窝里发抖，不住地抖着、抖着……

第四十章/不速之客

我连夜搬回学校宿舍，并且如惊弓之鸟般地过了两天。

"贝贝～"

听到有人喊我，我吓了一跳。

"怎么了？一副看到鬼的模样。"何一凡小跑步过来。

我答没什么，何一凡递过来一份《The New York Times》，说："妳的高傲王子这次倒大霉了，乐评说他江郎才尽、黔驴技穷了。"

听他这么一说，我赶紧翻开报纸的文艺版，果然差评如潮，偶有一篇中立点儿的言论，对林男的赞美也很含蓄。

怎么会这样？林男一直战战兢兢、如履薄冰地对待他的音乐事业……

我忽然想起每天都要和我说说话的他，已经两天没打电话给我了，肯定是受舆论的影响，我赶紧拿出手机。

"妳想干嘛？"何一凡问。

我说打给林男，他马上阻止："林男现在在飞机上，打了也没用，他的下一站是西雅图。"

原来即使芝加哥的演出失利，既定的演奏还是要履行。

"Angela有没有说为什么林男会失常？"

"为什么？这只能问当事人了。对了，待会儿妳上哪儿？"

我答回宿舍，他很讶异我的动作这么快，说搬就搬。

"动作快？呵！我是不得已而为之。"

"什么意思？"他问。

何一凡和我在学校附近的咖啡厅喝咖啡，他点了摩卡，我要了拿铁。下午三点，只有两桌客人，另一桌是个老奶奶，有点儿耳背，服务员问了她好几次，她才答要起司蛋糕加一壶茶。

至于服务员，一个是中东裔，另一个是韩国人脸孔，也就是说，我与何一凡的谈话会非常"安全"，不会有第三个人知道。

于是我告诉他，自己差点儿被毁容，他听了，表情很复杂。

"我知道对你而言，这件事很匪疑所思，但是我真的看见Angela把什么东西倒进游泳池里。"我强调。

"别误会，我不是不相信妳，而是我以为表姐不会再重蹈覆辙，没想到……"

"怎么回事？"

他看着我好一会儿，终于决定全盘托出。原来Angela曾和前雇主，也就是书店的老板不清不楚，被老板娘知道后，闹了很长一段时间，后来老板选择回归家庭。没多久，那对夫妻就在上班途中莫名其妙地开车撞上前面的油罐车，当场爆炸起火，人也一命呜呼。书店易主后，新老板是个精明的犹太人，操起员工来从不手软，Angela受不了，工作不到一个礼拜就辞职了。

"这就是她来纽约之前的故事？那么那场车祸……"

"妳是不是怀疑车祸有蹊跷？"

我点头，他答车子的刹车的确出了问题。

"刹车怎么会出问题？这实在太奇怪了。"

"奇怪归奇怪，这件事已成了无头公案，因为车子被烧得面目全非，什么指纹也采集不到……"

又是另一个惊吓来自Angela，我的脑筋一片空白。

"呵！本来一心想保护表姐，现在看来应该受保护的是妳，"何一凡苦笑，"还好妳搬出来了，算是远离灾难。"

我是远离了灾难，但林男呢？他岂不是和随时会引爆的炸弹共处一个屋檐下？不行，我得搬回去。

"妳要搬回去？"他惊呼，"我有没有听错？"

"你没听错，我打算在林男身边守护他！"

何一凡无奈地捶打自己的脑袋，似乎这个决定不在他的理解范围内。

说要打电话给林男，但因忙着"搬家"，糊里糊涂把这件事给忘了。

"嘟……嘟嘟……"

我刚把小提琴拿进屋里，林男的电话就打来，他问我在忙什么？我答刚到家，没忙什么。

他说他刚抵达西雅图，那里的天气温和，空气十分湿润，天空蓝得像宝石，草地绿得像翡翠，还有还有，及时雨来得快去得也快，短短两小时就下了两回……

林男像是故意表现好心情的样子。

我问他演奏会的时间，他答今、明两晚各有一场，在Benaroya音乐厅。

"别管别人说什么，好好准备接下来的演出就行。"

林男听出我的话中话，他要我挑明了说，我只好把报纸的乐评拿来说事，安慰他偶尔的失误在所难免，况且艺术的东西没有一个标准，不能一言以蔽之。

"芝加哥那一场我的确不在状态内，乐评人没说错。"

我问详情，他选择守口如瓶，只说接下来的演出会努力保持应有的水准，不让乐迷失望。

我们又聊了些别的才匆匆道别，因为Angela提醒他该上演奏厅排练了。

一挂上手机，所有的烦心事排山倒海而来。林男不在身边，我爱莫能助；学校的课业重，压得我喘不过气来，加上又回到这栋诡异的屋子里……

"嘟……嘟嘟……"手机又响，肯定又是林男。

我喂了一声，手机那端竟是久不见面的赖音如。

"我失恋了，"她叹了一口气，"这次是办公室恋情，我没办法每天面对他还能无动于衷，简直分分钟要人命。"

这应该是赖音如的第二次失恋。

"有了上一次的经验，这一次应该驾轻就熟了，不是吗？"我问。

"妳是站着说话不腰疼，谁会对失恋驾轻就熟？又不是花痴！"

我边承认失言边转头看墙上的钟，时候不早了，我得赶紧挂，因为二十分钟后有大师课。

"等等，贝贝，"她阻止我挂机，"八个小时后能不能来接我？"

"接妳？"

"嗯！我跟大表哥请了一个月的失恋假，没地方去，只能找妳，我还没去过纽约呢！"她答。

第四十一章/过河拆桥

清晨五点，我打着大哈欠到肯尼迪机场接赖音如。屏幕上显示飞机已着地，但我等了近两个小时还不见她出来，不禁心浮气躁。

"贝贝～"一个头顶金黄色玛丽莲梦露发型的东方人向我奔来，"等很久了吧？谁让海关人员大姨妈来了，把我的行李全翻出来找违禁品，害我成了最后一个出关的人。"

我盯着眼前这位"似曾相识"的女人好一会儿，她戴着银色环形大耳环，眼影是萤光蓝，唇色是黑紫色，胸前有一大串非洲彩石项链，手腕套了好几圈金属物，身着野兽派风衣，脚踩红色恨天高，叫人一时目不暇给，不知该把眼光放在哪里。

"我要是海关人员，我的大姨妈也会来。"我冷冷地说。

赖音如推了我一把，问我什么时候变幽默了？

上了车，这个俄罗斯套娃开口了："妳换开Mini了？沙丽也换车，她开银色Koenigsegg."

赖音如提起沙丽，让我心情郁闷，但她一点儿也没察觉，仍自顾自地说话。

"大表哥和沙丽现在是相敬如冰，冰块的冰，能不说话就不说话……某次开会，大表哥抨击销售部业绩不理想，然后沙丽不淡定了，她说是公司的掌舵人偏离了航道，却要前线冲锋陷阵的士兵送死，这是极其不负责任的诬陷，然后的然后，整个开会现场成了他们小俩口互相指责的平台，好个家丑外扬！"

赖音如以"小俩口"称呼乔和沙丽，听起来很刺耳。

她吧啦吧啦地继续说，话锋一转，突然站到沙丽那一边："哎！其实也不能全怪她，好好一个大闺女，却只捞到一个同居人的身份，对骄傲的她而言，不啻是一大打击。"

原来沙丽私下向她抱怨乔和我言而无信，说好的离婚，前者一直不肯提出，后者也假装无事，她是被彻底忽悠了……

其实我也很纳闷，乔口口声声说要和我离婚，却迟迟没有采取行动。我是被动方，他不出拳，我如何投降？

"说穿了，大表哥还爱着妳，当初是鬼迷心窍，加上沙丽怀孕的压力，让他一时冲动接纳了她，现在冷静下来，想结婚的念头就没那么强烈了。"

听到乔还眷顾我，我的心五味杂陈。

"艾米好吗？"我转话题。

不知何时，艾米学会了报喜不报忧：学校功课都得A，老师对她很好，同学也对她很好；家里很温暖，爹地关心她，沙丽也关心她……

"我很久没见艾米了，听翠西说，有一次艾米发高烧，不巧大表哥到东欧出差，沙丽也回日本探望父母，艾米就这样烧了两天，身边一个亲人也没有。"

听说我的宝贝受那么大的苦，我当场落泪。

"别哭了，妳若想她，我的失恋假一过就跟我回英国吧！那时是圣诞假期，妳有大把时间。"

我收起眼泪，没错，等学校一放假，我就飞回英国看我的小心肝。

～

赖音如很讶异我已经跟林男同居了，她以为我来美国是为了学习。

"的确是为了学习，我也付了学校的住宿费，只是后来计划赶不上变化。"

我顺便告诉她Angela的存在，她吐了吐舌头，说我们真前卫，能在这么复杂的三角关系中生存下来。

"情非得已呀！"

"也就是说，妳现在是皇后娘娘，Angela被贬为宫女？"赖音如问。

说得一针见血，我无奈点头。

"然后这个宫女现在正和皇帝视察民情？"她又问。

我还是只能点头。

"妳就不怕他们借机偷食？"她再问。

这次我摇头了。

我说自从我来了之后，他们两人的关系已经变回雇佣关系，林男还一度想炒了Angela，所以我相信那两人不会上床。

赖音如笑说天下没有绝对的事，当初她男友不也把前女友骂得狗血淋头，让她以为就算全世界的女人都死光，他也不会跟这个小贱货有一丁点儿瓜葛，谁知道小贱货一回头，他们就在床上和解了……

～

我帮赖音如把行李搬进客房里，告诉她冰箱里有牛奶、鸡蛋和果汁，柜子里有麦片和饼干，她自己看着办，我得上课去了。

"今天几点回来？"她冲出大门问。

我边答午餐时间边跳上Mini，快速往学校方向驶去。

上完上午的课，我特意绕回家载赖音如去吃饭。

"我想吃牛排，也想吃烤肉，海鲜也可以，再不然广式点心也成。"赖音如替自己在纽约的第一餐画下美丽的蓝图。

"很抱歉，下午我还有课，现在只能吃三明治裹腹。"

赖音如哀叹声连连，说她命苦。我没空理她，将驾驶盘一转，停在 Katz's Delicatessen 前。

这家看似大众食堂的简食店，最出名的要数他家的熏牛肉三明治。牛肉用盐水卤过，再以辛香料熏过，面包可选粗麦或芝麻的，酱料有拿坡里红酱、芝士酱或美乃滋。

"哇噻！随随便便一家三明治店就能做出这等美味，看来纽约还是值得期待的。"赖音如咬了一大口三明治，心满意足地说。

我正想告诉她，这不是"随随便便"的店，正确地说，它是三明治界的爱马仕时……

"哇噻！随随便便走进一家店，就能看到宇宙无敌大帅哥！"赖音如又惊叹。

我循着她的视线往后看，排队的人群很多，我不知道她指的是哪一位？

"贝贝～"何一凡刚拿到三明治，一转头看见我，好像溺水的人找到了浮板。

赖音如赶紧把口中的食物咽下肚，又拿餐巾纸擦拭嘴角的面包屑。

"还好看见妳，不然我又得站着吃。"何一凡把托盘放下，毫不客气地与我们拼桌。

我问他点了什么？他答"本日特选"，是用嘴豆泥、素炸丸子、中东麻酱、卷心菜及以色列沙拉（黄瓜、番茄、洋葱、薄荷、蒜）等混合而成。

"我不知道你吃素。"我说。

何一凡答他从上礼拜开始吃素，因为这是一种健康的生活方式，也算是修行。时间久了，即使不念经咒，也能改变坏脾气、增长善心、化解霉运，所以如果想改变自己的命运就得从吃素做起……

赖音如听了噗嗤一笑。

"Excuse me."何一凡很不高兴。

"对不起，没忍住，"赖音如捂住嘴，把笑声咽下去，"你让我以为眼前坐着的是一位佛法高深的老师父。"

我赶紧介绍彼此不认识的两人给对方。

"噢！你就是那个阴阳怪气的Angela的表弟。"

"噢！妳就是那个趾高气昂的林男的表妹。"

两人横眉竖眼，颇有山雨欲来之势，我不禁暗自叫苦，没想到……

"你和Angela完全不一样，很阳光的样子。"赖音如讨好地说

"妳也不像林男，倒像是洋人，头发是金色，眼珠子是蓝色。"

赖音如听了呵呵笑，她说何一凡孤陋寡闻，有种东西叫染发，还有种东西叫美瞳。

"什么是美瞳？"

"就是具有美容效果的隐形眼镜，能遮盖眼睛的瑕疵，而且有多种颜色可选，红色的戴起来像吸血鬼，哪天我戴给你看。"

当场两人就敲定下次约会时间，把我抛诸脑后，速度之快，犹如跑奥运百米。

"你们继续聊，我赶着上课。"我起身。

那两个谈兴正浓的小弟弟、小妹妹便对我摆摆手，算是道别。

好个过河拆桥！

我笑着摇头，转身推开 Katz's Delicatessen的大门，往路边停车位走去。

第四十二章/没妈的孩子

我在客厅里拉琴，赖音如蹑手蹑脚地开门进来，Franz Schubert 的《圣母颂》被我拉得面目狰狞。

"妳去哪里？"我还是中断了曲子。

"我回房间。"

赖音如与何一凡约了中午12点见面，直到现在才进门。

我告诉她，我不是她妈，无权管她，但第一次约会就待得这么晚，何一凡恐怕要读出她的心思了。

赖音如听了呵呵笑，说这是个讲究速食的时代，那些费尽心思要人猜的作女在洋人世界里吃不开，况且她和何一凡没做逾矩的事，只是去看纽约夜景而已。

"妳忘了何一凡是中国人，中国男人还是比较喜欢含蓄内敛的女孩。"我说。

她垂头丧气地承认她的第一个中国男友就喜欢作女。经过那次惨败的教训，她活泼、口不择言的个性收敛了许多，遇上盎格鲁撒克逊人后便一心想给异邦人东方柔情，没想到蓝眼珠的前女友一回归，赖音如败退到只有哭的份上。

"所以你认为何一凡同样喜欢作风豪放的女人？搞不好他喜欢作女。"

"他是不是喜欢作女？我不清楚，但我知道他比我小四岁。"

" So what ?"

"我不喜欢姐弟恋。"

不喜欢姐弟恋还跟人约会到半夜，我问这岂不是存心玩弄人家的感情？

"哎呀！话不能这样说，我这是刺探军情。"

原来赖音如一听说Angela的神秘过往，突然兴致勃勃地想当福尔摩斯，那个她从小到大深深着迷的书中人物。

"难不成妳想用美人计去套何一凡？据我所知他可不是省油的灯。"

"妳说的对极了，他油滑得很，这样也好，我喜欢有难度的游戏。"

我晕！赖音如的"异想天开"真让人无言以对。

"睡觉睡觉，我承认自己老了，玩不起游戏。"我说，然后把小提琴收起来，打算明天早上再练习。

两天的考试一考完，赖音如便忙不迭告诉我，她想看自由女神像，我这个名义上的表嫂只好舍命陪君子，即便纽约对我而言依然不够熟悉。

自由女神像位于美国纽约自由岛的哈德逊河口附近。是法国于1876年赠送给美国的礼物，为的是纪念美国独立战争期间的美法联盟。

这座雕像无疑是纽约的地标，不巧的是，自由岛现在在做例行的维护工作，游客只能坐在渡轮上远距离欣赏。

被河风吹乱了头发后，我问她接下来想去哪里？帝国大厦、大都会艺术博物馆还是中央公园？

赖音如把头摇得像波浪鼓："那些都挺没意思的，还是带我去时代广场吧！"

时代广场是纽约的另一个地标，在第七大道与百老汇大道交会形成的三角地带，高楼耸立、店铺云集，聚集了近40家商场和剧院。不分白昼黑夜，这里游人如织，各国语言穿插其中，随处可见的街头表演更是热闹非凡。

一看到栉比鳞次的商店，赖音如像个爆发户似的，东西一件一件地买，卡一张一张地刷，看得我触目惊心。

"别告诉我，妳中了彩票。"

"中什么彩票？"她拿起一件针织衫，"不过是花前男友给的分手费罢了。"

"哇！我以为低眉顺眼的东方女子，即使分手也会傲然地净身出户。"

"妳以为我是穷街陋巷里走出来的裹小脚女人？哼！当然得补偿，不说青春损失费了，光是堕胎，我就为他堕了两次。"

我的表小姑子说得云淡风轻，我却瞠目结舌到说不出话来。

"这也没什么……"见我不豫，她低下头呐呐地说。

这没什么？那什么叫有什么？如果这是她的致富之道怎不早说？我可以帮她登报卖淫，还有，时代广场算个屁！我应该带她上第五大道购物，那里更高档、钱可以花得更凶、更痛快……

我喋喋不休地骂，谁知赖音如突然把手中的大大小小购物袋往地上一扔，人也蹲下去，很好意思地哭哭啼啼："妳……妳就不能对……对我好一点儿？人……人家不……不要我了，我……我心痛死了。"

看过往行人开始对我们行注目礼，我赶紧把地上的袋子一一拾起，然后拉起哭成泪人的赖音如躲进路旁咖啡厅里。

～

"他说他不喜欢用套，又说怀孕了结婚，结……结果就成了这个样了。"赖音如喝了热红茶后，冷静许多。

都说恋爱中的女人智商为零，果然没错。

"给了多少分手费？"我叹了一口气问。

赖音如比了个剪刀手，一开始我以为是"胜利"，也就是"很多很多钱"的意思，后来才知道是2，两万英镑的意思。

这个数不上不下，估计时代广场还能刷一刷卡，第五大道就别想了。

"东西都买齐了吗？不够我们再杀回去。"我说。

赖音如答她想买对黄金耳钉，还想买几件性感内衣。

我告诉她纽约也有周大福，成色比较足，至于性感内衣，一般人会上Victoria's secret买。

"好，"她擦干眼泪，"等我吃完巧克力布朗尼再走。"

～

拿着大包小包，一回到家，我们立马瘫在沙发上像两条死鱼。

"购物好累人啊！"她感叹。

"知道就好。"

"嘟……嘟嘟……"手机响了，我接听。

"贝贝～"那端传来乔的声音，我的精神为之一振，赶紧回房接听。

"什么事？"我问，顺便关上房门。

乔说赖音如失恋了，状况很不稳，所以他放她一个月的长假……

我很纳闷，赖音如已来美国五、六天了，他这时才想起来打电话通知我？

"她好吗？"乔问。

我答好，我们刚刚才从时代广场购物回来。

"噢！那……妳好吗？"

这是自从我们"分开"后，乔第一次流露出关怀。

我答很好，谢谢关心。

当我还在怀疑乔打电话来的用意时，他开口了："我刚和沙丽吵完架，她说我还爱着妳，她再也受不了当别人的备胎。"

原来乔是来找我倾诉的，我只好尽倾听者的义务给意见："那么你就向她表明心迹，女人哄一哄就没事。"

"可是……我的确还爱着妳。"

听乔这么一说，我差点儿喜极而泣。

"我当时生着气，加上沙丽没有拒绝我，所以糊里糊涂上床了。后来两人的确有过一段美好时光，让我误以为可以继续走下去，没想到现在狼烟四起，每天都生活在枪林弹雨之中，苦不堪言。她不仅在家里闹，到公司还扯我后腿，反正怎么让我不舒服就怎么来，我已心力交瘁。如果结婚能解决烦心事，我早结了，问题出在沙丽的个性上，她太好强，把事业摆第一，忽略了家庭。"

不对不对，乔明明说过沙丽这辈子最大的愿望就是待在家做做薄饼，教教小朋友ABC，然后接送孩子上下学……

他听了笑岔了气，直言这是沙丽的作战策略，和商场上的尔虞我诈同出一辙，没想到他全信了，还好后来她肚里的孩子没了，否则这世界上又多了个没妈的孩子。

没妈的孩子？说的可是艾米？

"Who is that?"在电话中，我听到沙丽厉声质问乔。

"My wife , Beatrix."乔竟然大方承认与我讲电话，并且刻意说我是他太太，可想而知，沙丽会有多生气。

"Joe, I need to talk with you now."听得出她强压住怒火。

乔答他看不出有谈话的必要，而且他一向不和歇斯底里的女人对话……

接下来手机便无声了，想必歇斯底里的女人做了歇斯底里的事。

挂上手机，我的思绪飘向老远的英国，他们还在吵吗？我的小宝贝听了会有多伤心？

乔说的没错，艾米成了没妈的孩子，而这正是我赐与的，我是个多么自私又不负责任的母亲啊！

"嘟……嘟嘟……"

我还在自责当中，手机又响了，该不会又是乔吧？！我按下接听键。

第四十三章/重磅炸弹

"今晚的演奏会我漏弹了一大段，熟悉舒曼《A小调钢琴协奏曲》的人一定听得出来。我完蛋了，明天一早的乐评肯定不乐观，那些刽子手正磨刀霍霍，等着将我开肠剖肚。"林男的声音很遥远。

我正想安慰他，却传来Angela的声音："没事的，你弹得很好，即使有一点点儿的瑕疵，但你掩饰得很好，我相信大多数人都听不出你曾经漏弹过。最后的莫扎特《第二十四号钢琴协奏曲》，你不也弹得接近完美？观众起立鼓掌达一分多钟，献花的人这么多，花都不知道该往哪里摆，你是最棒的，知道吗？"

"是吗？"

"绝对是。"

现在我知道了，林男不小心按到手机键，一通电话打给了我。

基于礼貌（偷听别人的谈话毕竟不光彩），我应该立马挂断，但不知为什么，我迟迟不行动，也许骨子里我很想知道那两人的关系是否还藕断丝连着？

"TEDDY BEAR，你太紧张了，你需要放松。"

"我不知道该如何放松，这次巡回演奏太不顺了，我是不是该上柱香或到教堂祷告？"

"都不需要。那次芝加哥演奏失利后，我帮你放松，结果到了下一站西雅图你便如常发挥了，也得到乐评人的肯定。"

"是的，但……不，我不能，这样做太对不起贝贝，我必须停止……"

"嘘～我不会告诉贝贝，你大可放心。来，乖，Angela 正等着Teddy Bear, 嗯……啊……Come on, Baby……"

在淫声秽语冲破我的最后防线前，我啪的一声关上手机。

原来……原来林男和Angela还保持着性关系，更深一层地讲，她是他的身体与心理治疗师。

别看林男一副高高在上的姿态，他的软弱比一般人更甚，所以需要一个仰慕者不断地摇旗呐喊说着好话，显然，Angela成功地扮演了该角色。

这么说林男根本离不开Angela, 难道这辈子我都得和人分享爱情？

这时的我又打起了退堂鼓，忘了当初留下来的原因是因为Angela有可能加害林男，然而她会吗？

我看到的是一个疯狂粉丝对男神毫无保留的溺爱，如果林男要她跪下来学狗叫，我想她大概也会照办。

"扣、扣、"

"What?"

"贝贝，我得睡了，明天别叫醒我，我打算睡到自然醒。"

真好，还能睡到自然醒，ZL音乐学院的学生是没有这个福分的。

等我从学校开车回来已近下午三点，赖音如在冰箱贴下方给我留言："当线人去。"

我当然知道她和何一凡见面去了，所以泡了壶玫瑰茶，在阳光房里慢悠悠地啜饮着。

"叮咚。"

没想到赖音如那么快就回来，我趿着拖鞋去开门。

"Are you Angela Xu ?"快递人员问。

我答我不是Angela, Angela目前不在家。

"Whatever, could you receive the parcel ?"他问我能否代收包裹？

这真令人为难，我请他打电话给Angela, 问她愿不愿意让我代收。

快递人员拨打后说Angela关机了，我还在犹豫，那个年轻小伙子看了一眼快递单后，笑着说不过是三个玩偶罢了，既不是枪械，也不是毒品，我大可放心。

既然只是玩偶，我代收应该没问题，于是大笔一挥给签了名。

赖音如是傍晚进的门，一进门就嚷肚子饿，而且指定要吃火锅。

"家里没火锅料。"我正写着功课，头抬也不抬地说。

谁知赖音如的大手遮住我的课本不让我看，我正想发火，一抬头看见她那张加菲猫式的笑脸。

" William Street 路口有家亚洲超市，我逛过了，牛肉片、鱼丸、粉丝、茼蒿、火锅汤底、蘸料……应有尽有。"她说。

我把钱包扔给她，赖音如说她缺的是交通工具不是钱，于是我把车钥匙掏出来。

"现在煮水去，我马上回来。"她像个女王似地对我发号施令。

火锅汤底化开后，赖音如先把肉类放进去，再把鹌鹑蛋、花枝丸、豆腐一一放入。

"那家超市真的什么都有，连活鸡也有。"赖音如兴致勃勃地说。

"妳都快成老纽约了，我连最近的地铁站都还搞不清楚。"

"哈！这妳得向我学习，我不仅把方圆五百里的建筑及各项设施都摸得一清二楚，连你们学校哪个教授好过关，哪个教授是杀手也了若指掌。"她骄傲得很。

于是我把上课老师的名单列出来，赖音如果然点评得头头是道。

我说她作弊，她的信息肯定是何一凡给的。

"他给的又如何？他越来越对我交心也是我的错？"赖音如把肉片放进酱料里，然后三两口吞进肚里，如果我没看错，才几天的工夫，她竟然有了双下巴。

"妳得留意了，有发胖倾向。"

"怕什么，何一凡说他喜欢丰腴之美。"

什么？！何一凡竟然喜欢胖子？

"这真超乎想象，他本人可是健美先生。再说了，妳不是不喜欢姐弟恋？"

"我的确不喜欢姐弟恋，但何一凡说他不介意女大男小，又说一看到我就联想到海绵蛋糕，既柔软又有香草的气息，很想咬上一口……"她捂住嘴吃吃地笑着，完全是恋爱中小女人的娇态。

"既然这样，怎么今天这么早回家，害我没法儿写功课。"我趁机抱怨。

赖音如答不是她想提早回家，而是何一凡接了个通告，不得不走，再说她已得到想要的情报，乐得放人。

"情报？"

"嗯！猜猜Angela几岁了？"赖音如把青菜放入锅内，"告诉妳，她已经40好几了。"

这真是惊人的消息，Angela竟然大到可以当我和林男的妈？果然个头小、身材细溜的人显年轻。

"真看不出她的年纪这么大了。"我感慨。

"看不出的还在后头，她结了两次婚，两个男人都是非正常死亡，如果再把书店老板和老板娘算进去，死亡人数已达四人。"赖音如丢了颗重磅炸弹给我。

第四十四章/惊愕钢琴曲

赖音如说Angela的第一任老公Abel是个小学体育教员，一百九十几公分的身高，有暴力倾向。结婚后，Angela这只小鸡就没少挨打过，后来Abel酒醉驾车，冲进河里淹死了。

第二任老公叫Eric,是个好脾气的老人。前任老婆死后，他单身很久，直到遇见小他很多的Angela，据说他对她言听计从。某天，Angela从车库倒车，不慎撞到行动缓慢的他，惨为车下魂，Angela为此伤心不已，很久都不敢开车。

"看情形，这是个命运多舛的女人，值得同情。"

"同情个屁！Abel的母亲跳出来说她儿子对酒精过敏，从来不碰酒；Eric的女儿也说自己的父亲耳聪目明，虽然行动不若年轻人敏捷，但避开低速的倒车绰绰有余。"

这消息听着惊悚，原来何一凡老早知道自己的表姐是只披着羊皮的狼，话却说得好听，什么保护他表姐，我看他表姐不害人就谢天谢地了。

"都说犯罪得有动机，Angela的第一任老公家暴，这的确可以构成护已的动机，但第二任老公是个老人，按理说不会对Angela动粗才是。"我提出疑问。

赖音如听完神秘一笑，她说Eric是不会对Angela动粗，但他有人身险及几十万美元的存款，这就构成了动机。

"难不成Angela因此成了小富婆？"

"可不是吗？何一凡说Angela在香港和广州都分别置了业，现在是包租婆，即使不工作也能过得很好。"

"看来我可怜她没钱，真是愚蠢至极。"

"知道就好，"赖音如把乌冬面放进火锅里，"妳是叫化子给穿西装的人捐款，后者恐怕心中窃喜。"

赖音如说我是叫化子，实在夸张得可以，我当笑话一则。

"吃吧！赖氏乌冬面好吃得不得了。"她说，然后吃上一大口白色的粗壮面条，脸上有了幸福的笑容。

～

天气越来越冷，我到星巴克外带一杯摩卡，刷卡时出了问题。

"What's wrong?"我问。

那个有着满头小辫子的黑女孩耸耸肩说也许我破产了。

我知道她在说笑，从钱包里掏出3美元给她。

没想到在超市的收银台前，同样的事情再度发生，我只好把消化饼干、橄榄油、鸡蛋、果汁……等从篮子里拿出来，只留下一串香蕉。

"拜托车箱里的油可别用光啊！我已经没有钱加油了。"我暗自祈祷。

回到家，我一通电话打给TSB银行，工作人员告诉我，我的信用卡是副卡，主卡持有人已经注销了我的使用权。

乔注消我的信用卡？

第二通电话我打给乔，他正在开会，听得出他也很着急，还说查明真相后给我答复。

挂上电话，我望着香蕉发愣，总不能这几天就靠它过活吧？！

两个小时后乔打给我，他说已经恢复我的副卡功能了，估计24小时后可以使用，问我能忍忍吗？

我答没问题，花旗银行里还有少量现金。

本来通话至此便算结束，但乔没挂，所以我等着。

"那个……上个礼拜艾米的听写得了满分。"他说。

听到我的小心肝专心在课业上，我感到欣慰。

"昨晚翠西烤了杯子蛋糕，是香草口味的，味道很不错。"他继续说。

我不知道翠西会烤蛋糕，这事一向是厨子的工作，也许下次有机会尝尝。

"我买了新床单，是妳喜欢的粉红色……"

乔到底想讲什么？我请他明说。

"我和沙丽分床睡了，她睡客房。"

"为什么？"

"因为沙丽睡觉打鼾，害我睡不好。"

我不认为这是主因，但没细问，倒是让我联想到什么。

"分床睡是不是造成我的副卡被注销的原因？"我问。

他在电话那头支支吾吾。

这么说沙丽能上他的网银，这暴露了很多安全上的隐患，我提醒他留意。

乔答他会的，又叮嘱我这个叮嘱我那个，把我当成了小小孩。

"乔，我不是艾米。"我冷冷地说。

他一时无语，我借机说拜拜。

挂上手机，以前种种又回来了，我再度成为乔呵护备至的小女孩。

我摇摇头，把乔强加在我身上的保护壳卸下，我现在是独立自主的女性了（当然，除了乔还负担着我的学费和生活费这件事之外）。

~

经过Angela的"放松"治疗，林男的巡回演奏没再出现重大失误，报上的乐评一面倒地给予好评，即使偶有差评，也是三两句带过，瑕不掩瑜。

离开西雅图后，他俩沿着海岸线南下，再从加州往回走，现在到了内华达州。

"不知道妳表哥会不会去拉斯维加斯看秀或小赌一把？"我放下报纸说。

没想到一向喋喋不休的赖音如却没接话，安静得出奇。我转过头去，看见她正拿着望远镜趴在窗口，样子很诡异。

"妳干嘛？"我问。

"刺探军情。"

又来了，花园里哪来的军情？

赖音如说Angela现在和林男正在十万八千里外，可是工具室内却有小灯亮着，这点很可疑。

我笑答也许她出门前忘了关灯。

"随妳怎么说，"赖音如放下望远镜离开窗口，"反正我觉得怪怪的，而且灯光是红色的，看着挺吓人，哎呦～"

她跌坐在地上，手捂住膝盖，没好气地质问是谁把箱子搁在这里？

我一看，那是Angela的包裹，前几天送来的。本来我把它放在工具室外面，让Angela一回来就能看见，但晚上湿气重，半夜还会下小雨，所以我又把包裹搬回到室内墙角，没想到因此绊倒了赖音如。

一听说是Angela的包裹，我的表小姑子马上忘记疼痛，上下打量起这个褐色纸盒，眼睛亮得好像有鬼附身。

"妳可别轻举妄动，那是别人的包裹，不是妳的。"

抛下这句话后，我走向林男的白色三角琴。明天得上台弹琴，我选的曲目是海顿的《惊愕钢琴曲》，该乐曲充满了生机盎然的民间歌舞气息和明快欢乐的情绪。

打开琴盖，我按下第一个键……

第四十五章/诡异的红光

海顿是奥地利著名的作曲家，又被称为"交响乐之父"，G大调第九十四号交响曲《惊愕》是他的代表作之一。

关于《惊愕交响曲》的创作，还有一个有趣的故事。从前听音乐会是王公贵族、绅士淑女们的一种社交活动，不管喜不喜欢，为了面子都要出席音乐会，以致每每有人在乐团演奏中打起瞌睡。

幽默的海顿知道后，写出了这部《惊愕交响曲》，故意在第二乐章安祥柔和的弱奏之后加入一个全乐团合奏的属七和弦，让那些睡着的绅士贵妇们从睡梦中惊醒过来……

此时的我正进入乐曲第二乐章的钢琴部分，当弹到属七和弦时，赖音如竟然惊叫出声，恰恰呼应了海顿当时创作此曲时的捉狭意味。

我微笑着继续弹奏，直到第四乐章以欢快的舞曲结束。

键音甫歇，我没有听到赖音如的掌声。也难怪，刚刚被我的音乐给吓了一跳，现在肯定还没从惊吓中清醒过来。

我又弹了几段音阶和琶音后，才起身小憩一下，这才发现赖音如不在起居室内，而墙角的纸箱已开封过，上面的胶带是二次粘贴的，明眼人一看就知道。

我气得去敲她房门，质问她爲什麽乱开别人的包裹？

她很好意思地给我来个相应不理，而且未雨绸缪把房门上锁了，让我连面对面指责的机会都没有。

～

吃了优格又看了一会儿报纸，等休息够了，我走向钢琴，但也许心中还有疑问，我又踅了回来，重新站在纸箱前面。

"纸箱里到底有什么？"我心想，转头看了一眼赖音如的房间，依旧静悄悄，"箱子已经开了，开一次和开两次没什么差别，Angela若要追究，道歉是免不了的。反正伸头一刀，缩头也一刀，倒不如死得明白些。"

于是我蹲下身去撕胶带，吱吱吱的声音听起来格外刺耳。

开了箱，我把防止包裹挤压的气泡膜取出，看到塑料小手，忽然忆起快递员曾说过箱子里装着三个玩偶。

原来Angela玩起塑料娃娃，真是童心未泯。

我拉出第一个，那是个男娃娃，有高鼻梁和瘦削的脸颊，身穿燕尾服，猛一看还真像林男，我不禁莞尔。

听说现在有玩偶公司能根据顾客提供的相片造出形似的娃娃，看来果真不假。

第二个是个女娃娃，有黑皮肤和紧抿的嘴，头戴白纱，身穿蕾丝白礼服，不用说，这是Angela。

把这两个娃娃配在一起就是一对结婚娃娃，Angela简直想结婚想疯了。

箱子里还有第三个娃娃，我动手去取，终于发现赖音如避不见面的原因（不全然是私自开人包裹所带来的愧疚感）。

这个娃娃不仅没穿衣服还少了四肢，没有眼珠子，鼻子被削了一半，看着像猪鼻子，嘴巴被撕裂开直到耳朵，脸颊不知被什么东西给腐蚀了，像有无数只小虫在爬，偏偏背后还背了个包。我将娃娃翻转身来，才知那不是包，是琴盒，小提琴琴盒。

这娃娃造的可是我？

我不禁怒火中烧，Angela太可恶了，怎能这么咀咒我？

～

整个晚上我都睡不好觉，半梦半醒间，我回到了汉朝。

汉高祖刘邦宠幸戚夫人，他驾崩之后，吕后开始了她的报复行动。她下令砍断戚夫人的双手双足，挖出她的眼睛，用烟把她的耳朵熏聋，又强迫她喝下哑药，然后扔进猪圈里，让戚夫人求生不得，求死不能……

猛一惊醒，我吓出一身冷汗，莫非我的前世是戚夫人，Angela是吕后，而林男是汉高祖？

"不要，我不要当人彘。"我捂住脸拼命摇头。

这梦也太逼真了，我甚至还能闻到猪圈里传来的阵阵恶臭。

～

由于过度惊吓，害我口乾舌燥，只好起身到厨房找水喝。

拧开小灯，我边喝水边将目光投向屋外，皎洁的月亮和星星在天幕对我眨眼睛，我不由自主地往外走去。

院子里的石榴树和桂树在晚风中摇摆，伴随虫鸣声，一切是那么的静谧，我紧绷的心顿时得到解放。

啊！日子不该是如此吗？为什么把自己逼成了惊弓之鸟？

然而我没能放松很久，在一片黑暗之中，那红色光源还是刺了我一下，让我又紧张起来。

赖音如说的没错，Angela屋内的红光的确很诡异，谁会用红光做室内灯？又不是站街女。

我走过去，把头往枕头大小的窗口探去，毛玻璃后除了红光，其他都很朦胧。我很快放弃探索那个部位，转而专注惟一的出入口，银色的铁门上有个古铜色的旋转门把，我伸手过去转了一下，发出嗑的一声，它……竟然没锁。

此时的我犹豫了，该不该一探Angela的神秘世界？她正在新奥尔良市，离这里有一千多公里，行车起码得花十多个小时，这是个绝佳的机会，然而……

"贝贝，这是非法入侵，妳无权进入别人的领地。"内心的小天使对我发出警告。

哎！谁让我是好公民？

虽然有遗憾，我还是无奈地关上门，悻悻地回到屋内。

第四十六章/妳的眼睛像星星

这一天上完早上的课，我匆匆赶回家想替自己做一份水果沙拉，只因在学校附近的超市看到垂涎欲滴的大草莓。

车一转入巷内，我就看到一个西装革履的背影站在家门口，真是糟糕! 推销员又来访了。这两个月已经来了不下十个，有推销保险的、有卖保健食品的、有介绍儿童书籍的、有展示厨房用品的……不一而足，很是烦人。

我用遥控器打开车库门，声音惊动了推销员，他转过身来……

那人剪了头发，脸很瘦，留了落腮胡，但依然是如假包换的乔。

我惊讶到喉咙发不出声音来。

"贝贝～"还是乔先唤我，并且向我走来。

我按下车窗，说："Sorry，保险买了，你试试别家吧！"

他听不出我的幽默，有些错愕："贝贝，This is Joe."

我笑了笑，把车子开进车库。

下车后我对乔招招手，他这才松了口气，跟随我从车库进入屋内。

" Tea or coffee? "我问。

" Coffee."

我用咖啡机帮他蒸馏了黑咖啡，不加糖和奶精。

"谢谢！"乔接过咖啡，有感而发，"还是妳了解我。"

哎！都分开了，我还记得这些小事干嘛？记忆真是个可怕的东西。

没等我问，乔主动交待这次来纽约是为了开年会，把行李放在酒店后便匆匆赶来看我，他只有半天好停留。

"你留胡子了，差点儿认不出来。"我给自己泡了杯茶。

乔放下咖啡解释："嗯！这几天和沙丽热战、冷战不断，早已心力交瘁，所以连着好几天没刮胡子。"

我说把胡子刮了吧！看起来清爽些。

"好，听妳的，"他微笑，"什么都听妳的。"

我和乔靠得很近，他的鼻子下方涂满了白色的刮胡泡，只露出嘴唇。我拿着剃刀小心翼翼地帮他刮胡子，洗手台的水龙头开着，方便我随时清洗。

"别讲话，否则一个不稳，可能会划伤你。"我提出警告。

此时的乔坐在浴缸边缘，我站着，即使他坐我站，我也没高出他多少。

"妳换香水了？"乔吸了一口气问。

"嗯！"我正刮人中部位的胡子，"最近喜欢紫罗兰的香气。"

"不喜欢玫瑰了？"

"也喜欢，换着擦，"刮完人中，我转移阵地到左脸颊，"嘘～别说话，我怕伤到你。"

乔果然安静了，但……

我能感觉到乔的手摸着我的大腿，从下到上，我试着不让那小小的悸动影响心情。

将剃刀置于水龙头下清洗后，我现在刮乔的右脸颊。

我慢慢地、小心地刮，但不论再怎么专注，我还是划破了乔的脸颊，留下一个小口子。

"对……对不起。"我伸手想去拿小方巾，被乔阻止了，"别理它，血一会儿就干。"

我之所以失手是因为乔来回抚摸我的臀部。

"那么……让我把剩下的刮完，你……把手拿开。"我命令着。

这次乔听话照做，我得以顺利完成工作。

"好了，这下子你成了刀疤王子了。"

我把创可贴贴在乔的脸颊上，他像个从战场上撤退的士兵，两颊凹陷，脸上有伤，眼带忧郁……

"Come on,又不是世界末日，过两天依旧是美男。"我开着玩笑。

乔说他不在意自己是不是美男，因为再怎么美也美不过我。

"谢谢，能得到前夫的赞赏是莫大的荣耀。"

我试着一语带过，但乔不让，他抱紧我，把头深深埋入我的长发里。

"贝，我不是妳的前夫，我依然爱妳，很爱很爱，让我们重新来过，我会弥补对妳的亏欠。"

经过这几十天来的分居，加上与林男同居后的不适，不用乔说，我也后悔自己曾经的鲁莽。

"乔，我……"

一阵急促的门铃声忽然响起，我赶紧离开乔的怀抱去开门。

"对不起啦！又忘了带钥匙，"赖音如一脚跨入，"何一凡回学校上课，我……大表哥，你怎么来了？"

赖音如看见乔，声音立即高八度，马上给久违的他一个熊抱："说，是不是来押我回去的？我警告你可别扫兴，我玩得正好。"

乔笑答他不是来抓人的，IM公司在纽约开年会，他今天刚到。

"今天刚到就来找贝贝，莫非……"赖音如看看乔又看看我，明显是对号入座了。

"没错，我是来求复合的。"乔竟大方承认。

"别乱说，沙丽在家等你呢！"

乔还想说什么，我惊呼一声自己上课快迟到了，借以堵住他的嘴。

"能送我一程吗？"他问，"我的酒店离妳的学校不远。"

我把视唱课上得七零八落，接连错了好几个音，连上课教授都迷糊了。

" Beatrix, are you ok? You have made a couple of mistakes."

" I know. Sorry, I was absent of mind."我红着脸解释。

之所以"心不在焉"是因为乔要我下课后去找他，他住在洛克菲勒中心附近的半岛酒店，离我的学校就一公里远，开车不到五分钟。

我告诉他今天课多，下课恐怕会很晚。

"多晚都等妳。"他说。

该不该去？这是我今天烦恼的课题。

一会儿觉得该去，因为我还是他名义上的妻子，再见亦是朋友；一会儿觉得不该去，我和林男早已同居，乔和沙丽也住到一块儿，两个人变成四个人，如果我再和乔牵扯不清，对谁都是伤害……

"怎么了？"有人从后点击我的左肩，我转过头去，没人，再往右看去，赫然发现是何一凡。

"能别这么幼稚吗？"我没好气地说。

"好凶啊！刚被教授骂还是考试没通过？"

我答都不是，然后往停车场走去。

"载我回妳家，我答应赖音如下课后找她。"何一凡像块橡皮糖似地跟在我身后。

"不行，我不回家。"一开口我就后悔。

"不回家？……妳去哪儿？"

我一时语塞，难道能告诉他，我去找分居两个月的老公吗？

"不关你事，反正不能让你搭顺风车。"

何一凡嘀咕着若不是自己的老爷车故障，他才不会死皮赖脸的……

我不理会他，跳上车，很快发动引擎。

～

"扣、扣、"我轻敲2613房。

乔很快开门，因为前台已事先通知他有访客。

"妳来了，"他侧身，留下一个通道，"快进来，我有惊喜给妳。"

我进到房内，它和所有五星级的酒店没什么两样，只是多了个小客厅。

乔要我在客厅的沙发上坐好，然后打了个电话，没多久便有人来敲门。

"Are you ready?"乔问我。

我不知他葫芦里卖什么药，很是好奇，遂答："Ready."

开门后，一位头戴白色高帽子，腰系褐色半围裙的师傅便推着小车子进来，车上摆满了巧克力盛宴，有杏仁巧克力蛋糕、黑森林巧克力蛋糕、巧克力布朗尼、巧克力慕斯、巧克力溶岩蛋糕、巧克力奶昔、巧克力布丁、巧克力树莓蛋糕、巧克力雪糕、巧克力提拉米苏、巧克力甜甜圈……看得我眼花缭乱。

"这……这是干嘛？今天不是巧克力节。"我说。

"不是巧克力节，是我爱人的生日。"

生日？我的吗？不对，还有十天。

乔答他知道，但那时他早已不在纽约，所以提前庆祝。

Well, 难得他如此用心，这的确算得上惊喜，我谢谢他的精心安排。

"让我们玩个游戏。"他从口袋里掏出一条手巾，"妳蒙上眼，我喂妳吃，然后妳告诉我吃了什么，OK?"

这游戏也太无聊了，但为了不破坏欢乐的气氛，我勉为其难地答应。

于是他走到我身后，用手巾将我的眼睛蒙起来。

我咬下第一口："溶岩蛋糕。"

"答对了。"他说。

"慕斯。"

" Correct."

"甜甜圈。"

" That's right."

"布朗尼。"

" Yes......How about this？ "

他给了我一个长长的吻，有一个世纪那么久……

"提拉米苏。"我答，然后摘下手巾看着他。

"错了，是巧克力布丁。"

他竟然还有心情开玩笑？

"乔，告诉我，我们在做对的事。"

他答我们本来是对的，后来错了，现在正在更正中，然后开始吻起我的前额、我的鼻、我的下巴、我的颈、我的肩胛骨、我的……

"不可以。"我提醒他。

"女孩子说不可以就是可以。"

乔的手开始不安分地到处游走，这次我真的生气了，用力推开他，然后起身……

"别走，"他从后抱住我，" 我爱妳，贝贝，always......"

我能感觉背部湿了，遂转身过去，可怜的乔像个孩子似的泪流满面，他的眼睛红红的，像兔子的眼睛。

“你的眼睛像兔子。”我说。

“谢谢，妳的眼睛像星星。”

“猩猩？太可恶了！”

“不是那个猩猩，是那个……”他把我的手举起来指向窗外，“那两颗，看到没？”

天上果然繁星点点，我看到乔说的那两颗最明亮的星星。

“从这里望出去，看得不是很清楚，因为被两旁的建筑物挡住了。如果从房间的阳台往外看，妳还可以看到银河。”

“真的？”

“真的。”

我们没有在阳台待太久。

第四十七章/复合之路

突来的铃响把我从睡梦中惊醒,我跟跄跳下床，就着朦胧的月光，在一堆随地扔下的衣物中找到它,这才发现响的不是我的手机，是乔的，我把手机递给他。

"Hello."乔迷迷糊糊地答。

几秒钟后，他惊坐起，大喊："What?"

然后又是好几秒的沉默。

"Yeh, Yeh, of course I am happy."

电话那头似乎不愿放手，又喋喋不休地讲了N多分钟才收线。

"怎么了？"乔一挂机，我问。

"Nothing."

怎么可能没什么？没什么讲这么久，又是大半夜的……

等等，纽约现在是大半夜，伦敦的上班族却已开始工作，难道这电话是沙丽打来的？

我又看了一眼乔，他正睡得香甜，侧脸和裸胸像极了米开朗基罗的大卫像。

~

乔去开会，他说我可以待在酒店里等他回来。

"不，功课压力大，好多曲子还得练。"

"随妳。妳可以继续睡懒觉，饿了就到楼下用自助早餐或者叫Room Service，报我的房间号即可。"

乔走了，我还赖床着。

人生四大喜事：久旱逢甘霖，他乡遇故知,洞房花烛夜,金榜题名时。我这算是"久旱逢甘霖"还是"洞房花烛夜"？

答案其实不重要，重要的是昨晚我和乔非常契合，他边吻我边说想和我复合……

我还在做着美梦，手机的闹钟忽然响了。糟糕！今天早上有课，还是杀手Dr.Watson的钢琴课，我得赶紧出门了。

~

电梯门一开我便急着冲出去，不巧撞上一位手里拿着大包小包的摩登少妇。

" You need to be more careful."她没好气地说。

"Sorry."我立即道歉，并且把散落一地的购物袋一一拾起。

少妇收下她的东西，瞪了我一眼，然后踩着高跟鞋进电梯。

"真是晦气！一大早就出状况。"我犯嘀咕。

" Good morning, Mrs. Lin. Your husband's room number is 2613. Please follow the doorman. He will show you the room."

听到"林太太"，又听到乔的房间号，我赶紧躲到大柱子后。

那身鹅黄随着门僮走向电梯，是……沙丽。我惊吓不已，她怎么来了？

想到我若晚几分钟离开房间，两人岂不碰上？

虽然我是正宫，她才是小三，我却像做错事似地想夹着尾巴逃走，这种心理真是难解。

哎！也许是对她的承诺没有兑现，让我心生愧疚吧？！

车子驶入学校停车场，我才想起钢琴谱子还留在家里，又风风火火地往回开。

我把Mini停在车道上，一下车就瞅见草坪前停了辆红色Honda.

"何一凡的老爷车修好了？这么快？"我心想。

由于上课时间快到了，我没空猜测，赶紧进屋。

开了门，里面静悄悄的，我忽然很想知道那两人是不是正在做坏事，所以像做贼似地踮起脚尖走路。

经过厨房，我瞥见流理台上狼藉一片，水槽里堆满小山也似的碗盘，才一个晚上的功夫，赖音如就把厨房给毁了。

我往右手边的客房走去，门关着，里面发出唏唏嗖嗖的声音，然后是床撞击墙壁的声音，接着是赖音如的声音……何一凡的声音……

乖乖，那两人把林男的屋子当成免费的宾馆了。

拿上课本，我匆匆出门，临出门前忽然想恶作剧一把，遂碰的一声甩门出去，声音之大竟然吓到邻居的小狗，汪汪声此起彼落。

"贝贝，妳回来了，我煮了绿豆汤，还烫着，妳要现在喝还是待会儿？"

一回到家，赖音如就像只小哈巴狗似地对我摇首摆尾，热情得不得了。

"我讨厌绿豆汤，有没有银耳百合莲子汤？"我故意给她出难题。

赖音如回答真是不巧，家里刚好没这三样东西，不过待会儿吃完晚餐，她会从中国城带回来。

"也太夸张了吧？！早上两人才如胶似漆，晚上又约着见面，以这个速度，妳很快就能披婚纱了。"

"才不是呢！晚上是大表哥请吃饭，不是何一凡，"赖音如吐了吐舌头，"沙丽来纽约了。"

说话的人以为我会大惊失色，不料我却答自己早知道了，今早离开半岛酒店时，在大堂看到沙丽的背影。

"难道她是来抓奸的？"见我有不豫的脸色，赖音如马上改口，"呸、呸、呸，抓什么奸？妳和大表哥是光明正大地巫山云雨，沙丽才应该躲起来，不是吗？"

"没什么应不应该，是我先弃船的。对了，以后妳和何一凡还是在外面约会，林男快回来了，他不喜欢家里有外人。"我说。

"好啦！本来也是个意外，我还没准备好，他就进来了……"

赖音如竟公然和我谈论她的床上事？我赶紧喊卡，并且催促她出门，因为晚高峰时段，地铁可挤了。

"贝贝，"赖音如笑得一脸灿烂，"晚上妳若不出门，车子能借我用用吗？"

原来赖音如的热情是为了借车，而不是因为我撞见了她的好事。

我睨了她一眼，交出车钥匙。

～

赖音如近午夜才进门，并且聒噪地表示本来要去"牛若丸"吃刺身和寿司，临时改去 Peter Luger Steak House 吃牛排，席间只有她喝酒，挺扫兴的。

赖音如说话时，嘴里果然冒出浓浓的酒味，人也有些站不稳。

我忽然想到她是怎么回家的？酒驾是危险的事。

"大……大表哥载我回来的，沙丽本来想进来和妳打……打招呼，结果被……被阻止了。"她跌进沙发里。

还好乔没饮酒，总算有人还清醒着，但我的车呢？

"在……在外面，沙丽帮忙开回来，喏！车钥匙。"赖音如从裤兜里掏出车钥匙，将它搁在茶几上。

我提醒她下次别喝那么多酒，乔没喝，沙丽没喝，就她喝，多没劲？

"不……不是我爱喝，而是清醒时很……尴尬，倒……倒不如躲进酒精里。"

"什么意思？"

"知道为什么不……不吃刺身和……和寿司？因为孕妇不能吃生食，尤……尤其是海……海鲜。"

"孕妇？谁呀？"

赖音如答当然是沙丽，还会有谁？她在餐厅一宣布，乔便跌入无底深渊，一语不发，都是沙丽一个人在讲，还说有预感这次会是个男孩，是她上个儿子来投胎的，又说宝宝的用品还在，来的正是时侯……

这么说是真的，沙丽"又"怀孕了？这下子我和乔的复合之路恐怕遥遥无期，我不禁叹息。

"别……别担心，妳还……还有二表哥。"

赖音如提起林男让我更心伤，他一直和Angela藕断丝连着。谁说炮友不是友？它也是男女关系的一种，更何况Angela把它升华了，类似自杀冲锋队般的绝决付出，想想就令人害怕。

"乔又当爹了，我怎么办？本来我们想复合的……"我喃喃自语。

赖音如没接话，鼾声大作。

真好，什么时候我也能无忧无虑地大睡一场？

我从客房拿来被子，赖音如闭着眼笑出声来，我以为她醒着，结果她翻了个身又沉沉入睡……

第四十八章/回到从前

原以为乔再怎么样也会为这个突来的消息跟我解释，没想到船过水无痕，几天过去了，无消无息，想必已经回伦敦了吧？！

他走了，另一个男人却回来了，还是以一种迅雷不及掩耳的方式。

我正沉沉入睡，虽听到一些琐碎的声音，但不以为意，继续好眠。突然一个躯体钻进我的被子里，并迅速趴在我身上，一切发生得太快，我下意识想叫，那人捂住我的嘴，另一只手去扯我的内裤，我拼命反抗，又是踢又是抓的……

"贝贝，是我。"

听到林男的声音，我伸手去开床头柜上的灯。

"怎么是你？不是后天回来吗？"我问。

他答巴尔的摩正在下暴风雪，飞机无法降落，在天空盘旋一阵子后转降纽约，他想了想还是放弃最后一站直接回家。

"行吗？票不是都卖光了？"

"退票呗！反正我也累了，巡回一个月真不是人干的事。"他躺在我身侧。

我们沉默了一会儿，还是我先开的口："Angela呢？"

"回她的别墅了。"

林男把铁皮屋戏称为"别墅"，既残忍也不厚道。

"你的骨子里有刻薄人的倾向，我以前倒没发现。"我忍不住说出心里话。

没想到他非但不反驳，反而某种程度承认我的说法。

"我是看人发作，Angela是受虐狂，我只是迎合她的需求。"他说。

Angela是不是受虐狂？我不知道，但施虐者不该是我的枕边人。

林男听了来气，突然一个大翻身用力掐住我脖子，我没反抗，眼睛死盯着那个我曾经深爱，即使嫁给别人仍然心系着的男人。

"听着，这世界是我的，只能我负人，不能人负我，understood？"说完，他松开手。

我咳嗽了两声，差点儿喘不过气来。

"扣、扣、"

听见有人敲门，我和林男顿时紧张起来。

"贝贝，妳还好吧？"赖音如小心地问。

我告诉她自己很好，林男刚到家，不好意思吵到她了。

"那就好，我先回房了。"

她一走，林男问我怎么赖音如的失恋假放这么长？他以为她早走了。

"也许她的前任男友是施虐狂，她需要长时间才能走出来。"
我一语双关。

"能结束这样无意义的对话吗？我累了。"他翻转身去。

啊！如果不是从前爱的记忆太深刻，恐怕我要放弃这段畸型
的恋情了。

～

"贝贝，早！昨晚睡得好吗？"我一走出房门就看见
Angela的笑脸。

我答好。

Angela边打蛋边说："林男这一个月够辛苦的，咱们都体谅
体谅他，毕竟这个家都靠他支撑着。"

我一时角色错乱，以为是林男的母亲在对我说话。

"那个金头发的女生是林男的表妹吗？她没吃早餐就出门去
了。"Angela又说。

"她是林男的表妹。"我答，然后走进盥洗室。

等我出来，林男已经坐在餐桌前，一脸的起床气。

"林男、贝贝，你们慢慢吃，我洗衣服去。"Angela一阵风似
地走了，留给我们独处的空间。

我和林男沉默地用着餐，Angela煮了粥，连米粒都少见，成
了米汤，可见熬很久了。

林男夹了一筷子的青菜到我碗里，很诚心地说："对不起，
累过头了，连自己都控制不了情绪，如果……请原谅。"

每当我有离开林男的念头时，他总有法子让我狠不下心来。

"今天上完课我们去市区逛逛，顺便看场电影，人不是机
器，我也需要休息，妳能陪我去吗？"

我抬起头来，他的眼睛像海一样清澈，我又回到与他初相识的时刻，那时的我们爱得多么单纯、多么义无反顾……

"好的。"我点头。

这是个欢乐的夜晚，林男带我去 RIVER PARK 餐厅用餐，这里不仅能欣赏到哈德逊东河的宁静美景，还能品味到由农场直接配送的最新鲜食材。无论从餐厅环境、装饰设计还是菜品味道，都极富情调和美味。

"喜欢吗？"林男问。

"嗯！喜欢。"我第一次露出久违的笑容。

用完餐，我们看了晚场电影《Furious 8》，那些惊险的飞车画面很是震撼。

回家的路上，天空飘起细雪，这是今年的第一场雪。我高兴坏了，赶紧打开车窗让雪进来，我的手心因此多出好几片雪花。

"瞧妳高兴的！"林男难以置信我会如此孩子气。

我告诉他，我喜欢雪，问他可记得我们曾经堆的雪人？他答不记得了，但他记得我们在雪中接吻，他还一并把我脸上的雪全给吃了。

"记得，"我笑了，"那时你很傻。"

"不傻，和妳在一起，做傻事也愿意。"他说。

第四十九章/家法伺候

难得今天的晚餐四个人都到齐，Angela煮了一桌丰盛的菜肴，有口水鸡、红烧肉、素炒三丝、冬瓜盅以及林男爱吃的上海熏鱼。

"你们慢用，我回屋了。"Angela脱下围裙。

"一起吃吧！"我说。

她看着林男，希望他有所表示，但后者假装看不见，继续低头扒饭。

我感到既可悲又可气。

"男～"我唤了一声，声音里有太多要表达的。

他将嘴里的东西咀嚼完毕后，才施恩般地说："要吃就吃，没人拦妳。"

于是Angela开心地坐下来，她啃了鸡、咬了五花肉、吃了胡萝卜、喝了汤，惟独没吃熏鱼。

"该不会是熏鱼有毒吧？！"赖音如冲口而出。

林男开口："Angela知道我喜欢吃上海熏鱼，她一向让我独享。"

这分明就是个被宠坏的小孩！

谁知林男的下一个动作竟然是把熏鱼最大、最肥美的部分扯下来往我碗里塞。赖音如见状，捂住嘴吃吃地笑起来，我看见Angela的脸上青一阵紫一阵的。

我讨厌现在的林男，他像在玩弄一只可怜的动物，而且非常享受其中的乐趣。

"我不爱吃熏鱼。"我沉下脸来，把那块鱼肉塞回林男碗里。

"贝贝，"他放下碗筷，脸色很难看，"I need to talk with you."

说完，那个一脸寒霜的男人直接进房间，以为我会跟进，但我纹风不动，继续吃饭。

赖音如把林男碗里的熏鱼夹起，对着黑乌乌的鱼块说："可怜了，爹不疼，娘不爱，只好由我吃了。"

"慢慢吃，小心有刺。"Angela说。

没想到一语成谶，赖音如真的被鱼刺刺到，而且卡在喉咙里不上不下的，把我吓得手足无措。

"报应！"Angela大笑两声走人。

经过一番折腾（又是大口吃米饭、又是喝醋）皆无效后，我用汤匙压住她舌根，然后将镊子伸进她的喉咙里，才把那根不长不短的刺给夹出来……

"可恶的Angela，一定是她施的魔法，这个老巫婆！"赖音如红着眼睛说，疼痛让她一把鼻涕一把泪。

"别怪她，是妳自己不小心。"

"不是这样的，我肯定跟她八字不合，要不就是磁场不对，亦或我们天生就是斗鱼，不能放在同一个鱼缸里。"

我说再忍忍吧！她的假期即将结束，两人不在同一缸，就是想斗也斗不起来。

"讲到假期，何一凡想跟我回英国，因为那时放圣诞长假。"赖音如突然兴致高昂地宣布。

对于这个突来的消息，我的第一反应是何一凡住哪里？

原本说好的，一放假我跟赖音如回英国探亲，因为沙丽的缘故，我会住在赖音如租来的公寓里，现在杀出个程咬金，总不能二女一男同处一室吧？！

"那个……贝贝妳有钱，何一凡是穷学生，所以……"

原来是我被三振出局了。

不说圣诞假期的酒店有多贵，在里面住宿既不能洗衣也不能做饭，一点儿家的感觉也没有，而这原本是我想送给艾米的礼物，包括一棵如假包换的圣诞树。

赖音如笑说这有什么难的？以大表哥的经济实力……

"妳可别跟乔说啊！我正在一步步地离开他的庇护，否则永远只能做一株待在玻璃房里的玫瑰。"

赖音如反问我做玻璃房里的玫瑰有什么不好？省去风吹雨打。

"是没什么不好，只是我受保护惯了，想过不一样的人生。我给自己规划的蓝图是这样的：毕业后开个音乐补习班，然后把艾米接过来，乔可以随时探视她……"

"这叫瞎折腾，大表哥又没说要离婚，妳倒先退却了。"

哎！这件事叫我从何说起？

乔和沙丽回英国没多久，我就接到沙丽母亲发来的邮件，她说沙丽拉不下脸来，只好由她出面。老人家希望我放过乔，让他们俩口子能重新出发，何况现在又有了宝宝……

我想起那个赌注。

"沙丽曾给过我机会，我放弃了，现在是我给她机会的时候。我愿意投桃报李，这次回英国，我会主动和乔办理离婚。"

赖音如说我笨，又说我傻，怎么就不想想艾米？单亲家庭的孩子多可怜？！

我也心疼艾米，但沙丽的宝宝怎么办？如果终究一定要有一个单亲家庭，那么就由我来承担吧！人必须为当初的错误抉择付出代价。

~

我到房间拿课本，林男躺在床上背对我，我没吵他，安安静静地出门。

等我上完两堂大课回到家，发现林男坐在钢琴前弹贝多芬的《暴风雨第三乐章》。

我倚在门口，不想中断他的弹奏。

贝多芬在创作此奏鸣曲时耳病加重，个人的生活又遇到很多困难和挫折，他甚至绝望到写下遗言，总之是首负能量多多的曲子，林男把它表现得淋漓尽致，可说是有过之而无不及。

"听完都不想活了。"等他弹完最后一个音，我开玩笑地说。

"我是不想活了，"林男愤而盖上钢琴盖，"妳变了，不再像从前那样爱我。"

"我变了吗？也许吧！但谁又能保证自己始终如一？"

"妳不能变，我爱的是从前的妳。"

我说这是个知识和科技大爆炸的时代，如果我还和从前一样，那代表不思进取，即便是他，他也变了，琴艺当然是进步了，但脾气也变得乖张、捉摸不定，尤其还有奇怪的性癖好……

"够了，"林男大喝，"谁让妳这么多话？"

谁让我？呵！我可不是Angela，能让他呼之即来，挥之即去。

我愤而转身入房，谁知他竟尾随我，并将房门上锁。

"这是干嘛？"

"让妳知道谁才是主子。"

他一步步向我走来，我则退到墙角……

～

"贝贝，妳怎么了？"赖音如敲门。

我没回应，她便自己开门。

"没什么。"我蜷曲在椅子上，看着窗外发呆。

"二表哥呢？"

我答林男今晚有个访谈，他和杂志记者约了见面，Angela也跟去。

"看来又只剩下我们两人了，要不一起看影碟吧！"

"不看。"我把头埋进膝盖。

"妳到底怎么了？"她走了过来，"很奇……啊～"

赖音如尖叫一声，像看到鬼似的，我知道林男下手重了。

"这是怎么回事？贝贝，妳一定得说清楚。"

"有什么好说的？林男把我当成了Angela，拿起家法伺候了呗！"

"不可能的……"

哈！就知道她拒绝相信。

望着窗外的一轮明月，我自顾自地傻笑起来……

第五十章/遗像

如果不是左脸肿得像馒头，我早跑回学校宿舍了。

知道林男晚上会回来，在他进门前，我慌忙地钻进赖音如的被窝里。

"贝贝，妳确定这样做好吗？家就这么大，二表哥肯定会上门要人的。"

"我当然知道林男找得到我，但碍于有第三者在场，他应该不会再对我动粗。"

"好吧！妳想在这里睡就睡，我可先知会妳一声，本人睡觉会打鼾。"

就在赖音如的鼾声中，林男回来了，他碰碰碰地大力敲击客房的门。

"谁？"赖音如被惊醒，一副丈二摸不着头绪的样子，"是谁？"

"贝贝在不在里面？"林男喊。

我赶紧小声提醒赖音如："说我睡了。"

"贝贝说她睡了。"

这个傻子竟然这么回复。

门外安静了两分钟，我以为警报解除了，没想到林男拿来备用钥匙，轻易地将门打开。

"贝贝，回房睡！"他下令。

"我偏不。"

见强硬不起作用，他决定来柔的："回房睡好吗？这不是妳的房间。"

我当然知道这不是我的房间，这个家也不是我的家，然而我家又在哪里呢？它应该在英国，却被我一手给毁了……我泣不成声。

"对不起，贝贝，原谅我，我再也不打妳了。"看我哭，林男终于承认错误。

"别猫哭耗子了。"

"回家的路上，我还特地上药房买了挫伤软膏，妳看！"他拿出管状物，"我帮妳擦。"

看得见的伤有药擦，看不见的伤又该如何？

"不用了。"我撇开脸，再次拒绝。

"我已经道歉了，妳还想怎样？"

我要他离开我的视线，至少今晚必须是。

林男沉默了一会儿，终于叹了口气离开。

我特地用长发遮住左边脸，并且一下课就匆匆离开教室，跟谁都不说话。

本来我已经悄悄将个人用品一点儿一点儿地搬去学校宿舍，谁知一转身又被Angela全给搬回别墅。

"其实我巴不得妳走，但圣诞节过后林男得参加'伦敦城市音乐节'的演出，妳这一走，他岂不是又要闹脾气？咱们别给他添堵，好吗？"她说。

我受够了Angela的"小媳妇"模样，但这次我没坚持已见，因为考试快到了，我不想再"一心二用"，既然她上门来，我便顺着台阶往下走。

~

考试这一周，我总待在学校晚自习，直到图书馆和琴室都关上门为止。

虽然每天都回林男的家，但"离开"的念头却越来越强烈，我不是指短暂回英国度假，而是永远离开纽约，离开……林男。

这一晚我回到家，赖音如已经上床，鼾声正大作。

我刚把包放下就听到隔壁传来床架摇晃的声音，力道之大，以为床就要因此解体。

这些天我和林男闹别扭，两人已经许久不同床，连面也少见，他竟因此叫来Angela侍寝，一点儿也不避讳，是可忍孰不可忍？

我拉开落地窗冲向花园，大力吸了几口气后，总算缓过劲儿来。

林男，你还是当初我认识的林男吗？我们是怎么一步步走向万劫不复的深渊？我要如何爱你？那个我深爱的男人不见了，化为一缕青烟飘散在风里……

待我哭完，大悲咒的梵音才钻进我耳朵里，也许刚才太激动，来不及接收其他声音。

我抬起头来，没错，它来自铁皮屋。

"Shut up!"我对着屋子喊。

梵音依然持续着，让我怒火中烧。

我大踏步走向铁皮屋并且一脚将门踹开，在噪音让我发狂前，我必须先拔掉电源，没想到……

在诡异的红光中，我看到我，一张黑框带白花的照片被Angela供在案上，前面插了三柱香，那个"残疾"娃娃则被一支箭射中，正悬挂在墙上……

我后退再后退，胃里一阵翻腾，把晚餐吃的意面通通吐了出来，嘴里尽是酸臭的味道。

噢！老天，这日子还能过吗？

顾不上深夜，我发疯似地连夜开车回学校宿舍。

第五十一章/小星星变奏曲

不知道我是怎么考的期中考，反正当铃声响起时，我有一种终于跑完马拉松的感觉。

走出考场，不巧看见林男正站在走廊尽头和 Dr.White 讲话，我赶紧转身往相反的方向走去。

"贝，"林男小跑步过来，抓住我的手，"考完了？我来接妳回家。"

听到林男说来接我回家，我的眼睛忽然热了起来。

"怎么了？"林男抚摸我脸庞，"妳知道我是爱妳的，这几天妳不在家，我……想念妳。"

噢！不，别再给我糖吃，好不容易我才狠下心来。（林男不知道我已办理休学，明天凌晨离开纽约后将不再回来。）

"走，"他牵起我的手，"陪我去吃饭，我知道一家好味道的海鲜餐厅。"

我忽然有个错觉，以为过去几天不过是噩梦一场，林男还是那个林男，高傲、敏感，而且……只取我一瓢饮。

林男带我来到纽约的格林威治村，那里有一家古巴餐厅 CUBA，现场有热情奔放的古巴音乐及提供手工制作的雪茄，不仅气氛好，餐饮更好，MOJITO饮品、烧牛尾、海鲜饭、CEVICHES……等，无不让人允指回味。

短暂远离不愉快的回忆，我总算露出笑容，这让林男很欣慰，他以为风暴过去了，直到……

"贝贝，妳怎么才回来？还有四个小时飞机就要起飞了。"我们一进门，赖音如就冲着我喊。

"没事，我载妳去机场。"林男无所谓地对自己的表妹说。

"贝贝，"赖音如一脸惊恐地看着我，"妳没告诉二表哥？"

"告诉我什么？"林男狐疑地看着我们。

我吞吞吐吐地表示自己将回英国探视艾米，已经三个月不见她了。

林男很惊讶我上机前才告诉他，忙不迭说："妳等等，我跟妳一起回去。"

不，这万万使不得。

我提醒他别忘了圣诞假期过后得在"伦敦城市音乐节"做压轴演出，况且赖音如的公寓小，容不下这么多人。

"妳和赖音如住一起？"他问。

我答是，因为乔正和他的怀孕女友住一块儿，我去不方便。

"何时回来？"他又问。

我跟他约了在音乐节上见，林男这才放下防备之心。

一上机，赖音如便迫不及待地说：" 贝贝，妳好厉害啊！把二表哥唬得一愣一愣的。"

何一凡问他女友，我如何厉害？

趁着赖音如"话说从头"， 我把自己埋进毯子里，拒绝加入谈话。

赖音如以为她什么都知道，其实不然，她不知道我已经预定了十天的ibis酒店，也不知道乔和我约了在法院离婚，当然更不会知道今天是我在ZL音乐学院的最后一天……

"呵呵! 贝贝，真的是这样吗？"赖音如笑问我。

"什么？"我探出头来。

原来我的同学曾捉弄 Dr.Watson，让他收到错误讯息而走错教室，全班因此侥幸逃过一次小考。

有这件事吗？ 我努力回想，好像……有，我还以为 Dr.Watson 生病了或临时有事，没想到……

"贝贝，妳还是ZL音乐学院的学生吗？ 简直跟不上节奏。"何一凡取笑我。

我哈哈两声掩盖羞愧，的确，除了学校和林男的家，两点一线外，我既不参加社团也不交朋友，我的大学生涯真是苍白得可怜。

"亲爱的，回英国后妳最想做的一件事是什么？"何一凡忽然问起自己的女友。

那个幸福中的小女人附在他耳中低语，被何一凡怪嗔为"色女"一枚。

想到这一路都要被迫分享他人的甜蜜，我陷入前所未有的低潮之中。

～

赖音如说还没做好介绍新男友给大表哥的心理准备，要我先走一步。

我一步出希思罗机场的关口，便听见天籁之音："妈咪～妈咪～"

那个穿着Burberry经典小风衣的甜美女孩可是我朝思暮想的女儿？

"噢！我的小宝贝，想死妈咪了。"我跑向她，她的身上有婴儿香皂的味道。

"妈咪，我也想妳，妳这次不会再跑掉了吧？"

"不会，I promise."

依着艾米的要求，我又跟她勾了勾小指头。

"能不能先上车？"乔很不好意思地打断我们，"艾米还得赶着去参加明天音乐会的彩排，她现在是第二小提琴手了。"

原来我的小心肝现在也是学校乐团中的一员，让我忆起自己的过往。

"那快走，"我对女儿说，"路上我还能跟艾米讲讲话，对吧？"

把艾米送进大礼堂，乔问我今晚住哪里？我答 IBIS。

"妳打算这个假期就住在经济型酒店里？"他问。

我当然知道ibis是属于"麻雀虽小，五脏俱全"的酒店，但做为"中转站"，性价比还是很高的，运气好的话，十天后也许我能找到短租房。

乔说别麻烦了，他已经帮我租好两房一厅，是骑士桥区的"HD公园1号"，那个我们原来住的公寓。

"太贵了，那里一星期的租金不低于一千五百英镑，何况我已经预付酒店钱了。"

"反正我不可能让艾米和妳挤在不到二十平米的酒店里，况且我已经付了一个月的租金了。"

乔不知道我不回纽约了，我也不想点破他，一个月就一个月吧！租期到了再搬。

"你跟法院约了几点？"我没忘记重要的事。

"什么法院？"

"这么说，放假前发的数封邮件算白费了？"

"别生气，伦敦离婚率高，我没排上号，加上几天后就是圣诞节了，法院也想早点儿关门。"

我提醒他这件事得赶紧办，沙丽的肚子很快会大起来，不知道还能不能穿得下婚纱？……

"Hi,Michelle. Long time no see."乔找到前方的救兵。

我看见Michelle一身臃肿地走过来，她是Jenny的母亲，Jenny和艾米经常玩在一起。

"Who is this?"她很惊讶，"Beatrix, how are you? It's really long time no see."

我告诉她自己的学校放假了，我刚从纽约回来。

Michelle 马上抱怨妈妈们的闲聊会太胡扯了，竟然有人说我和乔已经离婚，这不，两个人还甜甜蜜蜜地在一起呢！

"Yes, we are thinking to celebrate our marriage anniversary."乔说。

我难以置信地看着乔，他是怎么了？非但没有解开Michelle的误会，反而加油添醋地说我们正打算庆祝结婚纪念日。

"Hum……so sweet!"她笑看我们。

我赶紧低下头去，免得尴尬。

待 Michelle 走远，我才表达心中不满，指责乔不应该让事情复杂化。

"不，我一直在让事情简单化，妳回来度假，开开心心地过一个月，然后回纽约继续学业，一点儿也不复杂。"

什么时候乔也学会贫嘴？

我没反驳，因为礼堂里正传来莫札特的《小星星变奏曲》，那么轻松、活泼，我也跌进欢快的音乐氛围里，并且跟着拍子哼唱起来……

第五十二章/爱的泥沼

我们上"Duck & Waffles"餐厅吃饭，这里提供地道的欧式菜肴，它位于伦敦苍鹰塔的第40层，是目前世界上位置最高的餐厅。

乔点了鸭肉批当冷菜，这道菜是在鸭肉肉酱内加入干葱和香草，再塞入已擀好的面皮内，然后放进烤箱里烤熟。待冷却切片再填以鱼胶冻，很有德国巴伐利亚地区的饮食风味。

热菜则点了香橙鸭、油封鸭和啤酒鸭，甜点是蓝莓华夫饼及椰香华夫饼。

"我不喜欢吃这里的鸡。"艾米皱起眉头。

我笑着告诉她眼前的全是鸭肉，不是鸡肉。前者的肉质比较嫩也比较油，后者比较干也比较柴。

女儿说她吃不出来。

"早知道就上肯德基吃全家桶，可以省下好几张红票子呢！"乔感慨。

谁知艾米坚定地说她比较喜欢吃肯德基。

我和乔对望，无语。

～

回到"HD公园1号"，我切了冰箱里的水果，然后坐下来玩Jenga.

这是一款经典的益智积木游戏，设计理念来源于汉朝的黄肠题凑木模，简单易玩,作为家庭游戏再适合不过。

"啊～"艾米抽出一根积木，没想到整座塔因此失去平衡，啪的一声垮下来，她长叹一声。

"真可惜。"我说。

女儿不服气，嚷着再来一次，被她父亲制止了："Enough, it's bed time."

我的小心肝嘟着嘴说时间还早，如果非要睡，一定得妈咪陪。

我正想答好，乔再一次拒绝，他强调艾米是大孩子了，一向自己睡，没必要打破惯例。

为了缓解紧张的气氛，我把艾米叫过来，又是抱又是亲的，她才依依不舍地进房去。

"她才六岁，你对她太严厉了。"女儿走后，我忍不住抱怨。

乔说规矩就是规矩，如果坏了规矩，以后再建立就难了。

我也知道"规矩"对于孩子来说意味着什么，不可讳言，我的"心软"完全出自一颗没空照顾孩子的愧疚之心，感性超过理性。

"十点半了。"我提醒乔。

他看了一眼墙上时钟，说："让我把水果吃完。"

然后他吃了一片橙，又吃了一颗葡萄，花去五分钟，而水果盘上还有小山也似的其他水果。

对于乔的"拖时间"，我无可奈何，只好请他慢慢吃，自己先睡了。

"贝，"他起身挡住我去路，"我们谈谈。"

"谈什么？"

"谈……"乔拨开我左边的发，"脸怎么了？一直想问。"

我赶紧用长发遮住伤痕，苦笑着说："没什么，不小心跌倒了。"

乔没听进去，他说我们结婚六年，他从来没舍得打我，没想到他弟下手这么狠，到底有什么深仇大恨不能用言语沟通解决？

我很想告诉他另一个谎言，但话到嘴边却说不出口，反而将委屈堵在心头，一脸哀悽。

"没事的，"他安慰我，"人生苦短，过去种种譬如昨日死，让我们重新开始吧！"

我几乎要抱住乔的躯体喜极而泣，但……

"别说笑了，谁要和你重新开始？我巴不得早日恢复单身，享受自由生活呢！"

我轻轻推开他，往主卧室的方向走去。

关上房门后，我捂住脸哭泣。

"对不起，乔，我也想自私，也想重新开始，但我不能，因为……沙丽和她的宝宝需要你。"隔着门，我向乔做无声告白。

"妈咪，"艾米小声唤醒我，"我去学校了，今天是最后一天。"

我睁开惺忪的双眼，时差让我睡意正浓。

"对不起，妈咪睡晚了，我送妳去学校。"

女儿马上阻止我，她说乔已经在客厅等她了，还不忘提醒我冰箱里有牛奶，桌上有麦片，我若饿了可以吃……

"好。"我答。

艾米在我的额头上留下爱的印记后，轻轻关上房门离去，我翻了个身又沉沉睡去。

直到晚上八点，我才被他们父女俩的谈话声给吵醒，虽然他们已经压低音量说话。

"什么事这么开心？"我走进客厅，一身睡衣。

"老师说下学期让我坐在第一小提琴的末座，因为Megan回意大利了。"艾米高兴地宣布。

"一定是艾米表现得太好，不然老师为什么挑她不挑别人？"乔给女儿戴高帽子。

我也顺势加了一顶，说她是小提琴界的未来之星，把艾米哄得很开心。

"妈咪，妳饿了吗？我们给妳带外卖了，是Honest Burger的培根汉堡。"

难怪我闻到了面包香和浓郁的牛肉味。

我边吃外带晚餐边听艾米唱作俱佳地给我讲身边发生的琐事，她仿佛要把过去三个月没讲的话一次补齐，所以当乔又下令艾米上床睡觉时，我赶紧补上一句："Sweetheart，明天妳可以继续，妈咪洗耳恭听。"

我的小棉袄二话不说地分别给我和乔一个吻，然后乖巧地进房间睡觉。她的懂事、顺从让我很感欣慰。

"我原以为自己的离去或多或少影响她的性情。"

"妳是影响了她，孩子太早懂得察言观色不是好事。"

"我知道，"我不得不承认错误，"这次回来，我会尽量弥补她。"

"怎么弥补？一个月后妳又得回纽约了。"

我不想纠正乔的误会，只说希望离婚后艾米能跟着我，他可以随时探视她。

"我不明白为什么我们非得离不可？保留一个完整的家不好吗？"

"因为……因为若不离，沙丽的宝宝就成了私生子，她给过我机会，我也承诺过，所以……"

乔叹了口气，焦躁得在客厅里来回踱步。

"那孩子不是我的。"他终于停下脚步。

什么？这是什么意思？孩子不是他的，那会是谁的？

乔答他也不知道是谁的，沙丽流产后他们便不再同房，也许她是借机让他难堪。

我没想到沙丽会做玉石俱焚的事，既然孩子不是乔的，大大降低了我的担忧。

"没有孩子这一关，妳能回到我身边吗？"他问。

我能回到乔的身边吗？我抬起头来，反问他是否还爱着沙丽？

"我……爱过。如果没有妳，和世界上的任何一位女性结婚，对我来说都一样，但因为有妳，我现在没办法再爱别人。"

乔把责任推给我，但我乐于接受。没有什么比无爱的结合更可悲的了，他的回答让我的自私得到了支撑的力量。

"真的？妳真的愿意？"乔一把拥住我，很是兴奋，"谢谢，谢谢，我等这一刻等很久了。"

噢！乔，应该说谢谢的人是我，你大度地接受了我这只迷途的羔羊，我……何德何能？

"妳知道复合有个仪式吗？"他的眼睛亮了起来。

"仪式？什么仪式？"

"让我到床上慢慢告诉妳。"乔一把抱起我。

夜幕低垂，月儿高照，久违的感觉又回来了。我拥紧乔，沉浸在爱的泥沼里……

第五十三章/以色列复国

迷迷糊糊当中我听到窸窸窣窣的声音，知道乔起床了。

他洗完澡，又在身上喷了古龙水后，才趴在我身上给我一个吻。

"小懒猪，我上班去了。"他说。

"嗯！路上小心。"我闭着眼睛说话。

他抱着我好一会儿，又在我的脖子上啃了一下才走。

我被东西掉在地上所发出的哐啷声给惊醒，穿上睡袍，我到房外查看。

"妈咪，我想拿碗，不小心打翻锅子了。"艾米站在高椅子上解释。

我边说没关系边抱她下来，顺便问她要碗做什么？她答家里只有麦片，但冰箱里没牛奶了，只能干吃。

哎！不知道的人也许要以为我虐待孩子了。

"没事，等妈咪一下，我带妳去吃早餐，顺便采买东西，嗯？"

我三两下梳洗完毕，临出门前还偷喷了乔的古龙水，让自己带着他的香气出门。

~

已近十点，我只能带艾米吃 BRUNCH，把早餐和午餐都一并解决了。

要说伦敦最佳、最潮的 brunch店，那非 The Breakfast Club莫属，它在伦敦有6家分店，因为不能预约，所以总是大排长龙。

我们去的这一家在 Soho, 是家老店，装修风格为80年代的美式怀旧风，墙上贴满了顾客所留下的明信片及小纸贴。

我点了All Day Breakfast（就是整天都提供的餐点），把英式早餐的所有元素全加起来，一次吃个够。艾米则点了煎饼及香蕉奶昔，怕她饿，我还把培根及香肠分给她吃。

"怎么了，宝贝，不好吃吗？"我问,因为注意到艾米有些心不在焉，她的眼光总是飘向窗外。

"好吃。"女儿小声地答。

我告诉她和人说话要看着对方的眼睛才算有礼貌，老师应该教过……

"爹地说外面那个女人是妳，所以我多看了几眼。"

听她这么一答，我转向窗外，人行道上人来人往，熙熙攘攘，哪个是我？

"在那里。"女儿指向一栋约三十层的高楼。

顺着她手指的方向，我看见楼身有一幅大型海报，一个女人穿着芭蕾舞裙，手里拿着小提琴婆娑起舞，旁边有一行艺术字，写着：City Showcase（即"伦敦城市音乐节"的意思）。

没想到摄影师张三的作品真的入选了，我就这么俯瞰整个伦敦市而不自知。

"妈咪，那是妳吗？"艾米问。

"宝贝，那的确是我，"我大方承认，"告诉妈咪，那幅海报是最近才有的吗？"

她答已经挂在那里好几天了，不只这里有，商场和超市也有，只是尺寸有大有小。

"原来如此。"

"爹地看了海报后告诉我，即使费尽所有的力气，他也要帮我把妈咪找回来，没想到妳真的回来了。"艾米笑了。

我忽然心疼起乔，那时的我正催促他跟法院约时间办理离婚，当他看见海报时是何等的心情？

"妈咪回来了，让我们三人永远在一起，好吗？"我试探性地问女儿。

她听完欢呼一声，像得到了一个意外的惊喜。

～

吃完早午餐，我们在市区随意逛逛，我给艾米买了件 TED Baker 的白色外套，又给自己买了皮手套，然后才上 Whole Foods Market 采买。

这是一家来自美国的零售商，在英国算是最土豪级别的超市，主要出售纯天然食品和有机食品。

采买完毕，我们搭出租车回去，短短十几分钟的车程花去20英镑，难怪伦敦出租车的车费总被诟病。

回到家后，我们母女一起动手洗切。艾米把胡萝卜丝切成胡萝卜块，我不计较，因为我的厨艺也不好，下厨做饭成了亲子活动，过程重于结果。

果然结果不太理想……

"妈咪，牛肉硬梆梆的。"女儿抱怨。

"Honey, 妈咪也不知道它为什么硬梆梆的，要不妳吃鱼？"我把一块鱼肉塞进她碗里。

艾米吃了一口后说我没放盐。

是吗？我赶紧也吃上一口，糟糕！真的没放。

"没事，"乔递来盐罐子，"洒点儿盐就行。"

乔在没有事先通知的情况下又回到"HD公园1号"，而且带来一只大号的行李箱。

艾米嘟着嘴，拿起盐罐子在鱼肉身上洒盐，我尴尬地笑了笑，自嘲自己的厨艺上不了枱面……

"人不可能全才，妳在音乐上有天赋，厨艺差一点儿又何妨？总得给别人留活路。"他安慰我。

此时艾米忽然报料沙丽也不会煮，有一次把面给煮糊了……

听到女儿提起那个女人，我很心虚，转而问学校的事，她乐呵呵地告诉我新近发生在数学老师身上的糗事，我算是把表面危机给应付过去了。

～

趁着艾米在看 Cbeebies 频道的 Alphablocks，我示意乔到房间说话。

"你来我这里，沙丽知道吗？"我问。

"我不知道她知不知道，我们已经不说话了。"乔边答边玩我胸罩上的肩带。

这样不行，我要他回家睡。

"我是回家睡啊！"他翻了个身躺在床上成大字型，"这里就是我的家。"

我叹了口气，问他有没有听过以色列复国的故事？犹太人走了，巴勒斯坦人来了。有一天犹太人想复国，回来把巴勒斯坦人赶走，后者当然不乐意，所以爆发后来无数次的中东战争……

乔反问我以色列是不是复国了？复国了就好，结果比较重要。

"我可不想经过大小无数次战争后才复国，尤其还有恐怖自杀袭击。"我答。

乔笑着过来拥抱我："妳的小脑袋瓜里都在想什么？妳不是犹太人，沙丽也不是巴勒斯坦人，所以问题不成立。"

我想告诉乔，这只是打个比方，道理是相通的，但他不感兴趣，一使力，我跌入他怀里……

第五十四章/抓痕

离圣诞节还有两天，到处都是购物的人潮。

我带艾米到牛津街，加入"最后一分钟购物"的人群中。

牛津街是英国首要的购物街，位于伦敦西区，每年吸引成千上万的游客到此观光购物。在长达1.25英里的街道上，云集了超过300家的世界大型商场，我在老牌百货店SeIfridges里买了条鳄鱼皮皮带，打算送给乔当圣诞礼物。

" Honey, 妈咪给妳 £200, 妳可以去挑选送给我和爹地的圣诞礼物，但是记住只能待在这一层，买完后回来找我，OK?"

艾米拿上钱，很高兴地购物去，我还能看见绑在她头上的粉红色蝴蝶结在人群中飞舞。

趁着她去买礼物的当口，我转身要售货员把玻璃柜里的水晶小熊包起来，女儿已经目不转睛地看着小熊有好一会儿了。

" Are you ......that girl? "售货员边把系上金色蝴蝶结的银色小盒交给我边问。

"What?"我一头雾水。

原来售货员问我香格里拉酒店旁边那栋高楼上的海报女郎是不是我?

我大方承认。

她又问我是不是小提琴家? 我答自己是ZL音乐学院的学生,主修小提琴,但离violinist还有一段距离。

接着售货员便像那些遇到名人的普罗大众,要求与我合影。我看她笑得一脸灿烂,不忍拂她的意,遂和她一起面对镜头。

照完相,艾米也购物完毕,她跑向我:"妈咪,我买好礼物了,这是剩下的钱。"

望着手心上的£123(等于她用£77买了两个礼物),我很好奇是什么宝贝?

"妳肯定是买了世界上最棒的礼物。"我说。

"嗯!"女儿点头,"妳和爹地收到后会高兴地跳起来。"

我告诉她很期待收到她的礼物,相信乔也是。

~

我和艾米刚走到黑白相间的Liberty百货公司门口,乔来电话,要我马上带着孩子回家,理一个行李箱,不够的东西路上买,打个出租车回去,快!

我正要问他理行李箱做什么? 他已挂机。

很少见乔如此"不淡定",我的心里七上八下的,马上向路边招手,一辆出租车行驶过来。

~

我刚合上行李箱，乔就进门。

"快，现在就走！"他过来拉行李箱，另一只手牵着艾米往外走。

我迅速检查一下门窗及炉灶，然后匆匆锁上大门。

"这么急？带我们上哪儿？"我系上安全带问。

"回我们的农庄度假。"

我和乔刚来英国时曾住在离伦敦有四个小时远的大农庄里，最近的邻居与我们相距五十多公里。

"为什么？"

"为了给妳和艾米一个不一样的圣诞节。"他答。

车子开出"HD公园1号"，我看见公寓的小厮举起礼帽向我们致意，我微笑回礼，不巧看见"我的车"正要驶入地下停车场，由于车窗上没有贴停车标签，开车的人被拦截下来。

我又看了一眼车牌号，没错，那是我的宝马i8，去年冬天乔买给我的。

由于车玻璃是深色的，我看不清楚驾车人的长相，但可以猜出是谁。

"艾米，到了农庄，妳可以学骑马，我让驯马师替妳挑一匹性情稳定的老马……"

乔兴致勃勃地给女儿画上未来乡村生活的美丽蓝图，艾米高兴地应合，只有我的心蒙上一层阴影，尤其看到乔捲起衣袖的右手腕上有清楚的三道抓痕，红得刺眼。

"贝贝，还记得'星星之眼'吗？"乔转头向我，"她生了马宝宝，妳说叫什么名字好？"

我想了一下，答："合家欢。"

~

我用面包机做了全麦面包，又照书做了乡下浓汤，刚把火转小，乔和艾米就进屋来，他们的身上有白色雪花，背后拖着一个重物。

"妈咪，快来看圣诞树，是真正的树喔！"艾米喊着。

我赶紧走过去帮忙，果然是棵真正的树，树根还抓着土壤，用一个绿色小盆包裹着。

"哪里来的树？"我问。

乔答是附近农民种的小松，他们砍了几株在路边叫卖。

"那快，把它摆在客厅窗户边。"我下令。

然后我们合力把树抬到我指定的位置上。

"外面正在下雪，眼看会越下越大，恐怕来不及在商店关门前买到装饰品。"乔很惋惜地说。

我要他别担心，我和艾米会负责把树打扮好。

~

吃完"汤配面包"的简单晚餐，我和艾米马不停蹄地用以前留下的色纸折了无数只动物和小纸盒，再把它们全挂在树上，又拿来彩色小铃铛沿着树身绕了两圈，总算有点儿过节的气氛。

装饰完毕，我把送给乔和女儿的礼物放在树下，艾米见状也拿来她的礼物，现在树下有四个礼物了。

"爹地，你的礼物呢？"艾米问。

乔抓抓头，很懊恼地说他把这件重要的事给忘了。

我笑着说："你哪里忘了？你不是要跟艾米一起做圣诞蛋糕吗？"

艾米听完，闪着一双清亮的大眼睛，兴奋地问："爹地，你真的要和我一起做蛋糕？"

乔看着我，我对他微微一点头，他心领神会地对艾米说："没错，让我们明天做一个世界上最棒、最好吃的圣诞蛋糕。"

艾米欢呼一声，投进乔的怀里。

我给艾米读床前故事，她指定要听圣诞老人的故事。

"圣诞老人是一位专门为好孩子在圣诞节前夕送上礼物的神秘人物，每到12月24日晚上，他会驾着由9只驯鹿拉的雪橇，挨家挨户地从烟囱进入屋内，然后偷偷地把礼物放进好孩子准备的圣诞袜里……"

"我很高兴圣诞老人把妳送回来了。"艾米抱着我轻轻地说。

我的心因此被撩拨了一下，不禁低下头亲吻女儿柔软的发，感叹自己差点儿就失去了幸福。

等到艾米睡着了，我才回到主卧室，乔正坐在床上对着电脑屏幕皱眉，看见我进来，他马上关机。

"怎么了？眉头可以夹死一只蚊子。"我问。

乔苦笑着答没什么，不过是工作上的事，假期过后再烦恼。

他举起手来捋了捋头，心理学上说"捋头"表示不自信或说谎，也有紧张的成分在里面。

我撇开脸说自己洗澡去了，因为乔捋头的时候，我又看见他右手腕上的抓痕，它让我感到心慌。

"天气冷，两个人一起洗温暖些，嗯？"他试探性地问。

我没反对，迳自走向浴室，乔跟随在后……

第五十五章/乔的圣诞礼物

刚吃完简单的早餐，我就发愁。

今晚是圣诞夜，我应该准备丰盛的晚餐，好比香味四溢的烤火鸡、甜蜜可口的薄馅饼、奶香味十足的土豆泥、加了红糖的圣诞红酒……等，然而此刻冰箱里只剩两瓶果汁、一盒肉馅、三枚生鸡蛋及两根胡萝卜，连一般的家常菜我都拿不出手。

乔和艾米正趴在地毯上玩"Ticket to Ride"，这是一款简单的铁路游戏，玩家乘上一辆火车开始一段冒险的旅程，途中难免会遇到一些障碍（譬如自己的铁路计划被对手盯上或者隧道被破坏等），这些难度增加了游戏的趣味性。

"叭……叭叭……叭叭叭……"急促的喇叭声听着就像在家门口。

"贝贝，去开门！"乔命令。

我睨了他一眼，乔很少这么蛮横，像个财大气粗的爆发户。虽然不悦，但我还是去开门。

" Merry Christmas!"翠西按下车窗玻璃高兴地喊。

我太惊讶了，问她怎么来了？

"没办法，老板一声令下，我五点就得起床，现在困得要死。"她打着哈欠下车，"还好现在天气冷，不然从伦敦开到这里，很多食物都要变质了。"

我看到后车厢有满满的食材，像要办一桌的酒席。

这么说，为了圣诞大餐，乔把翠西从伦敦叫来帮忙？

"妳真是我的救星。"我开心死了。

"若不是看在不菲的加班费上，打死我也不干。"翠西右手拎着火鸡，左手夹着根大火腿，匆匆进屋。

感谢乔，圣诞晚餐有着落了。

～

忙了一整天，翠西终于在近六点时把所有餐点都准备齐，顺便还指导乔和艾米烤出一个不算太难看的咖啡口味树根蛋糕，上面洒了很多糖粉。

"我得走了，"翠西脱下围裙，"男友还在伦敦等我呢！"

我们分别和她行了贴面礼，又互祝圣诞快乐，她才离去。

回到餐厅，此时长条桌上铺上了星星图案的桌布，上面有白色烛台及松果装饰，红葡萄酒在冰桶里冰镇着，桌子的正中央摆放着一只烤得焦黄的火鸡，肚子里塞满了洋葱和鼠尾草，旁边围绕着烟熏三文鱼、咸火腿、烤土豆、炖蔬菜、甜果派、圣诞布丁以及用碎坚果、洋葱、奶酪和蘑菇做成的烤坚果。

"哇！好丰盛。"艾米高兴地鼓起掌。

乔招呼我和艾米入座。

屋里的暖气正好，留声机播放着应景的圣诞歌曲，饭菜很可口，这真是一个既温馨又浪漫的圣诞夜。

吃完大餐，我们切开乔和艾米合作的树根蛋糕，虽然离专业水平还有段距离，但吃过甜死人的圣诞布丁后，任何蛋糕都成了美味。

"我认为还是艾米做的蛋糕好吃，你认为呢？"我转头问乔。

乔答当然，如果将此蛋糕出售，肯定供不应求。

我们一唱一和，把女儿哄得很开心。

"May I ……"乔忽然兴致一起，邀我共舞。

我起身与他跳起慢三步，艾米嚷着她也要，于是在白雪纷飞的夜里，温暖的烛光映照着我们一家三口的舞姿，既曼妙又欢愉。

~

当他们父女在做蛋糕时，有通电话打进来，看到来电显示，我本来不想接，但对方非常有毅力，一通接着一通地打，为了不让乔起疑，我躲到房间里接听。

"贝，是我。"

听到林男的声音，我全身不由自主地颤抖。

我嗯哼两声，他问我喜欢他送的礼物吗？国际快递网站显示我已经签收了。

虽然我完全不知道林男送了啥，但还是答喜欢。

"我特地向荷兰公司订的，因为别的地方产的颜色不纯。对了，妳知道它的寓意吗？"

"不知道。"

他很快告诉我，那代表"我的爱注定只为你一人"。

"呵呵！很好，很好。"我笑得很不自然。

"贝，快告诉我，它是什么味道？"

味道？我……我怎么会知道？

为了怕穿帮，我只好告诉他自己感冒了，鼻子不通，所以闻不出来。

"真是可惜，我一直想知道它是什么味道，也许过几天妳病好了，可以告诉我答案。"

我笑着答应。

讲完礼物，林男又对我说起绵绵情话，诸如想我了、没有我度日如年、希望假期赶快结束……等，我都一一接受，只求快点儿结束谈话。

"妳没有话对我说吗？"他有些失望地问。

于是我祝他圣诞快乐。

"爱我吗？贝。"

听他这么一问，我语塞了。换作从前，我会毫不迟疑地答Yes，但现在……我说不出口。

"这是什么烂问题？到现在还问我这个。"我假装生气。

他干笑两声，我借机说赖音如做饭需要帮手，这才停止对话。

一挂上手机，我马上拨给赖音如，问她林男送了什么礼物给我？

她在电话那头很兴奋地表示是好大一束的彩虹玫瑰，漂亮得很。

彩虹玫瑰是由荷兰花卉公司推出的一种玫瑰花，又称幸福玫瑰，花瓣呈现多种颜色，让人眼花缭乱。

"快帮我闻闻是什么味道。"我问，不想以后在林男面前答不上来。

"好奇怪，什么味道也没有，而且这花也太容易凋谢了，两个小时前送到，现在花瓣边缘都开始发黑了。"

看来还是自然的好，任何一种加工后的产物都有后遗症……

我还在侃侃而谈，但赖音如比较关心我和乔的复合之路是否顺利？

"目前看来很乐观，但妳千万在林男面前三缄其口。"我叮嘱。

得到承诺后，我满意地挂机。

早上六点不到艾米就起床，她到床边唤我："妈咪，我能拆礼物吗？"

我把乔叫醒，两个睡眼惺忪的大人加上一个兴奋过度的小孩，我们一起走向圣诞树。

昨晚女儿睡着后，我们在她的圣诞袜里塞满了糖果及文具，想必她已发现圣诞老人送了什么，现在她好奇的是我的礼物。

"哇！是小熊，妈咪妳怎么知道我就喜欢这只水晶小熊？"艾米很惊喜。

我告诉她，是圣诞老人告诉我的。

于是她走过来拥抱并亲吻我，也给了乔同样的感谢。

"爹地，现在换你拆礼物了。"艾米催促着。

乔拆了他的礼物，皮带是我送的，艾米则送了M&M巧克力糖果机。

"你想吃巧克力时，转一下按钮就有。"她骄傲地对乔说。

"糖果机？哈哈！"乔大笑，"这真是太……太好的礼物，我做梦都想要。"

即使亲完艾米，他嘴角的笑意仍未散去。

有了糖果机，我迫切地想知道艾米送我什么？

三两下拆开包装纸后，发现是一个水晶球音乐盒，里面有一对结婚娃娃。

我上紧发条，白色雪花便飞舞起来，两个娃娃开始绕着轴心转，伴随的音乐是理察克莱德曼的钢琴曲《梦中的婚礼》。

"一个是妈咪，一个是爹地。"艾米介绍那两个娃娃。

有妈咪，有爹地，我问艾米在哪里？

"我当然在妳的肚子里。"她答。

我和乔相视而笑，这真是最好的答案。

在西方，圣诞节当天是家庭团聚日，不外吃吃喝喝地打发掉，然而乔不想这么过。

早餐后他问艾米能不能把妈咪借给他两小时？

艾米问为什么？乔答因为要送我的圣诞礼物在很远的地方……

"没问题，反正电视上正在播我想看的 Mr.Bean。"女儿很大方。

于是我和乔手挽着手出门，回头一望，一个小女孩站在窗边向我们挥手，还一连送了好几个飞吻。

"带我去哪里？"告别艾米后，我问。

"骑马，好久没骑了。"他答。

第五十六章/寻找那女孩

我们在马厩里看到生产完不久的"星星之眼"及她的可爱宝宝"合家欢"，我抚摸着这对母子，和它们说稚气的话。

乔和驯马师在一旁交谈，后者指着太阳升起的方向。

待驯马师离开，我问他们都谈了些什么？

乔答他让驯马师帮我挑一匹性情稳定的马。

没多久，驯马师牵来两匹漂亮的马，说"漂亮"是因为马儿的体格健壮，飘逸的鬃毛在阳光下闪闪发光。

"哪里来的好马？"我问。

乔说是拿"星星之眼"参赛以来夺冠的钱买的。

我知道在马赛中夺冠能赢不少钱，但没想到有这么多，多到能买两匹成年马。是这样的，一匹有优良血统的成年马，其价格是很贵很贵的，所以马主人通常买幼马，再加以培育训练，那些会买成年马的，一来资金不缺，二来有即时参赛的打算。

"这两匹马是不是很快会参加比赛？"我问。

"是的，因为'星星之眼'刚生产完，需要休养生息，暂时不可能出赛。"

从这一点不难看出乔有做生意的头脑，先买一匹所费不赀但能得到名次的马匹，再把赢来的钱买更多的好马，原来的那一匹便做传宗接代的工作，等马宝宝长大了，又是驰骋马场的好手……

良性循环，焉有不胜的道理？

我上了白马，乔上了棕马，我们往驯马师手指的方向骑去。

一路上，乔诉说着和我分离后的痛苦。

"艾米想妳，我也想妳，不仅想妳，我还不停的自责，为什么……"乔住嘴了，可见有多后悔，待心情平复，"妳要我去找妳，找到了，我应该用世界上最柔软舒适的布料将妳包裹起来，给妳琼浆玉液，给妳雕栏玉砌，不让妳受到一丁点儿的伤害，可惜……可惜我没做到……"

我想起法国作家埃克苏佩里写的《小王子》，书中的主角也是这么对待他那略显矫情的玫瑰。

真不知该说什么好，犯错的人是我，犹豫不决的人也是我，乔却把过错揽在身上，让我很惭愧。

"乔，我……我已经办理休学，不再回ZL音乐学院，也许转到伦敦的其他学校。"虽然痛苦，我还是说了，"这几年我疏于练琴，长江后浪推前浪，换个专业，譬如作曲，应该会好些。"

乔说无论我做什么决定他都支持，他很高兴我又回到伦敦。

"可是……"

"我会快刀斩乱麻，妳也是，嗯？"他对我微笑。

我了解"快刀斩乱麻"的意思，乔也许能做到，我……哎～

"翻过那个山丘就到了。"他忽然指着前方说。

我不知道乔要带我去哪里，这附近我没来过，他说是圣诞礼物，难道他大老远跑来这里藏礼物？

乔"喝"的一声将脚跟踢向马腹，马嘶鸣一声后奔跑起来。我虽没踢马腹，但白马看到同伴跑起来也跟上，害我心惊胆战的。

越过山头，我终于看到我的礼物，那一片蓝啊！像宝石一样清澈，我不禁低叹："太美了，真不似浩瀚人间。"

"这就是英吉利海峡，游过去就是法国了。"乔说。

原来这就是英吉利海峡，我从来不知道我们住的农庄离海这么近。

"现在知道了，我们可以经常来看海。"

虽然再过几天就得回伦敦，而乔的工作一天都不能落下，但我还是答："好的。"

因为知道假期短暂，我们格外珍惜相处的每一时刻。

早上通常以室内的亲子活动开始，譬如：下棋、画画、说故事……到了下午就是户外活动时间，有时散步，有时骑马，有时做园艺，有时……甚至如同乔所说，我们一家三口翻过山丘去看海。

"妈咪，"艾米指着前方，"海的那一边是什么？"

我正想回答法国，孰料乔抢答："海的那一边是天堂，有吃不完的珍馐，有看不完的美景，还有享受不完的天伦之乐。"

艾米说她好想到海的那一边瞧瞧，乔答应了，他说当快刀斩乱麻的那一天，他会放自己一个长长的假，带我和艾米到海的那一边……

"什么刀？又什么麻？"艾米皱起眉头问。

我笑着拥紧艾米，告诉她那表示我们全家又在一起了，有爸爸、有妈妈、还有艾米。

女儿听完欢呼一声，说这才是她想要的，她每天都向上帝祷告，这下子总算灵验了。

假期一结束，我们回到伦敦，乔也开始上班，只是他的笑容越来越少，人也显得疲惫。

"怎么了？"我递给他一杯香浓的奶茶。

"没什么，工作压力大，休息一下就好。"

乔现在已经不回"家"了，他搬过来和我们同住，尤其知道我不回纽约，索性在"HD公园1号"又租了个更大的，有四个房间，能俯看繁华的肯辛顿商业区。

"为什么租四居？我们才三个人。"我问。

乔答一间当主卧室，一间给艾米，一间充当书房，最后一间给翠西。

翠西？乔竟然要翠西过来？沙丽会怎么想？

他答沙丽有阿四，不够还能请人，但翠西不一样，她知道我的喜恶，现在好的仆役难找。

我迟疑了一下，还是问："沙丽是什么态度？"

"能有什么态度？想拖死我们呗！不过最近她冷静多了，在公司也不再故意唱反调。"

我说那就好，又问他沙丽的肚子多大了？

"看不出来，因为她总穿宽大的衣服，除了脸有些浮肿外，实在看不出是个孕妇。"

我要他 Be patient, 孕妇总是比较情绪化。他答他知道，自从接受了沙丽，他每天都在 Be patient, 早已习惯了。

艾米的学校假期结束了，我送她去上学，回家的路上，我看到路边开了家小巧的咖啡馆，窗台上有可爱的小花，每张桌子的玻璃垫下还有个小型沙盘，里面尽是海沙、贝壳及玩具小船，让人不禁莞尔。

我走进去要了杯黑咖啡，顺便上网（我已经许久没上网，因为农庄网络时有时无），然后 "Looking for that girl" 的广告便铺天盖地而来，着实花了我半小时的时间才将事情的前因后果搞清楚。

原来圣诞节前夕，当我在做"最后一分钟购物"时，水晶饰品店的店员认出我就是悬挂在大楼上的巨幅广告模特儿，还拉着我拍照。一转身，她把照片发到Face Book上，还说我是ZL音乐学院的高材生，琴拉得一级棒，"伦敦城市音乐节"怎么只找我拍照，不找我上台表演？

就因为这段溢美的留言，在网上掀起千层浪，好事者甚至发起连署，请愿的人目前已多达三万人，而且人数还在不断增加中，逼得音乐节主办方不得不出面表态，只要海报上的女主角愿意，他们会安排我做开幕嘉宾。这一来，整个伦敦启动了"寻找那女孩"的活动。

由于看到新闻，我忍不住抬起头察看四周，该不会有人正在寻找我吧？！

早上十点多，小咖啡馆里人不多，角落有两个老人在谈天，入口处有个阿飞正抖着腿看店外，挺无聊的样子。

嘘～还好，没人发现我。

此时，那个胖胖的西班牙裔老板端来一盘饼干，说是刚出炉，请我试吃。

我拿了块曲奇尝上一口，果然奶香味十足，甜而不腻，遂对他伸出大拇指：" It tastes good . Thank you."

没想到本该走的人却坐了下来，端详我一会儿后，他问我是不是海报上的那个女孩？

我马上否认，偏偏电脑屏幕上正播放有关海报女郎的报导。

" Don't be shy. We are looking forward to your performance."他笑着对我说。

我赶紧又表示自己不是害羞，而是他找错人了。

说 了 声 "Excuse me." 后， 我 匆 忙 拿 起 包 和 电 脑， 快速离开咖啡馆。

~

"Looking for that girl."的活动如火如荼地展开，加上咖啡馆主人的报料，全城的目光开始锁定骑士桥区，逼得我出门不得不戴口罩。

"妈咪，妳感冒了吗？"艾米问。

"是的，有点儿。"我牵起她的手。

此时Michelle小跑步过来，旁边跟着一个书生面相的大男孩，她介绍那是她的表弟，正在泰晤士报当见习生。

" I told my cousin you are that girl."Michelle 开心地说。

完了，被出卖了。

那个仍有大学生气质的男孩腼腆地问我能不能做个简短的采访，让他回去好交差。

我支吾了半天，Michelle 转而问艾米想不想跟Jenny 一起去溜滑梯？艾米答Yes。

没了女儿，我找不到借口拒绝，只好和Michelle 的表弟就近坐在花台上，回答他早准备好的问题。

那个大男孩问我拍照的动机，我说老公小时候看过一幅油画，他觉得画中人像我，刚好有个摄影师想拍类似的画面，所以一口答应下来。

" Will you give a performance on City Showcase?"他问我会不会在"伦敦城市音乐节"上亮相？

我答不会，一来我的琴艺一般，怕贻笑大方；二来我不想要平静的生活起波澜。

" Do you know Lin Nan? He will appear on City Showcase."他提起林男，让我很心虚。

我答不认识林男，还反问他那人是谁？

他 笑 了 笑 说 Never mind ， 因 为 他 也 不 喜 欢 那 位 高傲的钢琴家。

采访完毕，我以为事情已经翻篇，没想到MICHELLE 的表弟因那篇报导而声名大噪，因为文章被推上头版头条，和英国首相的移民政策声明摆在一块儿。

"原来我老婆现在成了名人了。"乔看完报纸后说。

"哎！我挺难为情的。"我搅拌了一下色彩缤纷的盘中物。

今天翠西做了罗勒叶鸡蛋配意大利西红柿丁酱，一款既好看又好吃的西式早餐。

乔问我是否真的不参加音乐节？很多唱片公司或音乐制作人会到那里寻找新星。

我答我早已不是新星，只想过简单的家庭生活。

"不去也好，免得看到……不想看到的人。"

我知道他指的是谁，但假装没听懂，转头催促女儿快吃，免得又迟到了。

第五十七章/逼上梁山

"伦敦城市音乐节"还是找上我了，通过摄影师张三。

"早上五点多打给我，人还在睡梦中，我以为自己的作品又得奖，白高兴一场。"

说完，电话那头的张三给了我一个人名和手机号，说是音乐节的导演留的。

"谢谢！"我随手记下。

"我要是妳早毛遂自荐了，这么好的机会，别人求还求不来呢！"

我不是不知道"机运"对一个学艺术的人来说有多重要，大部分的人终其一生都在等待这么一个机会。

"去吧！那件细肩带粉红色芭蕾舞长裙我还留着，导演说如果妳愿意穿那件衣服上台就更好了，众望所归嘛！"张三仍试着游说。

我仍然无法下决定，于是张三说了，不论我决定去还是不去，他都会把衣服寄给我，顺便附上一张24寸的彩照供我留作纪念,算是感谢我让他扬名立万兼财源广进（现在想找他拍照都得提前半年预约）。

我开口恭喜他，也谢谢他给的礼物。

"还是那句话，妳现在是网红了，机会难得，得好好把握。"挂机前，张三补了句。

～

我没带口罩上街，每个人都对我微笑，开场白永远是那幅美到极致的海报，结尾永远是想看我上台拉琴，连艾米的班主任都发话了，她说每个人都问她海报上的女郎是不是她班上的学生家长？艾米也成了学校红人，连高年级的学长姐都来找她说话。

果真如此？艾米回家倒没提起过。

" We are looking forward to your performance on stage. Don't let us down."班主任带笑说。

如果道德有绑架，期望也有，此时众人的期盼正排山倒海而来，让我骑虎难下，最糟糕的是乔也站在群众那一边。

"如果……还是去吧！"他在晚餐桌上说。

今天翠西煮了葱油拌面加几道凉菜，看书做的，味道差了点儿，但看在她竭力为我们煮家乡菜的份上，一端上桌，我和乔都不吝给予赞美。

"我以为你不乐见我在音乐节上亮相。"

乔答他的确不想让我抛头露脸，但山姆大叔开口了，他不得不卖这个面子。

"山姆大叔？他不是在纽约？"

"是啊！'寻找那女孩'的活动也飘洋过海到彼岸，实际上这已成了国际新闻。"

我没想到无意的一个举动能造成这么大的连锁反应，突然被聚光灯打在身上，真让人无所适从。

伦敦有很多音乐学院，譬如皇家音乐学院、皇家音乐专科学院、三一音乐学院……等，但无一例外都是秋季开学。想到将有大半年闲赋在家，不免有些惆怅，我的学习之路怎么就这么波折？还好最近我对作曲感兴趣，想写一部交响曲，需要投入大量的时间和精力，暂时转移了注意力。

"夫人，有您的包裹。"翠西敲门后说。

看到邮戳显示来自纽约，我心里有数了。

打开包装盒，我看到那张无所不在的相片，又看到久违的"道具服"，粉红色的细纱长裙加紫色腰带，唤起我尘封已久的记忆。

"真是漂亮，"翠西抚摸着裙子，"好想看您穿这条裙子上台表演。"

"这么说，妳也知道了？"

"不仅我知道，整栋大楼的人都知道，总抓着我问东问西。夫人，您现在像Rowan Atkinson一样有名。"

我听了呵呵笑，Rowan Atkinson是"憨豆先生"的扮演者，早已家喻户晓、全球知名，我怎能和他比？

"是真的，"翠西一脸严肃，"连八十岁的老太太也知道您，说很想听您拉琴。"

是这样的吗？我又陷入两难。

考虑再三，我还是拨通了电话，是导演本人接听的。

他听到我说Yes, 松了一口气，接着告诉我现在每个人都认为他办事不力，顶着舆论的压力，让他想死的心都有，天知道我根本不在表演名单上。

他的心塞，我了解，半路杀出个程咬金不说，还被扣上一顶大帽子，这搁谁身上都觉得堵得慌。

" I don't expect you can perform well on stage, anyway, it doesn't matter. People only want to see you , not your performance."他说。

我能理解导演的担忧，毕竟我还没没无名，但他的鄙视还是伤了我。

放下电话，我马上把琴找出来，边擦拭琴身边思索该拉哪首曲子让导演刮目相看。

我在房间里练琴，让翠西去接艾米放学。

女儿回家后看见我又拉琴了，很是惊喜。她问我是不是参加"伦敦城市音乐节"?

我答是。

"妳要好好表现喔！记得帮我的朋友签名。"她说。

我笑着答没问题，她满意地回到自己的房间。

班主任说的没错，因为我，艾米也成了红人。

在床上，我告诉乔我决定参加音乐节，需要他的支持，翠西也必须接手艾米上下学的工作……

"那当然，音乐节什么时候举办？"他问。

"两个星期后。"

"来得及吗？"

这也是我担心的，但事情已经这样了，我只能"死马当活马医"。

～

我为音乐节选的曲目是俄罗斯作曲家柯萨科夫的名曲之一：《野蜂飞舞》。

这首曲子原是柯萨科夫为歌剧《萨旦王的故事》第二幕第一场所做的插曲，描述王子变成大黄蜂，攻击两个反派角色的情形。

此曲的旋律极快，后人常选用作为展示钢琴、小提琴等乐器的演奏技巧。换言之，我给自己找了个"不可能的任务"。

时间不多，曲子又难，这是作死的前奏啊！

当我正进入备战状态，导演忽然打电话来，通知我从开幕嘉宾变成压轴演出，林男反倒第一个上场。

我问为什么？导演答他不清楚，是林男主动要求的。

任何人都知道开幕嘉宾的作用主要是暖场，众人也不太会去苛责；压轴就不一样了，尤其这种大型的音乐节，绝对是由响叮当的人物坐镇。

我告诉导演我还不够资格当压轴，他同意我的说法，但这是林男提出的，他若不照做，那个脾气乖张的钢琴家恐怕会缺席。

我完全了解导演的难处，广告打了，节目单也印出来，这个时候若起变化，是要逼死工作团队……

" Let me speak to him."我说。

他问我是不是认识林男？我不置可否。

~

我打电话给林男，是Angela接的。

"林男现在和谁都不说话，只是练琴、练琴再练琴，连我也只能在指定的时间內进入屋子做打扫及煮食的工作。"她说。

我知道林男练起琴来六亲不认，但不知道他已走火入魔。圣诞节前夕，他曾打过一通电话给我，至今再无任何消息，我还因此大松一口气。

"请传个话给他，说我还没准备好拉压轴，请他别太抬举我。"

"妳答应在音乐节上演出？"Angela问。

看来她也知道海报的事，我无奈答是。

听她在电话那头叹息，我也想跟着叹息。

~

午饭过后我收到短信，是林男发的，就四个字："妳拉压轴。"，再无一句废话。

看来我是被逼上梁山，退无可退了。

第五十八章/山姆大叔

我焚膏继晷地练习约莫十天后，主办方给我派来一位伴奏，我们配合了几次，转眼就到了彩排时间。

根据林男的要求，他成了开幕嘉宾，然而……

我看见Angela匆匆上台和主持人咬耳朵，后者皱了一下眉头，没说什么，彩排继续进行，由第二位上场，他是来自挪威的声乐家，演唱的是意大利独幕歌剧《乡村骑士》。该剧改编自韦尔加的短篇小说，由马斯卡尼谱曲，内容描述意大利西西里岛的两位农民为爱争风吃醋的故事。

我是第35个上场，不知为什么，紧张得要命，拉着伴奏在后台练了又练。

" Don't worry. You will be fine."

那个和我年纪相仿的男人试着让我定下心来，然而我还是浮躁得很，于是他推说自己需要抽根烟，会在我上台前回来。

啥？抽四、五个小时的烟？那岂不成了老烟枪？

他笑了笑，推开门走了。

没了伴奏，我一个人练也没意思。冷静过后，我决定学伴奏出走，到附近的商场逛逛，买了双细根高跟鞋，又为艾米买了各色圆珠笔，足够她用两、三年了。

~

伴奏说的没错，我表现得如预期的好，连导演都走过来赞美我，他说如果以这种状态出现，旁人就不好说什么了。

我明白他的意思，毫无预兆地成了压轴，后台已经有人议论纷纷（不懂我这个N线外的新人为何从天而降），如果我再表现不佳，无疑把导演送上风口浪尖。

"I will do my best. Don't worry."我安慰他。

我是最后一个出场，但直到工作人员收拾好大小音箱及将施坦威三角钢琴推离舞台，我仍没看到林男，他去了哪里？明天会如约到场吗？

~

我一回到家就看到乔在打包行李。

"没办法，临时被山姆大叔派到中国公干，什么时候不好派，偏偏选在这时候，害我无法到现场看妳演出。"

我答没事，回来后他可以看录像带。

"那差多了，"乔走过来拥抱我，"我想上台为妳献花。"

我笑他送的花还不够多吗？现在家里到处都是花，特殊节日送、逢周末送、出大太阳送、铁路罢工送......连首相就职日也送。乔总找得到各种理由送我花，而且清一色是玫瑰，有红玫瑰、粉红玫瑰、蓝玫瑰、白玫瑰......

"上台献花的意义不一样。"他说。

"不打紧，有这份心意足矣。"

乔在我的额头上留下一个爱的印记后，转身拉着行李走了。

披上羊毛披肩，我开着乔的车赶赴音乐节，后座坐着翠西和艾米。

"妈咪，今晚妳好漂亮，像电影明星。"女儿说。

"那么待会儿记得帮我拍照。"

" No problem."

到了现场，我和翠西约了演奏完毕后在化妆间见面，然后放她和艾米去观看其他音乐家的演出，自己则走向练习室，伴奏正在那里等我。

主持人介绍我出场，我拿着Stradivari琴上台，耳中传来如雷的掌声，拍照声和闪光灯齐发，仿佛我是巨星登场，逼得主持人拿起话筒要观众自律。

待安静下来，我对伴奏点个头，他弹了四小节的前奏后，我开始进入。

这首极为快速的曲子很考验演奏者的功力，还好我和伴奏合作无间，在三分钟后画下完美句号，迎来另一波的如潮掌声。

许多人上台为我献花，认识的和不认识的，但都不及看到女儿时来得激动。她送我一束紫色郁金香，代表"无尽的爱"。

" Mummy, well done."她在我耳边低语，

" Thank you, sweetheart."我弯腰亲吻她。

当我目送她下台，同时落入眼底的却是一身白色燕尾服的林男，他的手里捧着红玫瑰，奕奕然向我走来。

"Well done, 贝贝。"他送花给我。

我接了过去，然而接下来的一幕却吓得我目瞪口呆，他竟然……竟然单膝跪地，从口袋里掏出一个精致小盒，里面是一枚熠熠生辉的钻戒。

"Will you marry me?"他说。

我傻眼了，加上现场起哄的声音，我的惊讶很快转为愤怒，这是什么跟什么？我还是乔的妻子，女儿甚至在现场，他闹的是哪一出？

"够了，赶快起来。"我低喝，说的是普通话。

他却像千年巨石般纹风不动，还是Angela机警，她跑上前跟主持人耳语一番，后者马上上台说这是为了给音乐节制造娱乐效果的演出……

观众席有了骚动，我赶紧就着麦克风证实主持人的说法，还强调刚才上台献花的小女孩正是我的女儿。

此时角落开始出现稀稀落落的掌声，接着像骨牌似的越来越大声，最后震耳欲聋，果真达到娱乐效果。

我气呼呼地下台回到化妆间，喝了好几口水才算把愤怒压下去。林男早已不见踪影，实际上我不关心他去哪里，今晚的他太任性了，我根本不想再见到他，所以当工作人员进来喊我，说有个"绅士"找我时，我一口回绝。

没多久，那位工作人员又进来，手里拿着一张名片，我低头一看，是乔的顶头上司Sam，他怎么来了？

怀着狐疑的心，我走出化妆间……

山姆大叔一看到我，立马送上一大束的火红郁金香，我接过后还能感觉手上的热气，火烫火烫的。

" You are the best violinist in the world."他说。

我谢了他，心里七上八下的，这人到底想干嘛？

果不其然，他提出想和我叙旧，就在附近的千禧国际酒店咖啡厅里。

想起曾经和他的肌肤之亲，到现在还令人作恶，赶紧表示女儿等着和我一起回家，她早过了上床时间。

山姆大叔遂提议让他载我和艾米回家。

噢！不，家是堡垒，我不允许它有一点儿肮脏，想上门？门儿都没有。

"妈咪！"女儿忽然向我跑来，后面跟着翠西。

" Is this your princess?"Sam 蹲下身和艾米对望。

女儿很害怕，向我传来求助的眼神，我立马把车钥匙塞给翠西，吩咐她让艾米梳洗完毕后再上床。

"夫人，妳呢？"她看了一眼年近半百的壮汉，"很晚了。"

我答我知道，喝完咖啡就回去。

待她们走远，山姆大叔竟然恬不知耻地说障碍物扫除了，这下子我们可以安心喝咖啡……

我恨不得扇他两耳光,但回归理性后，我还是努力保持淡定和优雅，问他："Where is your car?"

他做了个"请"的动作，我无奈随他走向停车场。

第五十九章/断后路

千禧国际酒店是一家有些年份的酒店，位于肯森特区，也就是富人区，且在著名的奢侈一条街上，离我住的"HD公园1号"不过十几分钟车程。

说要喝咖啡，Sam 却带我去大堂旁边的酒吧，因为咖啡厅马上就要关门，而酒吧可以坐到凌晨两点……

" We won't stay so late, isn't it? "我问。

山姆大叔笑而不答。

没多久，服务员端来我要的"螺丝起子"和他要的"长岛冰茶"（"长岛冰茶"和茶一点儿关系也没有，只是色泽很像红茶。由于酒精浓度能达到40%，它还有个不雅的名称，叫"失身酒"）。

Sam说我不应该点"螺丝起子"，加了果汁的鸡尾酒有什么好喝？应该点"长岛冰茶"，和他一样。

我答如果酒吧里有卖柠檬水或西袖汁，我会点来喝，因为和他谈话必须保持清醒，免得"失身"。

他听了呵呵笑，说我真风趣。

我转而问他为什么来伦敦？又为什么派我老公去中国？不会是凑巧吧？！

他答不是凑巧，他飞来伦敦看我演出是计划中的事，乔在这里很碍眼，扫除障碍物是必须的。

" Since ……that day, I know you're the one I'd searched for years." 他说。

"那天"代表我的"屈辱日"，然而在他的精心包装下却成了浪漫爱情的纪念日。

我问他是不是对每个上过床的女人都说同样的话？

他指天发誓他是有原则的人，不随便和女人上床，除非对方有才气。接着又说当他在纽约时报上看到我的照片时，有个声音告诉他，一定得飞来伦敦，等到真的看到我站在台上拉技术性要求极高的《野蜂飞舞》时，瞬间就有"东西"不乖了……

这是公然的性骚扰！我愤而起身，告诉他没有继续谈下去的必要。

" Sit down. Sit down."他招呼我坐下，" I know Joe bought 2 pretty horses not long time ago."Sam知道乔不久前买了两匹漂亮的马儿，So what？

他紧接着报料，说乔不仅买了两匹马，还买了五十万欧元的欧洲债券，因为他把公司的极机密数据卖给了他国，口袋里有的是钱。

我气得又坐下来，指责他无中生有、恶意栽赃！

山姆大叔说他不是无中生有，更不是恶意栽赃，他的消息来自一个可靠的人物。

" Who？"我问。

"Sally."他答。

沙丽？竟然是沙丽？不可能的……

Sam 反问我该不会不知道自己的老公和沙丽之间的风流韵事吧？！

我的沉默成了一种态度。

他接着坦言本来对沙丽不感兴趣，后来听说她会弹三味线，一种缘自中国，经过改良的三弦琴。看她穿着日本和服出场，低眉顺眼地弹琴，让他想起了日本艺伎，既然是伎，就没什么不可以……

听到此，我惊讶到说不出话来，难道……难道沙丽怀的是他的孩子？

我还在怀疑，下一秒Sam便拿沙丽和我作比较，琴艺当然我居上，床上功夫嘛……沙丽的花样比较多，但他天生比较喜欢"勉强"别人，像我这种"欲迎还拒"才对他的胃口，沙丽太激进了……

"Stop it."我要他闭嘴。

他不闭，反而提起已经在这家酒店订了豪华大床房，也许我们可以在床上讨论乔的未来。

老天！这个猥琐男人又想故技重施，真令人作呕。

我啐了他一脸："Go to hell.", 然后起身离去。

我把沙丽约出来，她指定要吃金龙轩的烧鸭，我没意见。

虽然有着金碧辉煌的名字，金龙轩的店面走的却是小清新，绿白相间的门面让人感觉舒服，内部装修也十分典雅，一派的中国古典风格。

我先到，选了个靠窗的位子坐下，又叫来一壶菊花茶慢慢品茗。沙丽晚了二十分钟才到，看在她大腹便便的份上，我不计较。

服务员给我们皮面烫金菜谱，沙丽没征求我的意见，迳自点了烧鸭、铁板牛肉、广式蒸多宝鱼、椒盐鳝段、沙爹牛肉煲、蒜蓉芥兰以及芥菜咸蛋汤。

当服务员转头向我时，我说："请给我们来两碗米饭。"

开场白总是最难，服务员走后，我又喝了两杯茶水，依旧没想到要如何启齿，还是沙丽先开口："想见妳很难，乔将妳保护得很好，是什么风将妳吹来？"

"昨晚Sam找我谈话了。"

"是坐着谈还是躺着谈？"她问。

我说咱们的谈话能不这么低俗吗？她想和山姆大叔搞七捻三是她的自由，我想谈的是乔的未来……

"呵！低俗？"沙丽一副轻蔑的嘴脸，"多的是表面道貌岸然，背地里使坏的人，到底哪个才是真低俗？"

我知道我背信忘义，说好的跟乔离婚却拖了大半年，如今又灰头土脸地回到伦敦，但我不承认低俗，至少我没有主观意识想要伤害某个人。

沙丽说我脸皮真厚，光挑对自己有利的讲，不过她也不是全然没有法宝，医生查出她肚里怀的是儿子，乔终于有接班人了。

"如果是乔的孩子，那自然是。"我喃喃道。

她问我说这话是什么意思？我答她虽然是中日混血儿，但长着一副亚洲人的脸孔，乔就不用说了，地地道道的中国人长相，如果她的孩子生下来有外国人的高鼻子和深邃的眼睛那就不妙了……

我看见沙丽的嘴唇在抖动，噢！不，别动了胎气。

“我……我胡乱说的，妳别放在心上。”我赶紧加了句。

“是谁告诉妳的？”

我要她别管谁说的，把孩子安全地生下来才是要紧的事。

“和老家伙的事不是意外，”她竟然作实我的猜想，“就想让乔知道，他不珍惜我，自然有人珍惜，还是他的顶头上司，没想到……”

“I am sorry.”我说。

沙丽问我为什么要说“遗憾”？　我答不是遗憾，而是道歉，如果我能不这么优柔寡断，也不会波及到她。

那个骄傲的女人说我的确该道歉，她来自书香门第，自己又争气，学习上一路过关斩将，求职又顺风顺水，没想到最后栽在情感上，既没名份又怀了个私生子，无端惹来一身骚，让父母蒙羞……

“I am sorry.”我再次道歉。

“我不接受妳的道歉，也不会再留恋一个心不在我身上的人，我……另有计划。”

“妳的计划是毁了乔的事业吗？”

她答苍蝇不叮无缝的蛋，是乔亲手毁了自己的事业，她不过是选择说实话罢了。还有，别以为跟老家伙上床就能挽救乔，像我之前做的一样。为了防止我走这一步，她已经把证据交给董事会，一人一份，就不信我能一个个睡去……

沙丽以不急不徐的语气陈述，仿佛说的是别人，与我一点儿干系也无，我却冷得发抖，宛如冬天降临。

菜陆续送上来，“孕妇”的胃口极佳，每道菜都吃了，尤其是烧鸭，连骨头都啃了。

“告诉我，我跟老家伙的事是谁说的？还有，妳没真的做了不利于乔的事吧？！”

"妳跟老家伙的事当然是老家伙亲口说的，能睡到乔的美丽妻子，他还挺自豪的，至于那件事……当然做了。"

"这是断了乔的后路啊！"我都快哭了。

"他已经断了我的后路，我不介意也断了他的。"

说完，她对我微笑，仿佛赢了一场难分轩轾的棋赛。

第六十章/乔不回家

音乐节过后，有个华裔音乐制作人 Devin找上我，他说我有姣好的外貌及不俗的音乐底子，想走大师之路也许有难度，但打造一个通俗音乐明星却指日可待，何况我的身上已经自带光环: ZL音乐学院肄业，老公是IM欧洲分公司的执行官，小叔子则是当今炙手可热的钢琴家，他甚至在刚结束的"伦敦城市音乐节"上，为了娱乐效果演出下跪求婚的戏码……

"我对演艺圈不感兴趣，上音乐节纯粹'盛情难却'。再说，一介平民的家务事完全不值得公诸于世。"我说。

"炒作只是临时手段，一旦站稳脚跟就用实力说话，我已有长远的计划，先出一张短曲MV试试，走的是浪漫曲风……"

"Devin，我想你没听清楚，我对当明星不感兴趣，不—感—兴—趣—, Got it? Bye."

挂上手机，我替自己泡了杯玫瑰茶，在花茶的香气中，坐等乔的归来。

~

乔进门的时候，我正在听韩裔美籍小提琴家张莎拉所拉的《爱的忧伤》，此曲由克莱斯勒作曲，是一首充满维也纳情调的沙龙小曲，在浪漫的琴声中细数爱的故事。

"好美的曲子，"他给我一个吻，"应该由妳来拉。"

我笑说张莎拉是大师，我的琴艺还不及她的十分之一……

" No.No.No.乐评可不是这样写的。"乔从他的手提袋中拿出好几份报纸递给我，"《The Times》、《Express》、《Financial Times》、《The Guardian》、《The Independent》、《The Daily Telegraph》都对妳的演出给予高度评价，反倒我那可怜的弟弟无人理睬。"

"原来你也知道那闹剧。"

"隔天的晨间新闻就有报导，几秒钟闪过，算是无聊的插曲吧！"

看他的脸色没有不豫，我暂时松了一口气。

"艾米呢？"乔左顾右盼，"我给她买了件小旗袍，漂亮极了。"

我答艾米还没放学，已经交待翠西去接了。

"我以为音乐节过后，妳会亲自接送女儿上下学。"他坐了下来。

"没错，但今天特殊，我有话对你说。"

乔问什么事？我答让我先泡杯咖啡给他喝。

家里有一个滴漏式咖啡壶，平常为了省麻烦，我通常使用现成的咖啡粉，但今天的我需要酝酿情绪，所以把乔在哥伦比亚买的咖啡豆放进磨豆机里研磨，现磨的咖啡粉在口感上更滑润，是一种完整而不厚重的味觉体验。

"贝贝，妳要宠坏我了。"乔笑说。

"没事，待会儿你需要用脑。"

避开他询问的眼神，我将磨好的咖啡粉倒进咖啡机里，等热水滤过咖啡粉，再滴下咖啡油脂以及香醇的咖啡液，浓烈的咖啡香瞬间蔓延开来，久久不散。

端着用 WEDGWOOD 咖啡杯盛装的黑色液体，我走到乔跟前。

"谢谢！"他啜饮着我精心做的咖啡。

"那个……'星星之眼'总共赢了多少钱？"我坐下来，打算先旁敲侧击。

乔给了答案，那个数字买下两匹血统良好的成年马绰绰有余。

"最近买理财产品吗？譬如……债券。"我继续问。

"没有，最近忙，钱都放在银行里。"

问题到这里卡死了，到底乔是真没买还是刻意隐瞒？

看我陷入沉思，乔问我是不是有什么小道消息？他不介意我理财。

我赶紧表示自己不是理财的料。

他再次投来询问的眼神，琢磨再三，我还是说了，当然只包括"贩卖极机密数据"这件事。

"妳从哪里听来的？"他垮下脸来。

"山姆大叔说的，现在董事会也知道了，沙丽报的料……"

"沙丽？！"乔气得将杯子搁桌上，用力过猛，咖啡溅得到处都是。

我要他冷静，他不听劝，气呼呼地走了，甩门的声音震耳欲聋。

～

当晚乔没回家，打电话给他，他没接，我的心里七上八下的，该不会真和沙丽打起来了？

第二天，直到晚上十点多，他还是没进门，手机依旧不接，我这才感到事态严重，一通电话拨给赖音如。

"大表哥？昨天和今天都上班了呀！"她说。

听到乔安全，我松了一口气。

"可是……"赖音如欲言又止。

"可是什么？"

"可是公司里有传言，说大表哥的地位不保，因为诚信问题……"

这么说，流言已传开？

"贝贝，大表哥真的做了吃里扒外的事吗？"

我答这也是我想知道的，可惜乔甩门出去前没有给我明确的答复。

"还有……二表哥来找过妳，知道妳不住我这里，怒不可遏，还问起妳住哪里？老天，我也不知道。他以为我故意隐瞒，对我恶声恶气的。"

音乐节那一跪，我心里有气，后来林男打了好几通电话给我，我都没接。

"别理他，我这里乱成一团，不想再添麻烦事了。"我说。

乔现在草木皆兵、腹背受敌，他需要我，可惜我见不着他。

到了第三天，我不淡定了，临下班前我打给赖音如，她说乔还在办公室里，不知道几点会走。

"沙丽呢？"我问。

"她昨天到美国出差了。"

知道沙丽不在公司里，我交待翠西盯着艾米写功课，晚餐时间我若没回来，她们可以开饭。

"夫人，一切还好吧？！"

"很好。"我对她微笑，但谁都看得出这笑容带着苦涩。

正值下班时间，大楼陆续走出归心似箭的人群，还好IM前台尚有接待人员（不是从前那一位，自然不知道我是乔的太太）。

" Do you have a reservation?"那个仍带学生气质的女生问。

我答没有预约，但事情很紧急，我是艾米的老师，需要跟林先生说话。

她也感受到紧张的气氛，马上拨打电话，得到肯定的答复后，她带我到里面的办公室。

" This is Miss Ke ， your daughter's teacher. She needs to speak to you."学生妹不明所以地介绍我。

乔直挺挺地看着我，似有千言万语。

" Thanks, Megan."他说。

叫Megan 的女生走了，还不忘带上门。

"你没回家，我很担心你。"我说。

乔示意我坐，我们同时在他的小型会客室坐了下来。

一坐下，那幅令乔念念不忘的油画又和我打上照面，同时落入眼底的还包括那张被我视为可耻的大办公桌。

我将脸撇向一旁，避开那张桌子。

"最近忙。"他解释。

"你好几天没回家，在忙什么？"

"忙着写申诉材料，希望还有转圜的余地。"

这么说他是无辜的，我就知道，但乔为什么不回家呢？

"有人以我的名义购买了欧洲债券，我猜是沙丽，但我没办法证明公司的极机密数据也是她卖给俄罗斯的，除非她破解了我的密码。"

原来是沙丽的缘故，她的确有做案动机，但乔为什么不回家呢？

"孩子不是我的，是山姆大叔的。"

我没想到沙丽连这个也说，看来是破釜沉舟了，但……

"你为什么不回家？"我终于问了。

"呵！我为什么不回家？"他忽然起身走向那张大办公桌，边抚摸边说，"柚木大班台，结实；1米乘以1米半，够大。妳说，躺在上面做爱是什么滋味？"

"这……这是什么意思？我……不懂。"我感觉自己的心跳加剧、手心出汗，连说话也在颤抖。

"柯贝贝，妳真不懂吗？"

"我……"仿佛有人掐住我的脖子，让我再也吐不出任何字句来。

第六十一章/分手仪式

我告诉乔事出必有因，当年他挪用公款给我买Stradivari琴，虽然一个星期后就补上，但仍被眼尖的财务给抓个正着，董事会认为他已经不适合再担任英国执行官一职，特别交待山姆大叔上伦敦了解情况……

"我知道你对公司事务案牍劳形，也知道欧盟国执行官对你的意义，脑子一热就……乔，我是为了你。"我哽咽了。

"我没有挪用公款，那笔款项是为了某种特殊原因必须转出再转进，Sam完全知情。"

这么说，我被山姆大叔给算计了？我的心跌至谷底。

"贝，"乔走过来，"即使妳犯再大的错，我也会原谅妳，只是……我需要时间去消化。"

噢！乔，你如此大度让我无地自容，但既然选择原谅，为什么不回家？

他答他正处于艰难时刻，前有断崖，后有追兵，分分钟会要他的命，等事情解决了，他自然会回家。

这完全是两码子事，不是吗？

我还想说什么，乔在我的额头上蜻蜓点水式一吻。

"路上小心。"他苦笑着对我摆摆手。

我只能黯然离去。

接下来的日子很离捱，没有了乔，我像失去了双手和双脚，只能宅在家里祷告，祈祷乔这次能化险为夷、否极泰来。

"爹地呢？好久没看到他了。"

我正给艾米读床前故事，她又问起乔，我依旧给她一个冠冕堂皇的理由。

"Marry 的爸爸每天回家，Jack 的爸爸也是。"女儿嘟着嘴抱怨。

我亲亲她的脸颊，说她的父亲是重要人物，很多人仰赖他，等这段时间忙完后，他会带她出去玩。

"真的？"艾米的眼睛发亮，"我想去迪士尼乐园。"

我替乔答应下来，然后将书翻页，继续念童话故事。

"妈咪～"艾米觑了个空喊我。

"什么事？宝贝。"

"我……看到他了。"

我问她看到谁了？

"妳的老朋友，在音乐会上送妳花和戒指的那一个。"

说来可悲，因为我的关系，乔和林男交恶，两人老死不相往来，以致于艾米到现在还不知道那个高高瘦瘦的钢琴家是她的亲叔叔。

"Dear，花和戒指都是开玩笑的，别当真。"

女儿答她知道那是闹剧，我已经在台上解释过了。

"妳后来在哪里看到他？"我直指问题。

"音乐节过后，连续好几天的上午茶时间，他都站在学校滑梯旁边等我，给我一瓶果汁。我已经有自己的点心，但他说那果汁是现打的，好喝得不得了……"

没等艾米说完，我立马抓住她的双肩："妳没喝吧？他还跟妳说什么？妳没跟他去任何地方吧？"

大概我的语气过于急躁，艾米将身体往后缩，非常害怕的样子。

"Oh dear, 对不起，"我把她拥入怀里，"妈咪太紧张，吓到妳了。"

然后我为她唱《Brought me a cat》，这首儿歌段落较多，每段都会有一只不同的小动物发出可爱的叫声，听到艾米配合着学各种动物的叫声，我知道自己已成功转移她的注意力，这才放下心来。

等女儿入睡后，我轻轻关上房门，同时决定明天一早到艾米的学校一趟。

～

我送艾米去学校，没看到林男，反被几个认识的妈妈围住，不得不虚应一下，然而口水沫吐完，那个高高瘦瘦的人仍未现身，我只好到学校附近的咖啡馆喝咖啡，坐等10:20的钟声响起，那是上午茶时间。

"Hi, could you give me a bottle of kiwi juice? Please."

听到有人要奇异果汁，还是熟悉的声音，我转头过去，果然是林男。

"待会儿想去哪里？"我对着他的背影喊。

林男一看是我，有些惊讶，但很快稳住。

"给自己的侄女带瓶果汁，"他手里拿着绿色果汁走过来，一屁股坐在我对面，"妳教育得很好，艾米没喝，最后都是我喝掉的，但不给她带点儿东西就没理由去看她。"

"你不是真的想看她，所以请别再做无济于事的事。"我极度不高兴。

林男答我是对的，他不是真的想去看艾米，但他去看艾米，我才会来看他，所以不算无济于事。

我问他到底想干嘛？一次说完。

他答我伤他太深，音乐节后他成了众人的笑柄。

"我从来没想过要伤害你。"我说。

"我以为我们的感情已经水到渠成，那么好的机会，想不明白妳为什么要拒绝？而且对我的态度也有了180度的转变，仿佛避之唯恐不及。"

林男说的没错，我变了。

面对我的初恋以及曾经认可的"惟一挚爱"，我踌躇着该如何开口。

"如果是Angela的原因，妳大可放心，她去了美国西海岸，再也不会回来。"

听他这么一说，我实在难以接受，那个把林男当神一样供起来的女人，竟然拍拍屁股就走，一点儿留恋也无，太匪夷所思了。

林男强调是真的，他又请了新助理，是个吹小号的男生。

" Angela 走了也于事无补，她不是主因，我不爱你了才是重点。"

" 妳......不爱我了？"他吓到了，但随即被另一波情绪掩盖住，"不带这么开玩笑的，贝贝。"

我答不开玩笑，是真的。小时候我曾经很喜欢玩芭比娃娃，某天当我拉开窗帘，看到一个男孩子骑自行车从我窗前经过，那么潇洒自在，我回头望了一眼昨晚还被我搂在怀里睡觉的娃娃，才一晚的功夫，我竟觉得自己幼稚。那种感觉很奇妙，好像凭空就产生了，从喜欢到厌恶不过弹指之间......

林男听了边笑边摇头，边摇头边笑，那样子像是得了失心疯，我才意识到自己说话太直白了。

" 对不起，我只是打个比方，你......还好吧？"

" 好，很好，好得不能再好。"说完，他把手中的果汁一饮而尽。

我看自己的咖啡也喝完，加上气氛不对，就想走人。

" 别走，"林男抓住我的手，"分手得有个仪式，妳陪我24小时，明天早上十点过后，妳走妳的路，我过我的桥，咱们互不相干。"

" 还得过夜？不太好吧？女儿等我讲床前故事。"

" 行，"他放开我的手，"那么我就待在伦敦不走了，天天跟妳耗。"

林男的犟脾气我领教过，挡也挡不住，何况乔一时半会儿不会回家，若趁接下来的24小时将这段不伦之恋做个了断，不挺好的？

" 我给翠西打个电话吧！"我说。

第六十二章 / WHITSTABLE

林男带我来到林肯中心，他告诉那里的工作人员，他需要借用琴室练琴。

虽然林男是熟面孔，也多次在林肯中心演奏过，但他目前不在排练名单上，让工作人员左右为难。

" Are you sure? Jeffrey Cohen was ill. He can't perform tonight. I have received a massage to replace him."林男说 Jeffrey Cohen 病了，今晚无法上台，他接到通知将取代他演出。

"I am sorry."

工作人员不知是对生病的Jeffrey Cohen 表示遗憾，还是因不知林男取代演出而感到抱歉，反正他已经转身去取钥匙。

林男不能使用演奏厅，那是与管弦乐团一起排练时才能用上，现在他带我去的是后台的琴室，里面有一架白色的施坦威三角钢琴。

"接下来的一个小时，我将为妳演奏最好的音乐。"他说，然后煞有介事地躲到角落。

我给予掌声，他才出场。

一坐下，他弹的是贝多芬的《献给爱丽丝》。我知道他为什么选这首曲子开场，因为当年他就是以这首甜到爆的曲子成功吸引到我。

是这样的，学音乐的人往往认为悲哀、深沉的曲子更容易引起共鸣及表现高超的功底，偏偏当时的我还是情窦初开的少女，喜欢花和惊喜。

林男曾对我说他是如何处心积虑地想引起我的注意，所以不断练习那些艰深的曲子，可惜都无功而返，直到技术性要求不高的《For Elise》奏起……

如今我早过了做梦的年纪，也懂得欣赏各类曲风的音乐，但我从没忘记过这一首，想必林男也是。

弹完《献给爱丽丝》，林男又把知名大师的作品节选后重新演绎一遍，有快有慢，有激昂有压抑，有快乐有悲伤，而且衔接得天衣无缝，不知道的人还以为是首长曲子呢！

看着台上专注弹琴的林男，我忽然理解Angela的粉丝情结。音乐这个东西很个性化，它往往彰显表演者的内心世界，如果恰巧触摸到某根敏感神经，的确很容易让人产生崇拜心理。好比现在，弹琴的林男无疑有个美丽的灵魂，和现实生活中的他判若两人。

最后的最后，林男说他要弹一首曲子给今生最爱的女人……

然后他的手快速在琴键上滑过，以高超的技巧弹着大跳，重复音，长颤音，双音颤音，双音刮奏，高抬指……等，替"手指舞蹈"做了很好的诠释。

外行人看热闹，内行人看门道，同为音乐工作者，我不仅看到华丽的外在，也看到了内里。这首曲子不似一般作品沉稳，隐隐有些不安和烦躁，像暴风雨来临前的宁静。

等他弹完，我给予热烈掌声。林男起身致意，就像他所做过的无数次演奏会后的答礼一样。

"这首曲子写了多久？叫什么名？"我问。

"即兴创作，叫……《灭顶之爱》。"

林男能即兴创作，底子之深厚可见一斑，但……什么是"灭顶之爱"？听着很怪异，还有些许恐怖。

他解释"灭顶之爱"就是"爱到深处无怨尤，死了也要爱"的意思，还反问我这难道不是爱的最高境界？

"起伏过大的爱消受不起，还是细水长流走得长远。"

"那有什么意思？人只有一辈子。一辈子只爱一个人，而且用尽全力去爱，才不枉此生。"

我同情即将失恋的他，也许过一阵子，当他又遇上一个可人儿，这个"惟一论"很快会灰飞烟灭。

林男问我中午想吃什么？我答三明治。

除了炸鱼和薯条，英国还有很多"国菜"，"三明治"便是其中之一。

三明治的发明据说与13世纪的三明治伯爵四世（4th earl of sandwich)有关，他嗜赌,往往在桥牌桌上赌得废寝忘食,为了服侍他的饮食,他的跟班们只好把火腿、蛋、菜夹在两片面包里,让伯爵拿在手上边赌边吃,"三明治"因而得名。

"为什么想吃三明治？"他问。

"因为不太饿，所以想吃。"

说完，我觉得有语病，但林男似乎不在乎。

"走，"他牵起我的手，"带妳去吃好吃的三明治。"

这样大喇喇地和林男手牵手走在路上，实在太冒险了，但一想到这是倒计时，我也愿为这段恋情画下完美的句号，所以没有拒绝。

~

英国伦敦泰晤士河上有一座几经重建的大桥，地处伦敦塔附近，人称"伦敦桥"。桥附近有个美食市场 BOROUGH Market，里面都是一个个独立的摊位，从德国大香肠、英国"肉夹馍"、到各种自制甜品蛋糕、鲜榨果汁……应有尽有，绝对是吃货们的天堂！

林男熟门熟路地带我走向其中一个摊位。

"Kappacasein的摊主原来是开芝士店的，所以这里的烤芝士三明治绝对是伦敦最棒的。"他说。

我心想，不就是三明治上放片芝士嘛！有什么好吃的？后来发现他家的三明治果然不一般，把塞进五种不同洋葱的焦黄面包连同Cheddar芝士吃下肚，那感觉像走在云端里。

"这三明治的确好吃，但我以为最后一天的追悼日，你会带我去昂贵的三明治餐厅。"我边吃边说。

"就想和妳回到从前，还记得当年我们常去的那些美食小店吗？"

林男提起从前，让我有些心酸，那些美丽的回忆像一帧帧旧黄的投影片，在我的脑海中不断放映着，我开始反省放弃这段感情是否过于草率？毕竟我对他不是全无眷恋。

"林男～"

"什么？"他咬了一口三明治，嘴唇上粘上一小块粘稠的芝士。

我拿餐巾纸帮他擦拭，顺便问他怎么知道这个好地方？

"Angela带我来的。"

讲到 Angela，勾起我的好奇心。

"她为什么走了？去的还是美国西海岸，她在那里有亲人或朋友吗？"我问。

"天涯若比邻，谁说一定要有亲人或朋友在那里才能去。"

"话说得没错，但她突然拍拍屁股就走……"

"如果妳一定要提这个人，那我们把追悼的时间延长吧！我可以为妳开一个Angela的专题讨论会。"

听林男要把时间延长，我马上住嘴，毕竟我们脚踩伦敦地，分分钟很可能和熟人打上照面。我已经做了许多令乔失望和伤心的事，不想再多上一桩，只想快快结束这个追悼日。

～

离开 Borough Market，我们坐上游轮游泰晤士河，沿途经过几个主要景点如圣保罗大教堂、伦敦塔、塔桥、市政厅、金融区等，船上还有专门的导游进行讲解。

到了终点站格林威治，运气好，让我们逢上周三市集。

林男见我在玩偶摊上多看了布艺猫头鹰两眼，遂将它买下来送给我，殊不知是因为猫头鹰的眼睛缝歪了，左右不对称，我才多看了两眼。

手上多了个"残疾"猫头鹰让我哭笑不得，但我没点破，怕伤了送礼人的心。

这样走走停停，很快到了傍晚，林男问我晚餐想吃什么？

我说想去 Whitstable吃生蚝。

Whitstable是英国东南部肯特郡的一个滨海小镇，以出产生蚝而闻名，离伦敦有两个小时车程远。

"妳确定想吃生蚝？Whitstable有点儿远。"他说。

其实我并不想吃生蚝，但是漫漫长夜要如何度过？如果不巧又让熟人撞见我和林男走进酒店开房，岂不死路一条？所以离开伦敦才是明智之举。

"是的，我想吃。"我答。

于是林男二话不说，伸手招出租车……

第六十三章／永别了，我的爱人

林男连续拦了好几辆，都因路途遥远而被拒，他索性上Hertz租车，租的还是辆别克商务车，带导航系统。

"这下子就不怕找不到地了。"他说。

一路上，林男喋喋不休地说着过往，我也沉浸在曾有的甜蜜当中……

"如果我不带妳回家就好了。"他感慨。

我知道此话的意思，因为他带我回他家，刚好和很少回家的乔碰上面，引发后来一连串他所认为的不幸。

"从小我哥就心理不平衡，觉得父母多爱我一些，所以但凡我有好东西，他就想抢。他抢走妳是我最不能原谅的，更难以接受的是妳竟然不爱我了，转身又投向他的怀抱，女人的心思啊！真难猜……"

呃！这是开批斗大会吗？想着自己是否该说些心灵鸡汤之类的话……

"什么都别说，我想开了，明天早上十点整，我准时放手。"
他转头对我微笑。

~

WHITSTABLE由于优良的地理形势及营养丰富的海水，给当地的生蚝提供了非常理想的生长环境。这里出产的生蚝是全英国最大、最多汁且风味最佳的极品，很多法国人慕名而来，他们跨过海峡，用冰桶将生蚝一桶一桶地运回国。

当天色渐暗，星星和月亮都出来时，车子抵达了Whitstable。

按照GPS的指示，我们找到一家靠海的小酒馆，据说他家的生蚝是整个肯特郡最好的。

下了车，眼前的维多利亚式建筑让我眼前一亮，虽然有些年份，但突兀的窗户、削尖的屋顶和隆重的铁质装饰，还是让人联想起当年的奢华景象。

我们点了苏格兰产的Newcastle啤酒、新鲜生蚝及油炸生蚝，服务员说他家的海蟹不错，我们叫来了十磅。

东西很快端上桌，生蚝又肥又大，入口爽滑；油炸生蚝鲜脆爽口、味道鲜美；海蟹则相对没那么出彩，但不过不失。

我告诉林男生蚝富含大量的蛋白质和人体所缺的锌，因此被称为"海里的牛奶"。

"我不懂这些营养学，只知道吃生蚝能壮阳。"他说。

真是糟糕！林男该不会以为我提议吃生蚝另有目的吧？！

"这……我倒没听说……"我嗫嗫地答。

林男没接话，只是闷不吭声地啃着海蟹，没多久蟹壳便堆成一座小山。

~

这家酒馆的楼上有房出租，算民宿。林男要了一间大床房，我低着头随他上楼，木制楼梯吱吱作响。

没带换洗衣服，洗完澡后，我赤裸着身体钻进被窝，林男也是，这家民宿不提供浴袍。

"贝，"林男从后拥抱我，"觉不觉得吃生蚝像吃舌头？滑溜滑溜的。"

听他这么一说，还真像。

"其实今晚我不是真的想吃生蚝。"我主动承认。

"我知道，一路上妳的眼睛便四处打转，肯定是害怕在伦敦遇见熟人，所以想出逃。放心，明天早上十点过后，妳不需要再害怕了。"

不知道为什么，"明天早上十点"像一句警钟，时时提醒我有事发生。

"明天早上十点过后，你打算做什么？"

"我打算继续写《灭顶之爱》。"

我说我以为那首曲子已经写完了，他答还早着，只完成一小部分。

夜深了，林男拥着我入睡，什么事都没发生，看来生蚝并没有发挥作用。

窗户敞开着，白色纱帘随风飘荡，我是被海风咸腥的味道给叫醒的。

"早，贝贝。"林男梳洗完毕，正对镜整装。

"你去哪里？"

"没去哪里，等妳准备好，我们下楼吃早餐。"

于是我起床洗了个战斗澡，顺便刷牙。当我顶着湿漉漉的头发走出来，碰巧撞见林男跪在床边，样子像在祷告。

"我以为你是无神论者。"我边说边用浴巾擦干头发。

林男站了起来，口气很随意地说他信教了。

"什么时候的事？"我问。

"刚刚。"他答。

～

酒馆提供大陆早餐，只有面包、果酱和热饮，既没培根、土豆，也没谷物、水果。

"好简单的早餐啊！"我说。

林男问我要不要换一家吃？我答不用，已经九点了。

我看见林男的脸部肌肉抖动了一下。

"呵呵！时间不用卡得那么死，"我赶紧做危机处理，"晚一点儿也无所谓。"

"不，说好十点就是十点，一分不差。"

由于是简单早餐，十分钟就吃完，林男提议去海边走走，我答好。

～

水是蓝的，天也是蓝的，水天相接处重合成一条线，海水宛如被一只无形的大手源源不断地推进，形成一个接着一个的浪头来到我们跟前……

"我从没料到结局会是这样，我以为我们会携手到老。"林男面对大海发表离别感言，"这辈子我什么也没做对，什么也没做好，就只会弹琴，希望下辈子我的人生能平衡一点儿。"

我答不用等下辈子，这辈子他也能做到。

他笑了笑，不发一语，又面对大海好一阵子才问："贝，几点了？"

我答还差四分钟就十点了。

"那么，差不多了。"说完，他转身给我一个长长的吻，把舌头伸进我嘴里，并且拼命吸吮，像是用尽生命去接吻。

因为是吻别，我也热情回应，是林男主动停下来的。

"贝，让我告诉妳一些事，妳听好了。"

然后他在我耳边低语，说是低语，倒像是告解，一字一句像钉枪打进我心坎里，顿时鲜血直流。

"永别了，贝贝。"林男终于放开我。

我还没从惊吓中觉醒过来，一块布从天而降捂住我口鼻，我挣扎几下，很快失去意识……

第六十四章/消失的乔

是声音先钻进我脑子里，男声、女声、低沉的声音、细高的声音、语速慢的声音、语速快的声音……

我慢慢地睁开眼，突来的光亮让我随即又闭上。

"Are you OK?"一位身穿绿衣服的救护员对我说。

我挣扎着起身，头很重，但还能思考。

"I think so."我答。

围观的人群见我没事，像退潮的海浪，各自散去。

"What happened to me?"我问那个绿色精灵。

救护员说我在海滩上昏倒了，一位路人打来求救电话。

路人？我问是谁？

他答不知道，但肯定是好心人。

好心人？我忽然想起林男，他去哪儿了？

记忆快速倒退到我昏倒前，没错，有一块白布捂住我的口鼻，没多久我就不醒人事，而那个下毒手的人竟然是……林男。

" I was with my brother-in-law. Where is he?" 我问我的小叔子在哪里？

果然无人知晓。

此时不远处有了骚动，有人飞奔过来要救护员速速前去。

两位救护员见我没事了，撇下我往海的方向奔去。

我的视觉还没有完全恢复，但在有限的视力下，我看见前方有好几个人围在一起。救护员跑过去后，人群自动让开一个缺口，那两人蹲了下去，像在做CPR.

"该不会有人溺水了吧？！"我心想。

然后一个声音钻进我脑海里："永别了，贝贝。"

噢！不，不要……

我没命地向前跑去，推开围观的人群，我……看见他了。

湿湿的头发粘在头上，双眼紧闭，脸色苍白，像被吸血鬼吸去了所有的血液，他的双腿微弓起来，手像枯枝一样细……

" Do you know him?"一位陌生人问我，大概见我的眼神不对。

我摇摇头答不认识，那人的样子虽然有点儿像林男，衣服也像，但不是他。林男的脸色没那么白，手臂也没那么细，弹钢琴的人，双手绝对是结实的，而且他不说话，我的林男话虽不多，但他是动的，不像眼前的这个人，活脱脱就是个人形模特儿。

我从人群里退出来，但眼睛仍像看教程一样地盯着救护员做心肺复苏术，直到一把车钥匙从"人形模特儿"的裤袋里滑落出来……

那是一把Hertz租车的车钥匙，上面还有道路救援电话。我看过这把钥匙，它原本在林男的口袋里，这么说……噢！不。

我冲上前去，拼命喊着他的名字，一个胖女人拉住我，怕我影响救人行动。

想到林男正站在生死交界处，我太害怕了，不，他不能死了，他死了我如何活？我生命中的一大半都和这个男人有交集。是我的错，一定是我说了不该说的话或做了不该做的事，才让他生无可恋。噢！林男，你回来，只要你回来，什么我都听你的。

然而为时已晚，救护员放弃急救，当众宣布死亡。即使我承认林男是我的爱人，也承认他在我生命中的重要性，上帝依旧带走了他。

"No～"我推开胖女人冲到林男身边，一边捶打他的胸膛，一边对嘴呼气。林男的嘴巴已僵硬，失去原来的柔软，胸膛也像皮鼓，碰碰碰的击打声听起来很刺耳。

" Calm down.Calm down."救护员抱住我要我冷静，然后将我往外拖去。

我对他们拳打脚踢，喊着他们是刽子手、杀人魔王，我要到法院起诉他们……

" Go ahead, young lady. He is dead, completely dead."一位群众看不下去，仗义直言。

不，林男没死，他没死，没多久前还活蹦乱跳着，怎么可能说没就没了？

我泣不成声。

～

警察问我话，我一概不理，像失聪了似的。他们问我可有人能联系？我在纸上写下赖音如的手机号，几个小时后，她终于赶到。

"贝贝，怎么回事？"她急急问。

我没说话，只是流泪，还是警察将情况向她简述一遍，又让她问我为什么来Whitstable？只有两人吗？为什么我会在海边昏倒？林男为什么落海？……

我一概答不知道、不知道、不知道……

" Can you leave us alone for a while?"赖音如问警察能否让我俩独处一下？

警察走后，询问室只剩下我们两个女生。

"贝贝，我知道妳很伤心，我也很伤心，但伤心解决不了问题，妳能告诉我这究竟是怎么回事吗？"她放低声量说。

"怎么回事？我也不清楚，一切发生得太快。等等，我想起来了，在最后的倒计时里，林男曾经附在我耳边说话，他说……"

"他说什么？"赖音如眼露迫切。

我如何告诉她音乐节过后林男心情大坏，还因此迁怒Angela，没想到下手过重，她竟然再也没醒过来。

" King's Cross车站后的公园里有个池塘，我把Angela推进去，怕她浮起来，又搬来一块大石头，"林男停了一下后，说，"贝贝，我现在是杀人犯了。"

我难以接受那样优秀的人会犯下如此大的罪行。

"他……他说永别了，贝贝。"

"还有呢？"赖音如问。

"没有了，什么都没有了。"我慢慢地说。

林男死了，我惟一能做的就是保留住他的名声，他是杰出的钢琴家，意外落水身亡。没错，就是这样。

然而警察并不弱智，他们很快发现我和林男是叔嫂关系，昨天夜里还同住一宿……

没有任何人的鼻子比英国狗仔队更灵敏，林男是有名的钢琴家，而我，刚在"城市音乐节"亮相过，又因"looking for that girl"而小有名气，加上"叔嫂关系"的标题极具煽动性，他们蜂拥而至，就为了给表面道貌岸然而骨子里却以偷窥为乐的英国人挖掘出更劲爆的消息。

如今林男已死，我无疑被推向风口浪尖，"HD公园1号"楼下，24小时聚集大批狗仔，我已經失去人身自由，跟"软禁在家"无异。

～

"妈咪，那个死掉的人是妳的老朋友还是我的Uncle?"艾米问。

我没想到风声传得这么快，连艾米也知道了。

"那个人既是我的老朋友也是妳的uncle."我困难地答。

"为什么你们一起去那么远的地方？"

"为什么他死掉了？"

"为什么楼下有那么多人在拍照？"

为什么？为什么？为什么？……

我不知道该如何回答一个七岁小孩的提问，只好推说头疼，让翠西将艾米带走。

接下来的日子艾米不再发问，但时不时将眼光落在我身上，像机关枪似的，我已被她扫射得体无完肤。

"夫人，这很影响艾米，那些狗仔成天对着她拍照，艾米害怕极了。"翠西说。

我怎么会不知道？但让艾米整天待在家又不妥，除了耽误学习，我还害怕她的眼神。别人入我罪可以，我不在乎，但艾米无声的控诉是我的软肋，让我羞愧、让我抓狂！

"先生若在家会好一些。"翠西提醒我。

是吗？

我既想要乔回家，又害怕他回家，连小小的艾米都有话要说，乔岂不是更有资格审问？直到……

"沙丽从美国回来了。"赖音如打电话给我。

我"噢"了一声，表示知道了。

"她进了大表哥的办公室。"

我还是"噢"了一声。

"大表哥今天下午走了。"

"去哪里？"我不再"噢"个不停。

赖音如说沙丽取代大表哥的位置，成了IM公司欧盟区执行官，乔被扫地出门，她也不知道他去哪里了。

"什么？！怎么会这样？"

"贝贝，妳的丑闻闹得太大，IM的股价已经连续跌好几天，我若是董事会也会壮士断腕。"

原来又是我的错，我简直就是乔的扫把星！

"快！帮我打电话给乔，告诉他，我和艾米需要他，请他赶紧回家。"我急得快哭出来。

赖音如说她早打了，乔的手机关了。

果然又玩失踪，我该怎么办？失去了林男，我不想再失去乔。

"贝贝，有句话我不得不告诉妳，大表哥他……"

"他怎么了？妳倒是快说呀！真要急死人了。"

"大表哥有一把枪，前几天我不小心看到他在把玩。我问他，他说是玩具枪，但看起来不像，沉甸甸的。"

听她这么一说，我几乎要握不住话筒，命运怎能如此待我？

挂上电话，我转身去拿车钥匙。翠西问我去哪里？我答去找乔。

"楼下至少有一打的狗仔。"她说。

" I don't care."

推开大门，我往电梯走去，高跟鞋扣、扣、扣的声音在走廊显得格外孤独与响亮……

第六十五章/再见金凤餐厅

我在伦敦街头转了几圈，"当然"没看到乔，车屁股后面倒是跟着几辆车，我往左，他们跟着往左；我向右，他们跟着向右；我减速，他们跟着减速；我加速，他们也跟着加速……

毫无疑问，狗仔队跟上我了。

这样无头苍蝇似地寻找一个影子，简直比登天还难。我失望地把车停在Finest，然后进去抱了一堆吃食及日用品出来，至少减轻了翠西的工作量。

我替林男在教堂举办告别式，以嫂子的身份。

他的朋友来的不多，因为他独来独往惯了，倒是见到薛佳仁和薛佳琪出席，让我颇感意外。

" We brought nothing into this world, and it is certain we can carry nothing out. The Lord gave, and the Lord hath taken away; blessed be the Name of the Lord. Amen!"

牧师讲完悼词后，我把一束红玫瑰丢在林男的白色棺木上，当墓园的工作人员开始把土铲进坑穴时，我忍不住放声大哭。

都说"长嫂如母"，我的婆婆已仙逝，乔又不知去向，我责无旁贷成了"未亡人"。

告别式后，亲朋好友一一过来向我致意，顺便要我节哀顺变。

"我表姐不见了，也许……妳知道她在哪里？"何一凡竟然出现在队伍里。

看他一脸哀戚，我知道这表情绝不是因为林男。

我正发愁要如何回答，赖音如把他拉向一旁，解了我的围。

他俩离开后，换上的是一身黑衣的薛佳仁，他的身旁跟着一个小男孩。

"现在说什么都没用，妳……多保重！"他表情凝重地说。

我点了个头，默然不语。

他身旁的薛佳琪则一句话也无，更别提看都不看我一眼。

葬礼结束后的一个礼拜，翠西开门进来，她刚送艾米去学校。

"夫人，楼下管理员问妳还续不续租？如果要续租，得重新签合同。"

我担心的事还是发生了。

家里的经济大权一直由乔掌控，现在住的"HD公园1号"是租的，租金为一星期5000英镑。牛顿街的公寓虽然是乔的名字，但我不能动，因为沙丽住在里面（由于心怀愧疚，我不愿和她起正面冲突）。

伦敦郊区的大农庄，我和艾米倒是可以居住，但它离最近的学校有70公里远，遑论那是所公立的"小"学校。

车子有四辆，乔开走奔驰，留了辆九五年的林肯给我。我的宝马i8和兰博基尼，现在换沙丽在开，同样的，我也不想开口向她要，加上林男的葬礼花去不少钱（我买了昂贵的檀香木棺材给他，还在有名的海格特公墓为他觅得一席之地，这是我能为他做的最后一件事）。也就是说，如果哪天乔叫停信用卡，我立马沦为穷人。

"不续租了，"我捂住脸，"乔不知道何时回来，我怕坐吃山空。"

翠西很难得地坐下来和我面对面。

"夫人～"

相处久了，光听声音就知道对方有话要说，我请她直言。

"六楼住户在找管家。"她轻声地说。

"妳想过去帮忙？"

她答眼瞅我有经济问题，再"打肿脸充胖子"下去，情况只会更糟，是时候"壮士断腕"了。

我很高兴离职由翠西先提出，省去由我裁人的尴尬。

"去吧！希望妳在新雇主家工作愉快。"我说。

翠西过来拥抱我，一时离情依依。

哎！我原以为我们的雇佣关系会更长久些。

我和艾米搬到QUEENSWAY, 租金仍然昂贵，因为在中心城区，但我不想要艾米的心理落差太大，毕竟她就读的是昂贵的私校。

"妈咪，我们原来住的是大房子。"

"宝贝儿，我们现在只有两个人，一个房间足够了。"我把纸箱里的东西拿出来归位。

"Barry住大房子……Helen住大房子……Mark住大房子……Tyler住大房子……Carol住大房子……"艾米细数她的同班同学。

我把女儿拉过来，整理一下她的发辫，心平气和地说："等爹地回来了，我们再住大房子，因为一个房间不够三个人住。"

"真的？爹地什么时候回来？"她满怀希望地问。

这也是我想知道的。

"快了，他还得带妳去迪士尼乐园玩呢！"

听我这么一说，艾米笑开了，我却想哭，不知道这个承诺什么时候能兑现？

～

用信用卡取现很不划算，但我没办法，有些地方不能刷卡，譬如艾米学校发起的捐款活动（为了给非洲穷苦孩子买粮食）。

我给了艾米20英镑，她面有难色，我问怎么了？

"去年爹地给我200英镑。"她答。

我不记得去年乔给了多少，但此一时彼一时……

看艾米流露出失望的表情，我想到我们已经搬到小房子住，不能让她再背负大人的经济压力，遂改口待会儿取款给她。

我拿起包下楼，计划回来的路上买汉堡包当两人的午餐。

～

我盯着ATM机上的屏幕老半天，这已经是今天的第四台机子，上面无一例外显示无法取款，我不得不走进TSB银行问个清楚。

柜台工作人员告诉我主卡人的银行账户被冻结，我的副卡首当其冲被腰斩了。

我问主卡人是否还能继续消费？行员告诉我只要对方解除被冻结，仍能继续使用，但我的副卡显然已经失效，必须由主卡人重新提出申请。

这可怎么办？学期即将结束，我已收到艾米学校的下学期学费账单，不只学校账单，房租、水费、电费、瓦斯费……乃至每天的日常开销，我要如何支付？

经济压力如同一座大山压着我，让我举步维艰。

我空着手回家，煮了简单的水煮蛋和薯泥当午餐。艾米见我脸色不好，没再提捐款的事。

~

从艾米的学校回来后，我把家里值钱的东西全找出来，百达翡丽手表、结婚钻戒、胸针、金项链……

这些东西往典当行一送，也许能支撑一阵子，然后呢？

翠西说的没错，再"打肿脸充胖子"下去，情况只会更糟，是时候"壮士断腕"了。

隔天我跟学校说下学期艾米将不再回来，校长很惋惜，问我乔被派往哪里工作？我答中国。

他接着问我是否确定去那里？听说中国的空气污染很严重。

我肯定地答Yes。

~

"妈咪，我们为什么要去中国？"艾米问。

我答乔在中国等我们。

"真的？太好了，好久没看到爹地了。"她开心地拿起书包进房。

我不知道自己的谎言还能撑多久。

下礼拜艾米的学校放暑假，我有两个月的时间缓冲，希望在这两个月里乔能回来或者让我觅得一份好工作，否则艾米注定得入读公立小学，与她公主般的学校生活渐行渐远。

我的傲骨终因"无米之炊"而崩溃。

乔没回来，自己投的求职信也如同一滴水滴入大海里，而家里的冰箱早已空空如也。

我把身上所有值钱的东西都取下（除了婆婆给的粉钻及小提琴外），全堆在枱面上。

"都是好东西啊！"那个带潮汕口音的伙计说。

"好东西你就多俾点儿钱。"

伙计摇摇头："典当行就是变相的高利贷，我们不希望妳真的卖断，而是希望妳赎回。"

我苦笑着说我可没钱赎回啊！

他依然没多俾钱给我，只说三个月后我能赎回宝贝。

三个月？我希望自己能撑到那时候。

从中国城的典当行走出来，我的心冷到不行，那样少的钱，要我和艾米如何在物价高昂的伦敦生活？

"贝贝～"

我正犯愁，听到有人唤我，忙转身过去，竟然是……薛佳仁。

"你怎么还在英国？不是应该回澳大利亚了吗？"我问。

"半年前我们就移民至此，在林男的葬礼上，我原本想告诉妳，但看妳太伤心，所以没说。"

原来薛佳仁出现在葬礼上并不意外，他一直在英国，只是没打扰到我。

他转而问我来中国城做什么？我答想买块豆腐回家煮豆腐蒸蛋。

"你呢？来中国城做什么？"我问。

他说他把金凤餐厅开在中国城，趁着下午休息时间出来透透气，没想到遇见我。

"噢！原来事业做大了，飘洋过海开起另一家，恭喜！"

"不，妳误会了，澳大利亚的餐厅被我收起来，房子也卖了，零零碎碎的钱加起来刚好够我付商业移民的费用。"

我说他这个决定下大了，全家移民是大事，尤其彭妙珍还生着病。

"妙珍……死了，我父亲和岳父住到养老院里，只有我、我妹及杰夫过来。"他答。

哎！沧海桑田，我只能表示遗憾。

"过去的事就别再提了，人总要往前看，"他突然开心地说，"告诉妳，现在的金凤不比以往，真的成了金凤凰。"

原来换了个地，金凤餐厅便不可同日而语，才开业没几个月，每天的流水就破万，食客络绎不绝，薛佳仁想着要不要到曼彻斯特再开一家？

看他的事业有起色，我也替他高兴。

"再过半小时，金凤餐厅又得开门营业，要不，到我店里坐坐？我让大厨给妳煮好吃的。"他说。

想到今晚艾米在同学家Sleep Over, 我不用赶着回去做饭，加上我也想和老朋友敍旧，所以点了头。

第六十六章/圣诞老人

伦敦的中国城坐落于西敏市的苏活区，到处可见古色古香的牌楼及大红灯笼，举凡和中国有关的餐馆、纪念品店、超市、按摩院、中医馆、律师事务所等，都能在这里找到。

薛佳仁的餐厅就开在中国城的入口处，地点好，有上下两层。下午五点，楼下有两桌客人，他带我上楼，特别为我开了包间。

"待会儿若有客人要用包间怎么办？"我问。

"我就说包间被人预定了……英国的天气怎么老是下雨？"

薛佳仁以"天气"开场，可见他不知如何开始谈话。

"习惯就好，总比北京的雾霾好。"

他又问我住哪里？我答搬了几次家，现在住在Queensway.

"杰夫一直想找艾米玩。"他说。

我答若不是家里小，一定欢迎杰夫来玩……

"家里小？"他迷惑了。

我无奈承认因自己的丑闻，乔被公司开除，到现在还杳无音讯。我怕坐吃山空，及早从租金昂贵的"HD公园1号"搬出来……

"所以妳现在的经济状况是有出无进？"

我点头。

薛佳仁陷入沉思，我借机拜托他帮我留意招工信息。他说中国城有个45平米的小铺正在招租，我可以拿来开个音乐中心，教小朋友拉琴，届时杰夫第一个报名。

对呀！我为什么不利用自己的专长？只是这租金……

问清楚价钱后，我无奈打消主意，因为刚从典当行换来的钱只够付押金和第一个月的租金。

薛佳仁知道我的难处后表示愿意代付租金，被我拒绝了，因为不想再欠下人情债。

"妳太见外了。"他说。

哎！人活一张脸，没了尊严，与行乞者有何两样？

"扣、扣、"

大概是服务员送餐来，没想到门后站着的是薛佳琪。

"我说是哪个贵客能让老板亲自接待？"她的身上穿着荧光绿唐衫，和餐厅服务员穿的一模一样，"哥，楼下郭总找不到车位，要你去挪一下。"

薛佳仁知道我们两人的心结，如临大敌："我马上回来，妳俩可别打起来。"

老板一走，薛佳琪马上把叮嘱的话抛诸脑后，竭尽冷嘲热讽之能事。

我谢了她的嘲讽，说自己过得挺好的，同时被几个男人爱着……

"我哥是笨，林男也笨，乔更笨，三个人都被妳玩得团团转，妳这个不要脸的X货！"

我知道薛佳琪恨我，但我不知道她是这么的恨，像要把我"千刀万剐、碎尸万段"一样。

"别告诉我，妳现在单身是因为还在替乔守身如玉。"我说。

她听了，脸部肌肉不由自主地颤抖着。

"我单身，我乐意，如果乔回头找我，我会奉上处女之身。"她说。

我要她别作梦，乔现在人间蒸发了。

"怎么回事？"她急急问。

我把林男墜海后发生的事告诉她。

"妳怎能这样？吃在嘴里，看在碗里，什么都想要，让乔情何以堪？我要是他，早一枪毙了自己。"

我没提枪的事，薛佳琪却主动提起，让我有了不祥的预感

"告诉妳哥，我走了。"我起身。

"妳这一走，岂不是要我们兄妹吵架？他肯定以为是我把妳轰走的。"

"难道妳不这么想？"

在薛佳琪做出反应前，我已下楼去。

走过转角处，我发现中国城的步行街上有行行色色的街头艺人在表演，或唱歌、或跳舞、或表演默剧、或吹各式气球……无一例外的，每个艺人的前面都摆了个盒子供观众打赏。

听说街头艺人不仅工作时间自由且收入颇丰，因为不用纳税。

"柯贝贝，妳何不把压箱底的宝贝拿出来献丑？"心中有个声音对我说。

当下我决定明天起开始卖艺。

～

我告诉艾米，自己找了个PART-TIME的工作，从下午一点到五点，我要她吃完饭看电视或看书。

"没问题，我会照顾好自己。"她给我吃定心丸。

其实我应该找个baby-sitter来照看女儿，但我的钱只够活到暑假结束（如果不申请社会救助的话）。

俗话说"佛烧一炉香，人争一口气"，一旦申请社会救助，不啻承认自己已"江河日下、虎落平阳"，而这正是我不愿面对的。

～

虽然已做好了心理准备，但真要卖起艺来，我还是有些胆怯。

从路头到路尾，我来回走了好几遍，还是鼓不起勇气。

" Are you going to play violin for us? "一个玩滑板的南美裔男孩问我是不是要拉小提琴？

大概他看到我手里的琴盒了。

" I am thinking......"

" Come on, we can't wait to hear your performance."他边滑边为我打气，还接连变了很多花样，让人目不暇给。

想着一个毛头小子都能在大庭广众面前表演，我身经百战，何惧之有？遂放下身段，拉起自己的拿手曲子，没多久，琴盒里已收获各色纸币及铜板。

" See, you can make it."那男孩说。

我谢了他，打算再多拉几首。

" Are you…… that girl?"一位妙龄女子问我。

真是糟糕！她该不会认出我就是"寻找那女孩"的女主角吧？！

" No, I am not."我赶紧收起小提琴落荒而逃。

艾米问我第一天赚了多少钱？我答23.5英镑，够买两个汉堡包。

"妈咪，我们是不是变穷了？"

我答没有的事，自己只是去体验民间疾苦，因为有钱惯了，不知没钱的生活是什么样子，又顺便问她愿不愿意和我一起体验？

"不用了，我喜欢过公主的生活。"

她的回答让我哭笑不得。

我又在家里待了两天，还是物业过来收管理费，被抽走两张紫色票子后，我才惊觉事态严重。

硬着头皮，我又回到中国城拉琴，只是这次豁出去了，不管别人怎么议论纷纷，我充耳不闻，甚至看到有人拍照，也能做到处变不惊。

" Could you play 《Swan》 for my girlfriend?"一个大男孩把20英镑放进我的琴盒里，并且指定我拉《天鹅》送给他的女友。

《天鹅》出自圣桑的管弦乐《动物狂欢节》，由十四首独立的短小乐曲组成，《天鹅》是其中第十三首，原是大提琴曲，后被改编成各种乐器的独奏曲，甚至成为芭蕾舞《天鹅之死》的插曲。

看在钱的份上，我不介意替男孩表达爱意。一曲罢了，收到四面八方的热烈掌声。

既然开始接受点曲，就没什么不可以，即使七〇年代动画片《顽皮豹》的主题曲我也拉，那就更不用说中国的流行音乐了，只要是不太新的曲子，我"难易"通吃。

"能拉邓丽君的《我只在乎你》吗？"薛佳仁把好几张五十英镑面值的纸钞放进我的琴盒里，人群中传来惊呼声。

"Sorry, I don't know how to play that piece."我把钱取出来递还给他，他没接。

"Then play 《twinkle, twinkle, little star》."他转而要求我拉儿歌《小星星》，引来讪笑。

我还是说不。

于是薛佳仁改口随便拉首曲子吧！我索性收了琴。

"妳去哪里？"他抓住我。

"去杳无人烟的地方拉琴，免得受你干扰。"

见我要离去，他投降了，转身走人，钱忘了拿。

～

"妈咪，妳今天赚了多少钱？"艾米问。

我答352.2英镑，够买一百多个汉堡包。

女儿说我好厉害。

"不是我厉害，而是有圣诞老人给我送钱。"

"真的？圣诞老人在哪里？"她睁着无邪的大眼睛，"现在不是圣诞节，也有圣诞老人吗？"

我说我开玩笑的。

"我就知道，没下雪怎么可能有圣诞老人？"艾米正在玩芭比屋，她的娃娃正上到二楼。

"是，没下雪不可能有圣诞老人。"我喃喃自语，顺便打消继续上中国城拉琴的念头。

第六十七章/强势回归

当乔失踪一个礼拜时，赖音如曾建议我报案，我不愿意，因为坚信乔不会抛下我们母女不管，然而眼睁着两个月过去了，失踪的人还是杳无音讯，我的信念开始动摇。

"贝贝，妳若没勇气报案，我陪妳去。"赖音如正和艾米坐在地上玩《置地游戏》。

"不用了，乔只是去散散心，过一阵子就会回家。"我仍然死鸭子嘴硬。

"妳和艾米屈居在这个小房子里，表哥知道吗？"她突然问。

对啊！万一乔回到"HD公园1号"，岂不是找不到我们？我赶紧一通电话打到大楼管家处询问，可惜自从我们搬家后，没有一位访客，包括乔。

我留下自己的新住址，那个带浓厚伦敦口音的Old Lady反复确认后，才接受我搬到了一栋"中产阶层"会住的公寓里。

挂上电话，我很后悔自己的孟浪。

"我真是太鲁莽了，乔有我的手机号，即使在'HD公园1号'扑了个空，他还是找得到我，再不济也能联系上艾米的老师，我总不会把她丢下不管吧？！"

"很快艾米也会换老师，难道妳真的要让她入读门口的公立小学？"赖音如问。

我答公立小学也没什么不好，硬体当然差一点儿，但教师都是国家培养出来的，不会错的……

"妈咪，我以为我们要去中国，妳说爹地在那里等我们。"艾米睁着大眼睛，用稚气的声音问。

真是糟糕！我和赖音如光顾着说话，忘了艾米的存在。

我赶紧告诉她，爹地的确在中国等我们，但是如果……如果飞机罢工的话，艾米就先读附近的学校，楼下的Jimmy不也在那里上学？

"Jimmy脏死了，他会挖鼻孔，而且……为什么飞机会罢工？即使英航不飞，我们还可以坐荷航或阿联酋航空。Jenny说阿联酋的空姐送她玩具包，里面有折叠式世界地图、旅游游记、塑料水杯、知识卡片以及磁力画板。"

"这个嘛！为什么飞机会罢工，为什么呢？"我喃喃自语。

"艾米，表姑告诉妳啊！"赖音如把哄孩子的工作揽了去，"飞机不一定会罢工，但是凡事都有意外，妳妈说的是万一，万一突然罢工了，妳和妈咪就不能飞去中国，而妳的爹地也不能飞回英国，这个时候暂时……暂时艾米就去读门口的小学，因为妳妈咪需要上班，没时间载妳去学校，妳知道'圣保罗私校'离这里太远了。"

赖音如说得合情合理，但艾米不买单，她人小鬼大地表示这个好解决，只要我们搬回"HD公园1号"，翠西会带她去学校，这样一来，我们不用赶着去中国，爹地也不用急着回来了。

我和赖音如相视无语，艾米不知道今非昔比，而她的母亲是这样无用，离开乔这把保护伞后，肩不能挑，手更不能提。

"艾米，阅读时间到了。"我打发她走。

假期里，我规定女儿每天有两小时的阅读时间。

"好啦！"

得不到大人的回复，艾米嘟着嘴回到"惟一"的房间內，那里除了大床和简易衣柜外，勉强还摆得下一张书桌。

"还有三个礼拜开学，妳的口袋里还剩多少钱？"赖音如压低声音问。

"不多，但够用。"

说这句话纯粹是自欺欺人，公立小学不用钱，况且就在家附近，省去交通费，但这个月的房租、物业费、水、电、瓦斯、宽带和通信费，我都还没缴，而口袋里只剩下不到五百英镑。

"不够跟我说哈！虽然我也是月光族。"她吐吐舌头，很不好意思地表示。

我想起薛佳仁也不吝对我伸出援手，但……欠下的人情债实在太多了，我不想再当依附大树的藤蔓。

"好的，不够我会跟妳说。"我苦笑。

打开冰箱，里面除了鲜奶、鸡蛋、胡萝卜和昨晚剩下的一碗白米饭外，什么都没有。

"我们出去吃吧！"我合上冰箱对赖音如说。

"不，我还有事，先走一步。"她说得那样急，倒像是想避开什么似的。

我没挽留她，现在随便在外面吃一餐，至少得花掉一张紫色票子，难不成带客人去吃麦当劳或路边热狗摊？

表小姑子离开后，艾米从房间里走出来。

"表姑给我的。"她把四张50英镑放在桌上。

这……哎！叫我说什么好？

"妈咪，我想说句话，妳能保证不生气吗？"女儿小心地问。

我要她"放心大胆"地说。

"我不想去中国，我想搬回'HD公园1号'，我也想念'圣保罗私校'的小朋友。"

我了解女儿的心中想望，但……怎么办？加上赖音如给的钱，我的口袋里只有不到700英镑，连私校的制服费都付不出来。

看着艾米渴望的眼神，我不忍心将它用一盆冷水浇熄。

"让妈咪想想办法吧！"我说。

"哪～"女儿欢呼着过来拥抱我，仿佛我已达成她的心愿。

警察把乔列为失踪人口，并且提到上礼拜在泰晤士河下游发现了一具男性浮尸，问我要不要去指认一下？

我紧张得喘不过气来。

那人面部已腐烂，身体肿得像打了气，但……不是乔，呵呵！不是他，呜呜呜……不是，真的不是他。

从太平间走出来，我像得了失心疯，一会儿哭一会儿笑。

想到从今往后，只要一发现无名男尸，我都得过去指认，那是何等的折磨？大概只有当乔真真实实地站在我面前，我才有可能摆脱这个枷锁。

"Beatrix，"一个头戴鸭舌帽的男人向我走来，"Long time no see."

我看了那个画眼线的男人一眼，很确定自己并不认识他。

"我是Devin，'伦敦城市音乐节'过后我们曾通过电话。"他提示。

Devin? 我想起来了，音乐节过后有个华裔音乐制作人找上我，他说我有姣好的外貌及不俗的音乐底子，想走大师之路也许有难度，但打造一个通俗音乐明星却指日可待，何况我的身上自带光环……

"你是音乐制作人。"我说。

"妳好记性，"他抬头看了一眼医院，"妳怎么……"

我告诉他，我老公失踪了，警察让我来认尸。

"好消息还是……"

"不好不坏，那个无名尸不是我老公，但他在哪里呢？我现在是穷途末路，连下个月的房租都付不出来。"

Devin听完，从公事包里拿出十几天前的《The Sun》递给我，我在娱乐版的角落又看到了自己，不知道是谁，把我在中国城卖艺的照片给出卖了。

"不瞒妳说，这几天我一直在找妳，尤其是中国城，几乎每天都去，就是见不到妳的身影。"他说。

我问他找我做什么？

"有人自带光环，即使在黑暗中，一眼就能看到，我的工作便是寻找那个带着光环的明日之星。我有第六感，妳一定会火，瞧！音乐节都过去那么久了，人们还是没忘记妳。"

没忘记我吗？还是幸灾乐祸地想见到"江河日下"的人？

Devin要我别妄自菲薄，自己是上帝的宠儿，难道不自知？

以前的我的确是上帝的宠儿，但现在……我已经不敢自夸了。

"妳仍能继续被好运关照，只要做对了决定。"

我问他什么意思？他答他想签下我，打造另一个陈美。

陈美，中泰混血儿，10岁时与伦敦爱乐乐团合作，完成了处女秀。2009年获得英国大本钟奖，被喻为具有莫扎特式才华的音乐天才。

"我怎能和陈美比？"我自弃地说。

"妳的确和陈美不同，她是真正的小提琴家，而我要把妳打造成'会拉小提琴的明星'。"

会拉小提琴的明星？那很烧钱啊！

他说他不怕，因为背后有人撑腰。

当我得知Devin的父亲正是那位赫赫有名的赌场大亨时，倒吸一口气，他的确有本钱烧啊！

"让我考虑考虑。"我答。

我特意从医院"走"回Queensway，当看到那栋灰扑扑的大楼时，心里已经有了主意：我要搬回"HD公园1号"，把翠西叫回来帮忙，还有，重新向"圣保罗私校"提出入学申请……

这几个月的"体验"民间疾苦算受够了，我要自己和艾米重新回到公主般的生活。

想到此，我像被打了鸡血似的兴奋不已。

第六十八章/失而复得

Devin全盘接受我开出的条件，包括租住"HD公园1号"三居室、有住家女佣、女儿回圣保罗读书、足够的生活费……等等。

"你就不怕肉包子打狗？"我问。

Devin听完哈哈大笑，他说他老爸是赌场大亨，如果连这点儿下赌注的勇气都没有，简直白混了。

既然花钱的大爷这么有信心，我犯不着泼他冷水，于是大笔一挥把自己给卖了，然后赶回家向女儿报喜讯。

Devin为我们租下的公寓能看到海德公园的大理石凯旋门及威灵顿拱门。

"妈咪，上了三年级，我还跟Jenny同一班吗？"艾米问。

我答不知道，即使不同班，下课也能见上面。

"飞机是不是罢工了？"我正把衣服从纸箱里拿出来，女儿又问。

"飞机罢工？没有啊！为什么这么问？"

"好久没看到爹地了，所以我猜想是因为飞机罢工的缘故，所以爹地留在中国回不来了。"

艾米提起乔让我不胜唏嘘，他走了近三个月，就像人间蒸发了，对我和艾米不闻不问，他……还活着吗？

我摇摇头，想把不好的念头都挥走。

"夫人，晚餐想吃什么？"翠西问。

翠西本来在六楼做，屋主是个有钱的老太太，怎么也不肯放她走，Devin不知耍了什么手段，我刚搬进新租处，五分钟后翠西就来敲门，并且主动把搬家的活都接了过去。

看着家里一团乱，也为了让翠西有足够的时间和空间整理新家，我要她今晚别煮了，我带艾米出去吃，顺便帮她带外卖。

女儿听完欢呼一声，说她想吃好吃的，但不吃汉堡，因为我们居住在Queensway时吃了太多，现在想起来就做恶。

"好，不吃汉堡，"我摸摸她的长发，"从今以后，艾米想吃啥就吃啥，把前阵子没吃到的，通通补回来。"

～

艾米说想吃中国菜，我开着九五年的林肯在街上绕了又绕，没看到特别的，方向盘一转，往中国城开去。

金凤餐厅就开在中国城的入口处，想假装看不见都难。

门口小厮问我是否用餐？他可以帮我泊车。

想到在寸土寸金的中国城找车位是多么困难的一件事，我给了那人五英镑的小费后，和女儿一同下车。

"妈咪，妳看，"艾米指着前方，"那里有两只金鸡。"

和薛佳仁开在澳大利亚的餐厅一样，两只巨大的金色凤凰攀在红色廊柱上，门楣有个斗大的银色招牌—金凤餐厅。

我告诉艾米那不是鸡，是凤凰，一种古代神话中的禽类，并不真实存在。瞧！它们有鸡的脑袋、燕子的下巴、蛇的颈、鱼的尾、还有五色纹，现在哪有这种动物？不过是人类想象出来的。

艾米噢了一声，表示知道了。

"想不想吃叉烧？那种甜甜的肉。"我问。

她用力点一下头，露出缺了门牙的笑脸。

金凤餐厅卖的是广式餐点，叉烧、烧鸭、烧鹅、烧肉等必不可少，为了照顾喝早茶的人，广式点心也是卖点。

我在一楼没看到薛佳仁，穿荧光绿唐服的服务员将我们带到大堂，周围的食客很吵杂，扯着喉咙讲话，像在吵架。

"妈咪，好吵。"艾米捂住耳朵。

我说这家的东西很好吃，吃完咱们就走，顺便打包干炒牛河给翠西。

"干炒牛河冷掉就不好吃了，再加热也无济于事。"薛佳仁走过来替我们倒茶水。

我要艾米喊人，她小声地喊了一声"叔叔"，旋即低下头去，很害羞的样子。

"艾米越长越美，像小时候的妳。"前面一句是对女儿说的，后面一句则是讲给我听的。

"小时候的我？你也太夸张了，我们认识时，我已经上中学了。"

"妳就不能对我宽容点儿？一定得逐字逐句校对？"他问，但看不出愠样。

我耸耸肩，不置可否。

薛佳仁转而问艾米想吃什么？她答甜甜的肉。

我在旁下注解，老板笑着说没问题，甜肉、咸肉都有。

他叫来服务员，点了卤味拼盘、柠檬鸡、姜葱焗花菇、咸鱼蒸肉饼、炒时蔬、广式炒饭，点心则是流沙包及木瓜炖牛奶。

"外带点腊肠煲仔饭吧！我们特别用锡箔盒打包，即使冷掉也很好吃。"他建议。

薛佳仁是饮食界的老大，他说什么是什么，我没意见。

"抱歉啊！本来想开个包间给你们，但今晚的包间都客满了。"

我要他别放在心上，两个人开什么包间？大堂的座位挺好的。

食物端上来后，艾米不再抱怨人声鼎沸，一心一意在吃食上，腮帮子鼓得圆圆的，像饿了好多天。

"慢点儿吃。"我叮咛她。

说完，我抬起头来，不小心瞄到玻璃窗的倒影，薛佳仁到收银台取钱，被薛佳琪抢了下来，两人都刻意压低声音说话，但看得出来剑拔弩张。

"可不要为了我吵架呀！"我心想。

满桌子的菜再怎么吃也吃不完，只能无奈放弃，我招手让服务员上甜点。艾米不喜欢喝牛奶，她把木瓜炖牛奶推给我，自己拿起流沙包啃了起来，还说甜包子真好吃。

此时薛佳仁拎了外卖过来，我说买单。

"不用，我请艾米的。"他坐了下来，从口袋里掏出一个红包，"小美女，这是叔叔给妳的，不要乱花，交给妈妈保管。"

女儿怯生生地看着我，不敢伸手去接。

"别这样，你让我们以后还敢不敢再上金凤餐厅用餐？"我老大不高兴。

"当然还来，开店就是为了客似云来，不是吗？"

我要他将红包收回，现在谁都不容易，再说了，如果每个客人吃饭都不买单，生意怎么做下去？

"看妳这么辛苦，我也想尽点儿绵薄之力。"

我谢了他，顺便告诉他，我们已搬回"HD公园1号"，运气好，连圣保罗私校也为艾米保留了位置……

"乔回来了？"他问，样子有些失落。

我答没有，而是找到工作了，经纪公司签下我，给我不菲的待遇。

薛佳仁问是哪一家？有执照吗？合同拿来看看！

"我是成年人，不是懵懂无知的小孩。"

"妳别被骗了才好。"他忧心忡忡，"经纪人是男是女？"

"男的，不过他只对男的感兴趣。"

薛佳仁花了几秒钟才意会过来，他答这样最好。

临走前，他跟我要了Devin的联系方式，说找一天请他吃饭，顺便探探虚实。

我给了他名片，他没再噜嗦，唤上泊车小弟，我的车很快开过来。

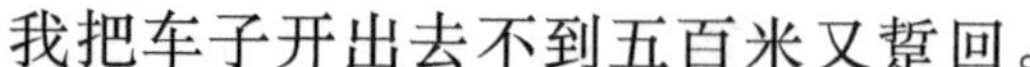

我把车子开出去不到五百米又踅回。

"我们怎么又回来了？"艾米问。

"妈咪把东西落下了。"我边说边把车停在中国城的典当行前。

还不到期限，不知我的东西还在不在？

依旧是那个带潮汕口音的伙计，看见我来，很高兴地问："又来照顾小店了？"

我问我的东西还在吗？今天特意来赎回。

"当然在，被保护得好好的，我这就去拿。"隔着护栏，我看见他走回里间去。

没多久，他捧着一个花布巾回来。

"喏！五只戒指、三副耳环、四条金项链、三条玉佩、两只胸针、两只百达翡丽，通通在这里。"

望着自己的宝贝躺在一条有些破旧的花布上，我差点儿热泪盈眶。

"还好妳来了，不然找下家也是麻烦事。"伙计说。

我拿出信用卡，他刷了五位数字，算是高利贷的费用。

终于赎回宝贝，让我有种失而复得的喜悦。

"妈咪，为什么妳进店不让我跟？里面到底有什么？"我回到车内，艾米问。

"里面有吸血鬼，"我故意发出恐怖的声音，"所以不让妳进去。"

"真的？"艾米很兴奋，"我想看吸血鬼。"

我笑而不语，脚踩油门，往家的方向驶去。

第六十九章/守株待兔

Devin说美国华裔花式溜冰好手G将在伦敦汉普顿宫前做一场慈善演出，所得捐助中东战火中失孤的孩童。

"挺好的，我也喜欢G，她的创意和溜冰技巧，前无古人后无来者。"我答。

"那么敲定了，她选中Celine Dion的《My heart will go on》，妳准备准备。"

准备准备？我问准备个啥？

他进一步解释，当G为慈善做演出时，我将站在溜冰场的一隅拉背景音乐，届时英、美、欧洲各国，凡叫得出名字的电视台都会全程跟进。表面上我是配角，但who knows，也许配角的光芒会盖过主角，我就等着一夜成名吧！

"这……太快了，在这么重要的场合，别说黔驴技穷了，光站在那里就足以让人口干舌燥、双腿发软，还是……还是推了吧！我还没准备好。"

"妳该不会以为我为妳做的这些都是慈善义举吧？！"他露出生意人的嘴脸，"光每月房租就抵得过金融区小白领的五倍薪资；那个女佣也没少要钱，一张嘴就是五千；妳女儿的学费是多少，妳清楚得很。再说，谁敢给妳一张信用卡的副卡？连自己的父母、老公都不见得做得到。"

Devin说的全是事实，听得我难受极了。

"好了，话说到这里，再说下去就没意思了，"他起身，"我走了，随时联系。"

我的经纪人走了，也把我的"推诿塞责"一并带走。

坐在诺大的客厅里，我听见墙上的挂钟正一分一秒地流逝。

没错，钱不是被大风刮来的，天下也没有白吃的午餐，拿人钱财就得替人办事，这是亘古不变的道理。

我很快在网上找到Celine Dion的《My heart will go on》，那是电影《铁达尼号》的主题曲。付费后，我下载了歌曲，同时也买到了琴谱。

为了更好地诠释曲子，我又重看了两遍电影，直到确定自己已酝酿好情绪，这才开始没日没夜地练习。

Devin是个好的规划师，在重磅出击前，他安排我上电台接受采访，还出了张单曲MV，拉的是在音乐节上演奏过的《野蜂飞舞》。

"任何人都能在网上免费下载，这叫放长线钓大鱼，已经有人在网上做出评论，毁誉参半。"

不用他提醒，我也看到评论了，骂我的人说连三脚猫的功夫也好意思拿出来献丑；赞美的人则说我琴艺佳、容貌好，天生是块做明星的料……

"你买了水军，是吗？"我问Devin.

他不置可否。

这下子我终于知道为什么网上评论一直把我往明星的道路上

推，而且重点都摆在美貌和东方女子的神秘色彩，拉得好不好反倒成了其次。

Devin是生意人，他可以不管我拉得像不像狗屎，只关心能不能赚钱，但我自己可不能懈怠，好歹也是ZL音乐学院的肄业生，曾师从小提琴名家，我的一举一动牵动着母校和名师的颜面。

"妈咪，"艾米开门进来，"能给我讲床前故事吗？"

琴还没练好，本来我想答不，但看到女儿渴望的神情，顿时心软，再不陪她一段，艾米很快就会长大。

"好，妳选故事书。"我说。

以前艾米选的不外格林童话或伊索寓言，但今晚的她选了迪士尼出版的故事集《小公主苏菲亚》。

苏菲亚和母亲米兰达住在一个充满神奇魔法的王国里，每天过着简单而快乐的生活。某天，她们被国王召见，国王与苏菲亚的母亲一见钟情，很快结婚了，苏菲亚也跟着住进城堡里，学习如何当一名真正的公主……

"苏菲亚有爸爸吗？"女儿问。

"当然有了，Dear."我合上书说。

"他在哪里？为什么从不出现？国王成了她的新爸爸，原来的爸爸回来了怎么办？"

艾米的问话让我张口结舌。

我告诉她，也许苏菲亚的爸爸死了，因为太过悲伤，所以书里没有交待，但苏菲亚是幸运的，她的新爸爸对她很好，让她过着公主般的生活……

"我的爸爸死了吗？杰夫的爸爸会不会成为我的新爸爸？"

听她这么一问，我心碎了，她怎会这么想？

我抱紧艾米，告诉她乔还活着，只是一时回不了家。再者，杰夫的爸爸不会成为她的新爸爸，因为他不是国王。为了加强可性度，我同时告诉她全世界的国王加起来不到二十个，而且都已经结婚，基本可以排除我再婚的可能性。

艾米听完，闷不吭声的。

"别忘了妳的父亲在中国，很快就会回来。"我给她希望，顺便替自己打气。

她依然不言不语。

我不知女儿心里想什么，也无力改变现状，倒是她对薛佳仁的担忧，给我敲了一记响钟。

"我得和他保持一定的距离才好。"我心想。

～

"伦敦眼"座落在英国泰晤士河畔，是世界上最大的观景摩天轮。

Devin给了我一整箱的五寸照片，那是我站在"伦敦眼"前拍的宣传照，有种文艺女青年的味道。

"赶快签名，我的助理等着寄出去呢！"他说。

我问为什么要签名？照片又是寄给谁？

"寄给谁？呵呵，全世界的宅男呀！妳不知道自己被票选为十大梦中情人吗？"他问。

梦中情人？我还真不知道。

Devin说英国最具影响力的时尚杂志《i-D》办了个票选活动，让男性选择自己的梦中情人，我排名第九。当获悉结果后，Devin马上在网上发布消息，声明只要关注Beatrix所在公司的脸书并留言，就能得到一张她的签名照。

可想而知，留言像雪片般飞来，都是一些爱慕之词。

"原以为留言的会是英国本地人，没想到远至非洲也有，看来妳是男人的收割机，黑白黄通吃呀！"他高兴地说，顺便又提醒我，这些人都是我的财神爷，得好好对待。

我冷冷地问他是不是又买水军了？他答天地良心，这次他一分钱也没出，我的粉丝都是铁杆的，赶都赶不走。

为了强调所言不假，他告诉我有个叫Joe的人已经连续送我两个礼拜的花，现在办公室里花海一片。他没告诉我，以为发烧的人总有一天会退烧，没想到今天又送来九十九朵长茎红玫瑰，好大一束，害送花小弟进门时差点儿跌跤……

"你说那人叫什么来着？"我的心跳得好快。

"Joe. J-o-e."

我捂住嘴，害怕一叫出声，美梦就会幻灭。

"快告诉我送花小弟都是几点来？"我急急问。

"几点？不一定，反正是吃中饭前。"

听他这么一答，我已经下定决心明天一大早就到办公室"守株待兔"。

第七十章/哑然失笑

《The Venetian Artists Agency》斗大的招牌就挂在前台接待员身后。

我很少上公司来，但接待员认识我，她对我做了一个请坐的动作，嘴巴仍滔滔不绝地讲电话。我不急着打扰她，转过身去浏览接待室的墙面，上面挂着不少影视明星及歌星的照片，有的已成名，有的半红不紫，只有我是拉小提琴的。

挂上电话，接待员问我是否找Devin？很不巧，他去了华盛顿，要到下礼拜二才会回来。

我告诉她，我不是来找Devin的，而是等送花小弟，听说他每天送来一束花。

" That's right. Your fan is very persistent."她说我的粉丝很执着。

我笑着要她去忙，自己则好整以暇地坐等送花小弟。

" I came again."

10:50，一个手捧白色雏菊的男孩推门进来，用爽朗的声音宣布他又来了。

接待员随即站起身来，指着我说："This is Beatrix."

那个有着瘦削脸颊，鼻翼两侧有大片雀斑的男孩有些不敢相信地看着我，问："Are you Beatrix?"

"Yes, I am."

他边把花递给我边说我的美丽超乎想象，难怪那名顾客会每天送我花。

我问送花的人是谁？住哪里？

雀斑男孩答那人叫Joe，没见过，花是电话预订再以信用卡支付。

听完，我顿时泄了气，乔到现在还跟我玩躲猫猫的游戏，让人身心俱疲。

"Oh, wait. He's left his home address."雀斑男孩说乔曾留下地址。

听他这么一说，我又重新燃起了希望，赶紧催促他说。

"Sorry, I've left the address in the shop."男孩歉然地表示他把写着地址的字条留在店内。

在我的殷殷期盼下，他打电话回去问，几番对话下来，我得到了一个STRATFORD镇的地址。

～

STRATFORD镇位于伦敦以西180公里处，是英国伟大戏剧家莎士比亚的故乡。这位大师的故居在小镇的亨利街北侧，是一座带阁楼的二层楼房，有斜坡瓦顶、泥土原色的外墙以及凸出墙外的窗户和门廊，让这座16世纪的老房在周围的建筑群中显得十分抢眼。

乔的住处离莎士比亚的故居尚有一段距离，我上网查了一下，发现火车是最快速又便捷的交通工具，于是奔向火车站。

两个多小时后，我从火车站走出来，坐进早等在一旁的出租车内。

那个有着Black Country口音的老绅士看了一眼我递过去的地址后，问我为什么不和其他观光客一样去朝拜"英国灵魂"，反而去一个鸟不生蛋的地方？

他不仅发音短促，而且将所有带"U"字母单词的音都发成"雾"，这不打紧，他们还习惯说you am（不是you are），让我一时错乱，估计到中国，他连四六级的语法也考不过。

我告诉老司机自己不是来旅游，而是找人。

" Joe is a weird person. I don't think you'll have a good time today."他说乔是个怪异的人，他不认为我们今天的会面会很愉快。

我听了倒吸一口气，乔竟然这么快就和当地人打成一片？

等等，司机还说他是个怪异的人，能够怪异到人尽皆知，恐怕不是个好消息。

我还想多问一些信息，无奈老先生打开收音机，放的是古典钢琴曲—门德尔松的《春之歌》。为了表达对大师的崇敬，我闭上嘴巴。

STRATFORD小镇的街道古朴而宁静，车子行经一家餐馆，我看到"含笑楼"的招牌，不禁莞尔，中国人"食的侵略"真是无所不在呀！再往前开去，我看到一栋漂亮的钟楼，四个角都矗立着抱盾牌的狮子，让我想起一镑硬币背面的图案。

进入镇中心后，路边的小店明显多了起来，我还发现三家银行：BARCLAYS、TSB以及HSBC。

和别的小镇不同，STRATFORD有涓涓细流的埃文河横穿其间，我看到桥橄，也看到许多停泊的船只，但有些船是不开的，因为怎么看都像是餐厅而非游船。

绕过一个很老的大教堂后，车子改驶在一条泥石路上，两旁是高耸的山毛榉，树叶都掉光了，看起来有点儿碜人，此时如果不是司机老得能当爷爷，我的心估计要七上八下。

从门德尔松到李斯特，再从李斯特到舒伯特，这一路听下来，我已经把西方音乐史上的浪漫主义时期走了个遍。

"Here we are."老司机说，然后把车子停在一处都铎王朝时期的大宅前。

这房子有高高的塔楼和粗壮的烟囱，墙体用红砖建造，但体形凹凸不平，窗口呈方额形，上面还有墨绿色的栏杆。

下了车，我仰头看了一眼这座宅子，心想："乔住在里面吗？"

老司机从车内探出头来，提醒我别按门铃，门铃早坏了，最好打个电话给屋主，如果他肯接听的话。

我谢了他，顺便给他车资。

他善意地问我需不需要他等车？因为这里叫车不容易。我答不用，自己应该会在屋里待一段时间。

"Well……good luck!"司机祝我好运后，开车走了。

我感觉自己像被丢弃在沙漠中，前途一片迷茫。

门铃果然如同司机所说坏了，我有乔的手机号，是旧号码，仍处于停机状态。

我敲了几次门，无人回应，正不知该如何是好时，一个有着纺锤体体型的中年妇女缓步过来，她边问我找谁边将钥匙插入门孔内。

我告诉她，我从伦敦来，想和乔见面。

她抬头注视我好几秒后，突然笑开脸。

" Are you that girl? Joe loves you so much."她问我是不是那女孩？又说乔非常喜欢我。

我承认自己正是那女孩，至于乔喜欢我……这是怎么回事？

那妇人介绍自己是乔的看护，她的雇主一直闷闷不乐，也不喜欢与人交往，但自从在网上看过我的MV后，惊为天人，他说我是他的天使。

原来此乔非彼乔，我是张冠李戴了。

紧接着她压低声音说老先生是有些古怪，也难怪，无亲无故又坐拥万贯家财，会怀疑别人居心叵测也在情理之中，可是他对我可大方了，一天一束花，就盼着能和我见上一面。她原以为他痴人说梦，没想到美梦成真，我真的上门了……

" Sorry, I made a big mistake. I got to go."我打退堂鼓。

谁知我们的谈话声惊动了屋主人，他坐着轮椅过来。

" Are you ……Are you Beatrix?"他问，神情很激动。

看见一位老人因我的出现而喜形于色，我只好点头。

他哑着嗓子说欢迎，又说他等待这一刻已经等很久了。

"I……"

" Maria, could you give Beatrix a cup of tea? "老人要看护给我一杯茶。

那个叫Maria的人笑着答马上，然后将我引进门。

听见背后木门关上的声音，我有种进入死胡同的压迫感。

哎！没想到我的粉丝是个耄耋老人，偏偏我还自己送上门，想到此，不禁哑然失笑。

第七十一章/报案疑云

这栋老宅的墙壁很特别，是用深色木材做的护墙板，板上还有浅浮雕。客厅的顶棚则是锤式屋架，由两侧向中央逐级挑高，每级下方有一个弧形的撑托和一个雕镂精致的下垂装饰物。这种极富装饰性的木屋架非常的富丽堂皇，是中世纪文艺复兴过渡时期的风格，简称"都铎风格"。

不仅硬装有古风，连软装也不含糊。我在镶着玫瑰徽章、四叶草以及仙人掌的家具间流连，它们个个雕功精细、华丽唯美，可惜颜色都偏暗，加上脚踩的波斯地毯呈暗红色，要说有多压抑就有多压抑。

" Sit down, please."Joe请我坐下。

我在布满雕刻的橡木椅上坐了下来，Maria为我们沏了一壶茶，用的是皇家道尔顿骨瓷茶具，这也是英国黛安娜王妃生前最青睐的品牌。

我谢了Maria.

没有什么比在惊讶与失望之余来上一杯热茶更让人舒心的了，况且天气寒冷，我极需热东西暖暖胃。

茶壶里装的是大吉岭红茶，有麝香葡萄的香气，但除了这味道，似乎还有些什么，是一种令人不快的油腻味，后来发现那气味正是从老人身上发出的，我不禁屏住呼吸往后坐，尽量拉开和他的距离。

Joe对我说了很多溢美之词，包括琴艺精湛、才华横溢、技冠群伦等，又赞美我是千年难遇的美女，简直是希腊神话中的海伦……

就我所知，海伦是众神之王宙斯的女儿，从小就有沉鱼落雁之姿，后来还引发十年的特洛伊战争，是真正的红颜祸水。

然而再怎么着，海伦好歹也是地中海人种，有高额头和深邃的眼眸，与我的长相有本质上的差异。看来老人年岁大了，眼睛不行，脑子也不管用了。

我不知该如何面对一位年老粉丝的厚爱，只能微笑、微笑再微笑，心中想着茶一喝完就走人，也算是在不伤颜面的情况下对送花者表达了谢意。

" Do you know Edward Elgar?"老人忽然问我认不认识一个叫Edward Elgar 的人？

我摇头表示不认识。

他介绍那是他的祖父，接着从他带有鼻音的沃里克郡口音中，我了解到一二。原来Edward Elgar是英国有名的作曲家，曾和小提琴大师梅纽因合作过，他生于乐器商家庭，擅长多种乐器，并自学作曲。1904年因所做的国定颂歌《加冕颂》受封为爵士，其作品既有民族特色又饱蕴浪漫主义后期的内在热情……

听完Joe的解释，不禁对他的祖父行最敬礼。啊！原来是同行，所以老人对我的关爱也算是对家人的一种投射吧？！

" Maria, could you give me the violin? Please."老人要Maria把小提琴拿过来。

当看护将那把有着深红色光泽面的小提琴从一个老旧的琴盒

里拿出来时，我倒吸一口气，光看琴身及材质，这绝对是把好琴。

Joe说我好眼光，这是一把 GUADAGUININI 琴，于1750年在米兰制作完成。它的琴身稍长，上部较窄，很适合手臂长且骨架小的人使用。

"Is this your grandfather's violin?"我问这是不是他祖父的琴？

他答是，并且要我拉拉看。

我抚摸着这把饱含岁月痕迹的古董琴，虽然品相依旧完好，但琴弦锈了，最细的E弦更是汲汲可危，估计拉不到几个小节就会断。

听我这么一解说，Joe很失望，但仍大方接受这个理由，还说我可以把琴带走。

给我？为什么？这么好的一把琴绝对能卖个好价钱。

Joe答他的年岁高了，身体又有病，什么时候撒手人寰都说不定，还是趁早把有价值的宝贝给值得的人……

他说我是值得的人，让我很动容。

"Thank you. One day I will come back to play the violin for you."我谢了他，并且承诺有一天会回来拉琴给他听。

他笑着答一言为定，又为我斟上一杯茶。

回到伦敦刚好赶上吃晚饭，翠西煮了西餐，有香肠土豆泥、奶油花菜和康沃尔馅饼。

"妈咪，今天妳去哪里了？我以为妳会到校观看我的合唱团演出。"女儿说。

哎呀！真是糟糕，前两天我还信誓旦旦地表示一定会排除万难参加，没想到一转身就忘了。

"艾米，对不起，妈咪真的忘了，因为有重要的事情，所以……"

"好啦！谁叫我有个明星妈妈，哎～"她叹了口气，不知道是啥意思。

我又承诺下次一定去，女儿没接话，专心吃起馅饼。

~

饭后，我把老人送的琴用琴油擦拭一遍，再把旧弦取下换上德国 Evah Pirazzi 琴弦。调好音后，我试拉了几个音阶，果然音色宽广有穿透力，即使是要求严苛的音乐家也无可挑剔。

内行人都知道，名琴是很昂贵的，乔为我买的 Stradivari 琴可以抵得上伦敦市中心的一间豪华公寓，至于老人的琴……虽然不知市场价，但肯定也不便宜，加上又是英国爵士用过的，恐怕在天文数字上又往上翻了两翻。

啊！老天真是太善待我了，拥有一把好琴是每个小提琴家的梦想，而我却同时拥有两把。

~

"什么？！No chance."我气愤极了。

Devin从华盛顿回来后，马不停蹄地安排我演出，大大小小的音乐节隔三差五就有一个，碍于"吃人的嘴软"，我照单全收，这次他竟然安排我在拉斯维加斯的赌场登台。

"全世界最顶极的歌舞秀都在赌场里，况且妳只是在Julio出场前暖个场而已。"我的经纪人说。

Julio是有名的拉丁歌王，我个人也很仰慕他，但拉丁歌曲和小提琴根本不搭嘎，两者有天壤之别，谁进场看歌舞会想听小提琴演奏？简直贻笑大方。

"Beatrix,"Devin 发火了，"我们是不是该把权利义务再厘清一遍？"

我答不需要，我的权利就是把不适合的演奏场地剔除掉，刚刚我已经成功做到了。

"妳……妳别敬酒不吃吃罚酒，我已经收了钱，这次妳非去不可！"

我还想争辩，但看见翠西在房门口探头探脑的，知道有事，遂随便找了个借口挂上手机。

"什么事？"我放下手机问。

"客厅里有两名警官，他们想问您话。"

警官？难不成乔有消息了？我赶紧步入客厅。

跟乔没关系。

警官问我两个礼拜前有没有到过STRATFORD镇？认不认识一个叫Joe Elgar的老人？

我承认到过STRATFORD镇，也见过Joe Elgar.

"He accused you of stealing his violin."警官说那老人控告我偷了他的琴。

这怎么可能？琴明明是他送我的。

警官问我是否知道那把琴的价值？又问我非亲非故的，Joe Elgar为什么要把价值连城的宝贝送我？

他用了"priceless"这个字眼，让我很好奇，难道老人的琴会比Stradivari 琴贵？

那个印度裔警官反问我，梅纽因和爱德华爵士用过的琴该值多少钱？

我答不清楚，我又不是拍卖专家……

" Don't play game with us , young girl."警官警告我别耍花招。

我说我没耍花招，是真不知道琴价，另外，我和老人是非亲非故，但琴的确是他送我的，看护Maria可以作证。

警官冷冷地答正是Maria报的案。

这……怎么可能？我彻底迷糊了。

第七十二章/情非得已

我将这件事报告给经纪人，他如临大敌，说万一处理不好，会成丑闻一桩，执意跟我一起去见老人，因为保护旗下艺人，他责无旁贷。

Devin把我归为艺人，让我有些受挫，我原以为自己是走古典音乐路线的音乐人。

~

Maria说两个礼拜前我曾探访她的雇主，也亲眼目睹我提着小提琴走了，但她不清楚那是赠与还是其他。昨天老人发现他的小提琴不见了，心急如焚，一定要Maria报警，才有了今天早上警方的到访。

我坐在客厅的同一把橡木椅上，两个礼拜不见，Joe Elgar仿佛不认识我似的，只把眼光落在琴盒上。

" Thanks God. It's here." 他很开心，眉间纹像瞬间被熨斗给烫平。

警官问他这可是他的琴？他笃定地答Yes.

警官又问他是否把琴送给了我？他看都不看我一眼，直接说No.

这下子我真的百口莫辩。

还是警官经验老到，他问老人今年是哪一年？又问他认不认识站在一旁的另外一位女性？

老人答今年是1982年，黛安娜王妃刚生下小王子，至于那位女性……看着有点儿面熟，但叫不出名字，大概是邻居吧？！他很少和邻居来往……

Maria顿时尴尬万分。

警官把老人留在客厅里，示意其他人都到玄关处。

"Alzheimer's disease." 那警官给出答案，说老人得了老年痴呆症。

老年痴呆症是一种神经系统退行性疾病，初期表现为记忆力减退、对新近发生的事容易遗忘且时空交错，判断能力下降……

知道老人病了，我感到非常难过，两个礼拜前他的思路还很清晰，没想到一下子就迷糊了。

警官说既然误会化解，我可以离开了。

"Can I play violin for Joe before leaving?"在走之前，我提出要为老人演奏一曲，那是之前答应过他的。

~

Joe 听说我要拉曲子给他听，无可无不可地让我使用他的小提琴。

我替老人准备的是他的祖父在1904年所做的国定颂歌《加冕颂》，Edward Elgar还因此受封为爵士。

因为时间的关系，我只拉了第一曲《National anthem》,并且以三种不同的风格来诠释，分别为传统、爵士和浪漫。

我一拉完，收获热烈的掌声。

" Well done, Beatrix."老人这会儿又认出我来，并且赞美我拉得好。

离去前，Joe不忘提醒我将小提琴带走。

我很无奈，笑得很苦涩。

~

今天我难得提早回家。

站在窗边，我一面喝着伯爵茶，一面看着楼下的熙攘人群。女儿开门进来，冲着我笑，嘴里还哼着歌，我越听越熟悉，这不是《加冕颂》中的第一曲吗？

看我惊讶的表情，艾米得意极了，又分别唱了爵士版和浪漫版。

" Dear, 妳......妳怎么会唱这首歌？"说完，真想搁自己两耳光，这不是英国国歌吗？艾米当然会唱。

女儿反问我谁不会唱？只是现在的唱法多了，因为我，各种版本的国歌都出笼，甚至有搞笑版。

接着她唱了搞笑版给我听，的确很Funny, 但是......为什么"因为我"？

艾米答我替一位坐轮椅的老爷爷拉琴的录相已经野火似地蔓延开来，《英国国歌》成了当下的流行歌曲。

我一听，赶紧上网。老天！真的如同艾米所说，观看人数已破千万，并且数字还在增长中。等我发现连英国最著名的男高音Alfred Deller也以花式唱腔诠释国歌时，惊到不行，这已然成了"全民运动"。

我立马打给Devin, 电话那头的他很兴奋。

"一下子多出很多邀约，电视台和电台都有，连BBC也给了访谈邀请，妳真是我的大福星啊！"他说。

我没想到当我拉小提琴给Joe听时，Devin录下了视频并且发布到网上，毫无意外地让我又火了一把。

"我累了，不想再成为焦点。"我有气无力地说。

Devin答这可由不得我，当我签下合同时，就已经走上不归路。等这一拨一结束，刚好接上G的慈善溜冰义演，让我们联手把全球的眼光都吸引过来......

大概我的沉默泼了他一盆冷水，他收起自己的一厢情愿："好，我答应妳，圣诞假期不给妳安排任何活动。"

哎！也只能这样了，谁让我"人在屋檐下"呢？

我马不停蹄地参加各个电视和电台的访谈，甚至美食节目《Chinese Food in Minutes》也发来邀请，让我在节目上做一道中国菜。

天知道这跟我的小提琴演奏有啥半毛钱关系？但我还是小小恶补一下，做了一道鸡丝凉面交差（翠西说我表现得不错，除了芝麻油放多了之外）。

"妈咪，妳能在这上面签名吗？"这一天，艾米拿来一件8号的白T恤要我签名。

"Sweetheart, 那是衣服啊！"

"我知道，但学姐要我这么做，我不好意思拒绝。"

于是我大手一挥，签了。

没想到我这个下意识的动作，给自己和女儿带来了麻烦。

那名"学姐"把T恤往e-bay上一送，拍出了100英镑。艾米哭丧着脸回来，她说现在大到琴盒，小到卡片，学校学生都拜托她带回家让我签名，令她烦不胜烦。

我只好出面向老师求助，这才扼止住这股歪风。

慈善溜冰义演转眼来到，G用带着南方腔的普通话拜托我别拉得太好，免得她相形见绌。

我笑着说她多虑了，今晚的主角是她，没人会注意到站在角落的我。

话是这么说，但为了这场演出，我算卯足了劲儿，害怕稍有一点儿闪失而成为国际笑柄。

Devin也战战兢兢，他要我"鞠躬尽瘁，死而后已"，因为全世界有好几百万人会同时观看现场直播，害我紧张得手心出汗。

" Don't worry. You will be fine."我的化妆师边安慰我边在我的眼皮上涂金粉。

今晚的G穿上水湖蓝的紧身连衣裙，裙摆有小小的绒毛球，平添几分俏皮；我则选了Vera Wang设计的粉色曳地长裙，上面有层层叠叠的蕾丝和水钻，尽显浪漫。

虽然我是配角，但不知Devin使了什么招数，抓来了3个赞助商：MIKIMOTO提供了珍珠耳环、周大福给了头顶上的钻石皇冠，周生生则呈上了鸽子蛋。

"真好，有人赞助。"G走过来，上下打量我一番后说。

我告诉她自己也不想打扮得像芭比娃娃，无奈赞助商想搭顺风车……

"别忘了这是慈善义演，不是维秘的天价内衣秀。"她冷冷地丢下一句后，走了。

我想了想，G说的对，便把身上的珠宝全摘下来，Devin还因此和我小吵了一架。

～

我一出场，全场便静肃下来，仿佛进入录音间一样。

《My heart will go on》的前奏很长，一开始聚光灯全打在我身上，约莫20秒后，G出现了，此时大束光芒转而跟随她，但仍有一小束光圈围绕着我。

就这么着，我把荡气回肠的经典情歌拉得淋漓尽致，G也毫无失误地完成所有的动作，包括高难度的空中旋转3周半。

曲子拉完，G也以燕式转完美收官。我看到溜冰场上丢满了花束，那是对溜冰者的礼赞。

拿好小提琴，我走下表演台，谁知一群年轻人蜂拥而上，争着给我大大小小的花束和绒毛玩偶，让我一时错乱："他们是不是给错人了？"

Devin代我收下礼物，并让工作人员当人肉盾牌，隔开我和粉丝。

回到后台，我马上责问Devin是不是他搞的鬼？

"有部分是买的，但有一半以上是真爱粉。"

我老大不高兴，一场义演成了个人秀，G会怎么想？

果然G回到后台就没好脸色，对我的祝贺爱理不理。

"I will fly back home immediately. Someone here makes me sick."G对主办单位说她想马上飞回家，这里的某人让她觉得恶心。

我听了，心中有说不出的苦楚，事情发展至此，并非我愿。

～

G没参加义演后的小型茶会。

本来我也不想参加，但这一来让主办方很下不了台。在工作人员的苦苦哀求下，我只好勉为其难地出席，没想到正因为主角缺席，让在场的记者们纷纷将摄像机对准我，我有了不祥的预感。

果然隔天的报纸头条都是我的大头照，G被挤到角落不起眼处。

"干得漂亮！"Devin合上报纸满意地说。

只有我愁眉不展，像做了件丑事。

第七十三章/鸠占鹊巢

Devin 实现他的诺言，慈善义演后，除了两个以前约好的广播节目外，不再安排任何活动，直至明年的一月五日。算一算，我有整整二十天的假期，怎不令人雀跃？

"夫人，Devin对您真好，放您这么长的假。"翠西边帮我打包行李边说。

如果不是知道Devin很早就买好飞马尔代夫的机票，打算和"男"朋友在海岛做闲云野鹤，我也会认为他是个好人。

"妈咪，"女儿抱着她的绒毛玩具进到我房里，"明天就能看见'星星之眼'了吗？"

"嗯！"我将她抱上床，"我们到农庄过圣诞节，好不？"

艾米答好，去年我们也是在农庄过圣诞节，爹地还陪她玩《Ticket to Ride》的铁路游戏。

听她这么一说，我不胜唏嘘，没想到时间过得这么快，一年已悄然逝去，乔也失踪大半年了。

"爹地今年会陪我们过圣诞节吗？"艾米问。

这也是我想知道的。

我边将她的发辫打散边答不清楚，即使会，乔也会不动声色地给予我们惊喜。

"妳的意思是爹地正在农庄等我们？"女儿的眼中闪着光芒。

"呃……也许……可能……"我张口结舌。

她听了欢呼一声，说这将是最棒的圣诞礼物。

"艾米，妳妈妈说的是maybe, 不是definitely ,妳不要混淆了。"翠西出手相救。

谁知女儿答不是maybe, 是definitely, 因为她又接到爹地打来的电话。

"妳说什么？"我抓紧艾米，"爹地什么时候打电话给妳？说了什么？"

我的紧张吓到艾米，她支支吾吾地表示自从乔离家后，隔三差五会接到无声电话，几秒钟后挂断。某天她实在太好奇，便问电话那头是不是爹地？没想到那人咳嗽一声，声音听起来很像，从此她便认定无声电话是爹地打来的。

"为什么不早告诉妈咪？"我责备她。

"我……我怕告诉妳，爹地就不再打来，我……我要爹地……我想爹地，呜呜呜……"艾米哭了起来。

噢！小心肝~

我抱紧女儿安慰她，说自己也想念乔，所以激动了些，对不起。

待艾米平静后，我要了她的手机并且回打过去，然而奇迹并没有发生，电话响了好几声，依旧无人接听。

"让我看看是哪个号码。"翠西走了过来，我将手机递过去。

"这是Brighton的手机号，01273开头，不会错的，我姨妈也住那区，去年我到农庄帮你们煮完圣诞大餐还弯到她家打了声招呼。"她答。

Brighton? 我们的农庄也在 Brighton, 难道……难道乔真的在农庄里？

有了这个想法，我一刻也坐不住，恨不得插上翅膀飞过去。

翠西提醒我夜深了，乡村小路不好走，还是隔天再上路吧！

也对，有艾米在，她的安全我责无旁贷。

~

吃完早餐，我开着林肯上路。

下了M25高速公路后换上乡间小路，两旁尽是挂满枯叶的行道树，天很蓝，偶见远方有一幢幢的石屋矗立在覆雪平原上……

这不是经常出现在绘本及童话故事里的冬天景致吗？

"妈咪，爹地会在家里等我们吗？"艾米问。

"I hope so."

当看到"Welcome to Brighton"的指示牌，我转了个弯，往太阳升起的方向继续前进。

~

刚停好车，我看见驯马师慌慌张张从屋里跑出来，我老大不高兴，他怎么会有家里的钥匙？

没等我问，驯马师主动交待前几天有大风暴，橡树压坏了烟囱，他请人来修，修是修好了，但也因此得知烟囱里积了太多灰，若不及时清理恐有消防隐患，于是他又约了人清理烟囱。刚刚听到有车子驶入的声音，他以为是工人来了，所以急忙跑出来……

貌似完美的解释，却因说话者的眼神飘忽，外加额头冒出斗大的汗珠，让我心生疑窦。

"How did you get the key?"我问他的钥匙从哪儿来的？

他答乔给了他一份备用钥匙，以防有意外事件发生。

我又深深看他一眼，他低下头去，很不知所措的样子。

"You can go."我放一脸狼狈的人走。

他头也不回地离去，还因走得太匆促，差点儿跌跤。

和想象中不一样，屋內的灰尘不多且通风良好，得，清理时能少费点儿力气。

"妈咪，有鱼。"我刚把行李搬进屋便听到艾米喊。

"鱼？怎么可能？"

"是真的，有好多条。"

没等艾米说完，我已经看到角落有个中型水族箱，里面有海草和十几条观赏鱼，箱子上还搁着鱼饲料。

我快步走向厨房，水槽里有未洗的碗盘，流理台有使用的痕迹，转身打开冰箱，里面有满满的食物。

可恶！山中无老虎，猴子称大王，驯马师竟趁着主人不在，大喇喇地搬进來住，我气不打一处来。

"嘟……嘟嘟嘟……"听到手机响，我赶紧翻找我的包，不是，它没响。

"艾米，是妳的手机响吗？"我问。

"不是。"她掏出自己的手机以兹证明。

那么是谁的手机响？我寻声找过去，原来主卧室的床头柜上有一个没见过的银色手机。

"Hello."我喂了一声。

电话那头是烟囱清理工人，他说找不到路，我提示他怎么走后，他答十分钟后到。

挂上手机，我怒不可遏，驯马师竟然睡在我和乔的床上，恶心死了！

我迅速把屋内所有的被套和床单都丢进洗衣机里。

~

烟囱清理工人果然十分钟后抵达，我把家留给他，转身带艾米出门，不想两人都吸满一肚子的灰尘。

"妈咪，我们去哪里？"女儿问。

我答归还手机（实际上是"兴师问罪"去）。

~

驯马师看到手机，一脸茫然。

我责备他鸠占鹊巢，和行窃者无异。

他几次欲言又止。

"I don't want to see you again. You move out today."

见我炒了他，他只好答手机不是他的。

不是他的，是谁的？

驯马师再次吞吞吐吐，话绕了半天，还在原地打转，我决定打破砂锅。

基于他有难言之隐，我只需他点头或摇头。

"Got it?"我问他明白不？

他点头。

问题一：他是否住在大屋子里？他摇头。

问题二：是不是有人住在大屋子里？他点头。

"Is it Joe?"我问是不是乔？

他听完后神色慌张，既不点头也不摇头，难道真的是乔？

我接着问："Where is Joe?"

驯马师踌躇了一会儿，眼睛望向东方，那是海的方向。

乔在海边？

我牵起艾米的手，快步走向马厩。

第七十四章/久别重逢

还没走进马厩，我就听到此起彼落的嘶鸣声。

在那里，除了"合家欢"，我还看到另外两匹健壮的马，独缺"星星之眼"，谁骑了它？不言而喻。

我把白马牵出来，其他两匹马因此有了骚动。

"妈咪，我喜欢小马，我们骑'合家欢'好不好？"艾米问。

"我也想骑'合家欢'，但它才1岁多，我怕它承受不了两个人的重量。"我答。

～

雪虽然停了，但冬天骑马绝对不是一件浪漫的事。

我把艾米裹得严严实实的，并且尽可能地让马"慢跑"，虽然想见乔的心迫不及待。

奔驰在白雪皑皑的平原上，洁白的积雪银光耀眼，风声萧萧，倍感孤寂。我忽然心疼起乔，半年多以来我还有艾米相伴，他却孑然一身，很难想象他是怎么度过那些漫漫长夜。

当海涛声由远及近传来，我知道翻过前面那座山丘即是大海，心开始扑通扑通地跳。

"前面就是大海了，艾米，快祷告爹地在那里。"我喊着。

艾米随即口中念念有词："亲爱的天父……"

我大喝一声，脚跟踢向马腹，一鼓作气越过山丘。

阳光照在波光粼粼的海面上，像给水面铺上了一层闪闪发光的碎银。沙滩被雪覆盖了，但海依旧是活的，潮来潮往，像人生亘古不变的轨迹。

艾米跑向那个瘦高的人影，他戴着一顶黑色毛呢帽，身上穿着同色羽绒服，脚裹深褐色皮靴，正将眼光投向我们。

"爹地～"艾米喊道，扑向他。

那男人弯腰将她抱起，和她亲了又亲。

我像个木头人似地杵在原地，不知该向前还是后退，倒是白马踱步走向"星星之眼"，并在它耳边厮磨。有那么一瞬间，我怀疑白马正在告状，说我大冬天还把它牵出来，一点儿都不体贴。

那对父女叙旧够了，我看见艾米用手指向我，心中顿时小鹿乱撞，乔……还会理我吗？在我做了那么多、那么多的错事后。

"妈咪，"艾米喘着大气跑向我，"爹地要妳过去。"

乔要我过去而不是他走过来，为什么？

"快去！"艾米推了我一把。

我往前跨了两步后停下。

"艾米，妳陪妈妈走过去好吗？"

"不行，妳得自己过去，爹地有悄悄话告诉妳。"

悄悄话？什么悄悄话不能当着艾米的面说？该不会……

"别怕，爹地不是老虎。"

女儿说着笑话，我却笑不出来，只能怀着忐忑不安的心往前走。

"Hi."我努力挤出一张笑脸。

乔不看我，他看着大海，所以不知道我的笑有多苦涩。

"妳现在是名人了，到处都有妳的影子。"乔说，声音里听不出喜怒哀乐。

"那是因为信用卡的副卡被喊停，而我和艾米得吃饭。"

奇怪，明明在描述事实，到嘴边却成了控诉。

乔显然在意，他很快做出解释。原来他看中一处高档公寓，预备买下当我们的新家，后来他被解聘，风声传开后，原屋主怕他付不出房款，打算转卖给别人。乔好说歹说，那屋主才没变卦，但开出必须支付50%首付的条件，没想到信用卡开卡银行因而怀疑他恶意套现，所以冻结了银行账户……

"不过是一栋房子，只要家人在，哪里不是家？"我说。

"我现在是穷人了。"

"没事，"我握紧他的手，"钱再赚就有，只要你回来。"

他放开我的手说回不去了，是时候放我去寻找幸福。

"没有你，我还有什么幸福可言？"

乔答有，薛佳仁就能给予我幸福，他是成功的商人，况且我和他走得近。

"乔，你听我说……"

"以前有钱时留不住妳的心，更不用说现在的我穷途末路、寅吃卯粮，当然更留不住妳的人，我累了，玩不起感情的游戏。"他叹了口气，"沙丽说想要牛顿街的公寓及原本买给妳的两辆好车，我全答应了，因为心中有愧。至于妳……我把农庄留给妳，马我已经卖了，明年初会有人上门取。卖马的钱我留一半给妳，这是我能给予的最大限度。"

我拼命摇头，说自己不在乎身外物，心中爱的人是他，不是别人，薛佳仁不过是"发乎情止乎礼"的朋友罢了……

"贝，"他捧起我早已泪花的脸，"相信我，妳不会爱一个无用之人，半年多来我的求职信石沈大海，没有一家公司愿意雇用一个有坏记录的人，即使流言只是空穴来风。"

"不～"我抱紧他，"别人不要你，我要你，我可以拉琴养活你和艾米，求你，求你不要离开我们。"

我哭得声嘶力竭、肝肠寸断，而乔只是拍拍我的背，甚至连一个拥抱也没有。

～

和去年一样，乔向附近的农民买了小松当圣诞树，装饰品还在，没一会儿的功夫便把树打扮得有模有样，很有过节的气氛。

"我载艾米到镇上采买食物和日用品，妳需要什么？"乔问。

此时锅里的蔬菜汤正炖着，面包机里的面包正在发酵，洗衣机里的衣服正在洗，我一时走不开。

"买只火鸡吧！圣诞节总得应应景。超市的半成品也买一些，我的厨艺不佳，但弄熟食物倒不难。"我说。

他笑笑答好，又问我想要什么圣诞礼物？

呃……这是怎么回事？往日的浪漫哪里去了？

我苦笑着说什么都不要，买完东西早点儿回来。

听见车子驶离的声音，我走向窗口，福特的车尾巴喷出一长串的白烟，很像动画片里的情景。

我忽然忆起乔的奔驰车，他一向非好车不开，什么时候换成了福特？

其实不用他明说，经济上的窘状我早已注意到。食物不再选择昂贵食材，衣服不是H&M就是Marks and Spencer，都是大众款式和平民价格，再也不是阿玛尼或Boss品牌。

我给自己泡了杯黑咖啡，咖啡香加上面包和汤的香气，任谁都会觉得这是个温馨时刻，而我却像吸了雾霾，胸口闷得难受。

昨晚艾米腻着她的爹地，非要他讲睡前故事不可。我趁机洗了个香喷喷的热水澡，然后躺在床上等乔，半天没等到人，我还因此小睡过去，等我醒来，已是凌晨一点多。

我下床走到女儿房间，她正睡得香甜。

没看到乔，我逐个房间找过去，终于在朝东的房间内找到他，他正和衣而睡，眉头紧锁，像有什么烦心事。

我蹑手蹑脚地钻进被窝里，从后拥抱他，再次闻到乔的体味，我感到幸福。

"贝，回妳房间睡觉。"他下令。

"我不要，就想和你睡。"

乔翻转身来，将我往外推："太热了，妳抱着我很不舒服。"

太热了？这屋的设计是太阳能取暖，好处是节能，坏处是越到夜里能量越显不足。好比现在，虽然不冷，但离太热还很遥远。

"我很冷，抱抱我。"我一面说一面又靠近乔。

许久不见，我希望靠"主动示好"拉近彼此的距离。

没想到乔完全不留情面，他大力掀开被子下床，说他到向北的房间睡，那里比较不热。

被自己的老公拒绝，尤其在分开大半年后的第一个夜晚，我感到费解与受挫。

～

喝完咖啡，面包也出炉了，我赶紧把它从机器里拿出来放凉。此时的汤正好，热气卟卟卟地往外冒，让人心生喜悦。

我转身将洗好的衣服晒在阳光下，薰衣草的洗衣液味道很好闻。晒完衣服，一进屋就听见车子驶近的声音。

"妈咪，我们买了好多东西。"艾米一下车，兴奋地喊道，小脸颊红扑扑的。

我帮着把采买回来的东西一一归位，乔果真买了半成品食物及日用品，独缺我要的火鸡。

"火鸡呢？"我问。

"客人说会带过来，所以我没买。"他答。

客人？什么客人？

乔解释明晚是圣诞夜，他请了两位客人和我们一起用餐。

他仍然没说请了谁，让我心生疑窦。圣诞夜通常是亲人团聚的时刻，有谁会到别人家做客？难道……难道是赖音如与何一凡？

想到何一凡对他表姐的行踪感到怀疑，我又知情未报，突然很害怕看见他。再说了，圣诞节晚餐不一般，一下子需要煮五个人的大餐让我倍感压力，不想佳节成为梦魇一场。

"客人说了，明晚的圣诞大餐由他们准备，省去妳的麻烦。"乔仿佛有读心术，读出我内心的担忧。

见赖音如与何一凡如此贴心，我顿时松了一口气。

"妈咪，我肚子饿了。"艾米拉着我的衣袖说。

我赶紧招呼两父女坐下。

英国的午餐通常很简单，蔬菜汤加烘焙面包，没人会觉得寒碜，我也不用因此感到内疚，毕竟这是少数我拿得出手的菜肴。

第七十五章/急转直下

我没想到乔口中的客人竟然是薛家兄妹。

当薛佳仁把大大小小的食材搬进屋，包括一只中号火鸡时，我着实愣了一下。

"我以为中国城在圣诞节照常营业。"我抚着柚木大门问。

"的确照常营业，"他说，顺便递给我一瓶红酒，"八二年的波尔多葡萄酒，我藏了好多年，一直舍不得喝。"

他依然没回答我的疑问，倒是另一个人代答了。

"我哥一听说要来见妳，马上把餐厅撇下，也不管每年的这个时候生意正好，忙都忙不过来。"薛佳琪走过来，手牵着一个头顶莫西干发型的小男孩。

" Merry Christmas, auntie."那男孩说。

想不到一转眼的工夫，杰夫已经长这么大了。

" Merry Christmas."我也祝他圣诞快乐，并且唤来艾米。

艾米一看到弟弟，笑开了脸，主动接下保姆的工作。

两小孩一走，薛佳琪也跟着进屋，对我视若无睹。

薛佳仁搬完最后一箱东西，他走过来祝我圣诞快乐。我也把同样的祝福送给他，但眼光落在别处，因为我看见薛佳琪给乔一个熊抱，整个人挂在他身上。

"昨天忽然接到乔的邀请，才知道你们团圆了，妳真不够意思，找到人也不通知我一声。"薛佳仁抱怨。

我解释我们也是两天前才重逢，来不及通知任何人。

说完，我再度回头，那两人却不见了，不知上哪儿去。

"能当我的下手吗？我一个人忙不过来。"他说，露出一口洁白的牙齿。

我答好，转身去找围裙。

农庄有个大厨房，锅碗瓢盆俱全，办一桌酒席绰绰有余，而且视野开阔，从窗户往外看，能远眺群山。

我早知道薛佳仁有好手艺，今天总算大开眼界。

他把火鸡洗净后，在肚子里塞满馅料，然后送进烤箱里。

"需要烤3～6小时，而且每隔一段时间要用特制的吸管吸取流在烤盘中的汁液，将之淋在火鸡的表面上，接着再烤，这个步骤叫做 basting，重复几次后，才算大功告成。"他说。

趁着火鸡在烤，今晚的主厨开始擀面皮准备做 Mince Pie，同时交给我一个任务—把水果干和坚果全切碎。

Mince Pie翻译成中文是碎肉派，但实际上却是甜馅饼，直径约5到8厘米，是圣诞节的标配食物。

"好奇怪，Mince Pie里面竟然没有碎肉，既然没有碎肉，为什么叫Mince Pie?"我提出疑问。

薛佳仁解释以前的Mince Pie的确有碎肉，但到了维多利亚中期，碎肉便不再出现，反而以水果干、坚果和香料替代，不过牛板油依然使用，算是保留了一点儿"肉味"。

我把切好的干果上缴，薛佳仁又加入肉桂、肉豆蔻、丁香和果酱，然后放进小锅里熬煮。当然，搅拌及包馅的工作又落在我身上，因为大厨得忙着做其他食物。

我边搅拌边往外看去，此时乔和薛佳琪已走到屋外，他们似在争论什么。

"我不知道你妹和乔有那么多话可说。"

"自从他失踪后，我妹急得像热锅上的蚂蚁，找人成了最重要的事，而且神神秘秘的，不知葫芦里卖什么药。"

我忽然忆起乔曾说过薛佳仁是成功的商人，而我又跟他走得近……难道是薛佳琪告诉他的？

"妈咪，"艾米走进厨房，后面跟着杰夫，"杰夫说想玩游戏机。"

我赶紧洗了手到客厅找机子，又应孩子们的要求，陪玩了一阵子，理所当然地把厨房的工作扔给客人。

薛佳仁发给每个人一顶圣诞小帽，并在水晶杯里斟上他珍藏多年的红酒，孩子们喝的当然是果汁。

"Merry Christmas!"薛佳仁领祝贺词。

这让我多少有些不舒服，虽然他准备圣诞大餐有功，但屋主是乔，理应由乔领祝贺词才对，但显然后者并不在乎，他和我们一起举杯喊"Merry Christmas!"，非常卖客人面子。

此时长桌上摆放着垂涎欲滴的佳肴，除了烤得金黄的火鸡及我做到一半临阵脱逃的甜馅饼外，还有圣诞布丁、熏三文鱼、蛋奶酒、球形甘蓝、扇贝奶酪及腌制火腿。

"你开的是广式餐厅，没想到西餐也做得棒！"乔赞美，看得出说的不是溢美之词。

"不瞒你说，我打算在英国开家西餐厅，地点选好了，就在Belgravia区。"薛佳仁答。

Belgravia区属于伦敦繁华地带，租金非常昂贵，如果不是实力过硬，很难盈利。

薛佳琪不知是褒还是贬地说她哥赌性强，看准的事，砸锅卖铁也做。

"别说了。"那个有些尴尬的男人出口制止。

"有本事做，还怕人说？"薛佳琪转而面向我和乔，"你们应该看看他在牌桌上的架势，一出手就是一万英镑，把老英的眼珠子吓得差点儿掉出来。"

原来伦敦有个"大使赌场"，采会员制，每年的年费高达25,000英镑，出入者都是顶级富豪，薛佳仁也屁颠屁颠地缴了年费。

"这样好吗？十赌九输，万贯家财也禁不起豪赌。"我很担心。

薛佳仁要我放心，他已订下止损线，超了肯定不玩。

"贝贝，妳管管他吧！他现在就只听妳的话。"薛佳琪难得肯定我。

我答我有什么资格管？他若不自觉，旁人就算说破嘴也没用。

"妳怎么没资格管？你们不是早已戳破那层窗户纸了？"

我听了心里喀噔一下，马上转头看乔，他正低头用叉子戳着火鸡肉玩，看得出心情不佳。

薛佳仁带着怒气要自己的妹妹别红口白牙地乱咬人。

"我可没乱说，大嫂不是因此而加重病情吗？"

"够了，"薛佳仁气呼呼地起身，"妳到厨房来，现在！"

薛佳琪鼓着腮帮子，心不甘情不愿地跟着离席。

走了薛家兄妹，可怕的沉默像流沙似地蔓延开来，只有孩子们还眉开眼笑地吃食，丝毫感觉不到大人间发生的风暴。

"那个……很久很久以前的事，在澳大利亚……"我困难地说。

"别解释了，"乔举起酒杯，"我说了放妳去寻找幸福，cheers."

他一饮而尽。

噢！不，没有你，我不会幸福。

然而乔听不见我的心声，他转头和两小孩话家常，还说了个笑话，只见艾米和杰夫笑得人仰马翻，而我却笑不出来，心像被万针穿过般的难受。

"爹地，妈咪说你前阵子去了中国，那里好不好玩？"女儿突然问。

乔对我投来意味深长的眼神，谎言被识破，我羞愧地低下头去。

"那里很好玩，也许过几天我还会再去。"

艾米问可不可以也带她和妈咪一起去？乔答不可以，因为那里有会吃人的小矮人。

听完，我的心跌入谷底，这是间接告诉我，他又将离我们而去。

噢！乔，千万别把我想成人尽可夫的可恨之人，现在我心只有你，没有别人，难道你看不出来？

夜深了，薛佳仁仍执意开车回伦敦，我们没有挽留，连客

套话都没说，倒是艾米不明所以地问："能不能把弟弟留下来？我答应了给他讲睡前故事。"

"那正好，我哥担心餐厅，让他先回去，我和杰夫留下来。"

"不，"薛佳仁虎着眼，"你俩都跟我回去。"

"我才不，"薛佳琪撇开脸，"这时候回去是笨蛋，你准秋后算账！"

为了缓和剑拔弩张的气氛，我只好把闯祸的人留下，薛佳仁气得拿上车钥匙走了。

~

薛佳琪选了朝东的房间，那里有张KING SIZE的大床，她把两个小孩都带过去。

"你别走，"看见乔正往朝北的房间走去，我抓住他的臂膀，"让薛佳琪发现我们分房睡，她会怎么想？"

我的眼眶里满是祈求。

乔深看我一眼后，答："那……好吧！今晚跟妳睡。"

我没想到事情急转直下，让人惊喜。

见他主动走向主卧室，我赶紧跟上。

第七十六章/任性的玫瑰

乔问我能不能把时间倒退到遇见林男之前？

"我读八年级时遇见林男。"我说。

"那么就倒退到妳读七年级时，那时妳几岁？"

我想了想，答13岁。

乔说我13岁时，他正好23岁，日期就订在情人节2月14日，地点在小阁楼里。

我问他为什么选在阁楼里？

"因为油画在那里，"他手指房间角落，我转过去，什么都没有，"天花板吊得很低，我们得伛偻着背行走。"

他牵起我的手，弯腰走了两步后说："还是坐下吧！弯腰走路很不舒服。"

我感到迷惑，乔在玩情境游戏吗？虽然幼稚，但我不愿在有转机的情况下拂了他的意，所以非常配合地与他席地而坐。

"空气有点儿闷。"我演得有模有样。

乔说把窗户打开就没事，他站起身来还不忘弯腰，我因此判断阁楼约有一米五高。

"好点儿了没？"

"嗯！好多了。"

他重新回到我身边坐下，我们一同凝视着不存在的窗户。

"月亮很圆。"我说。

"嗯！的确很圆，星星也很亮。"

我说我看到猎户座了，乔问在哪里？我指向右手边。

"我看到了，β星很亮，像钻石般璀璨，但妳的眼睛更亮，像夜明珠。"

我呵呵一笑，说他太夸张了。

"一点儿也不夸张，妳的一切都是美好的，是我活下去的勇气和动力。"

听他这么一说，我再次燃起希望，借力使力，要求他带我回家。

"我会的，"他握紧我的手，"我们一起回家。"

我又看到他眼中流露出的爱意，遂主动吻他，乔也给予我热情的回应。

当他动手解开我的前襟时，我很想告诉他今天不是安全期。

"嘘～别说话。"乔呢喃着，翻身将我压在地上。

没想到好时光不过是一宿的时间，隔天天一亮，乔又对我异常冷淡。

吃过简单的早餐，他急着送薛佳琪和杰夫回去，即使那两人表现出消极的态度。

"爹地，我也想和弟弟去伦敦。"艾米说。

"不行，"乔蹲下来亲了她脸颊，"也许……下次吧！"

我等乔也给我一个吻，但他的眼光从我身上飘过，转身去拿车钥匙。

"昨天的火鸡肉还在，中午吃火鸡肉三明治可好？"我对着他的背影问。

乔答好，不知是不是我多心，他的声音听起来冷冰冰的。

福特车开走后，我赶紧入厨房做面包，今天打算做全麦口味的，加入核桃更美味。

从 Brighton 到伦敦往返约六个小时，我预计乔会在下午两、三点回到家。怕艾米等太久肚子饿，我先做给她吃，自己则等着乔，然而一直等到晚餐时间仍不见良人的身影，打他的新旧手机号都无人接听，于是我一通电话拨给薛佳仁。

"薛佳琪到家了没？乔到现在还不见踪影。"我说。

"我妹回来了，也许妳问她比较清楚。"

等了一世纪才等来一个不耐烦的声音。

"我们中午就回到金凤餐厅，我留他吃中饭，他说有事忙，一刻也没停留。"她答。

我问乔有什么事要忙，她没好气地反问："我怎么知道？"

无端碰了一鼻子灰，正想挂断，那个阴阳怪气的女人突然说床头柜里有乔给我的东西。

"妳怎么知道？"我问。

"哈！我怎么知道？因为我有千里眼。"

我懒理脾气乖张的人，匆匆挂上手机后，我往主卧室的方向走去。

二十几沓的粉红色票子亮瞎了我的眼，哪里来的这么多钱？我又拨打乔的手机号。

"妈咪，"艾米开门进来，"妳在干嘛？"

"我打电话给爹地，他许久还未到家。"

"不用打了，爹地去中国了。"

我一听吓得差点儿拿不住手机。

"谁告诉妳的？"我急急问。

"当然是爹地，他说如果妈妈问起，就答床头柜里有钱，还有，明天有人会来取东西。"

原来乔上车前曾和艾米说悄悄话，还叮咛她等太阳下山后才能转告妈咪。

我听了欲哭无泪。

昨晚乔还和我行周公之礼，今天却人间蒸发，叫我情何以堪？

"宝贝儿，妳能把桌上的三明治吃掉吗？妈咪累了想睡觉，不想做晚餐了。"我意兴阑珊地说。

女儿答没问题，反正冷掉的三明治也很好吃，还要我安心睡觉，她会刷完牙再上床。

我对她微笑，说她懂事，是个大女孩了。

等艾米一走，我马上卸下武装，哭得撕心裂肺、涕泗滂沱，又因害怕女儿听见，刻意压低声音，其中的苦只有自己清楚。

前后三天，我从地狱到天堂，再从天堂坠回地狱。乔给了我三天的幸福，却要我用未来无数个夜晚去思念他，这不公平，上苍为何待我如此残酷？

我哭了又哭，把眼睛都哭肿了。

"嘟……嘟嘟嘟……"听到手机响，我慌忙去接，以为是乔打来的。

"喂，Hello, 喂，喂……"听不见对方说话，我心急如焚。

"乔回家了吗？"原来是薛佳仁，我顿时泄了气。

"没。"我答。

他问我怎么了？声音怪怪的。

"乔又走了，留给我一柜子的钱，我不要钱，只要人。"

说完，我又泪如雨下。

"别哭，我这就过去。"

我阻止他来，说自己想静一静。

他没啰嗦，让我有些意外。

挂上手机，我又趴回床上，任泪水决堤。

艾米来喊我时，我才知道天亮了。

没心情准备早餐，我让艾米吃谷物充饥，自己则忙着梳洗。

女儿问我为什么不吃早餐？

"Honey, 妈咪不饿，妳吃就好。我上马厩一趟，待会儿回来。"

乔给我钱，又说今天会有人来取东西，显然他给我的是卖马所得，所以我想趁新马主上门前和马儿告别。

一打开门，寒风直扑而上，我看到不远处有一辆披上雪衣的座驾，看样子已经停在屋外好几个小时了。

"早，贝贝。"薛佳仁下车和我道早安。

"谁让你来了？"我一股气上来，"不是要你别来吗？"

他答没人让他来，是他自己想来，知道我难过，他一夜难眠。

"我一点儿也不感激，若不是你，乔不会走得这么绝然，说到底，是你赶走了乔。"

"贝贝，妳得讲讲道理，当初我们……也是妳情我愿，把责任全推到我身上，公平吗？"

我当然知道自己才是赶走乔的罪魁祸首，之所以这么胡搅蛮缠，无非想找个人垫背。

"我不管公不公平，反正你得负责。"

"妳真任性，"他摇头，"换作别人，早拂袖而去。"

薛佳仁说的没错，我是任性，所以深受其害，如今乔和林男都离我而去……

"我就是任性，你走吧！我不介意再失去一人。"

他苦笑着说："从小我和我妹就没心平气和过，不过她倒说对了一点，我看准的事，虽千万人吾往矣。"

我问他什么意思？

"没什么，"他打开车门，"妳想上哪儿？我载妳去。"

第七十七章/一曲诉衷情

马厩不远，走路就能到，但我不知道哪根筋不对，上了车便改主意，硬要薛佳仁带我去找乔。

"我怎么知道他在哪里？"他很无奈。

"我不管，你肯定有办法。"我把担子一扔，让别人烦恼去。

也许潜意识中我就想激怒不相干的人，因为自己的郁闷无处可发。

薛佳仁真是好脾气，他没责备我，只是叹了口气，然后脚踩加油器上路。

我要薛佳仁带我去找乔，他却风尘仆仆地将车开回金凤餐厅，此时正是中午用餐时间，等位的人已经排到大街上。

"你这是干嘛？"我问。

"帮妳找乔。"他下车，排开人群走入餐厅。

约莫过了一刻钟，他重新回到车上，扔给我一个手机。

"我妹的手机。"不等我问，他直接给了答案，"她一向将手机放进大衣里，感谢餐厅内放足暖气，她把大衣脱下放进员工衣柜里，我三两下就开了衣柜门。"

这么说是哥哥偷了妹妹的手机，我问为什么？

薛佳仁答他怀疑他妹与乔有联系，查看短信也许有助了解乔的去向。

说的也对，我赶紧查看。

"这……锁住了。"看见输入密码的提示，我很气馁。

没想到薛佳仁报了个号，果真解锁。我说他太厉害了，薛佳琪在他面前简直毫无秘密可言。

"那个……是某人的生日日期。"他有些尴尬地说。

我愣了一下，原来薛佳琪一直难忘乔，连密码也设定他的生日数字。

"呵呵！至少这个世界上除了我之外，还有另一人也记住乔的生日了。"我打哈哈。

～

偷看别人的手机是不道德的，但我别无选择。

不看不知道，原来好几个月前薛佳琪就找到乔。当乔无助时，她不仅扮演心理咨询师的角色，也短暂接济过他。

"你妹一定很开心看我焦急的模样。"我边翻看短信边说，心中冒起无名火。

"也许乔不让说。"

这也不无可能，但我更相信"最毒妇人心"这句话，即使乔没阻止，薛佳琪也不会主动告诉我行踪。

"找到了没？"薛佳仁问。

我答没有。

他转而要我看微信，果然內容就丰富多了，我马上找到两人的对话。

琪：昨晚你住哪里？

乔：随便一家小旅馆。

琪：钱够吗？

乔：够。

琪：你不应该给贝贝钱。

乔：不用妳管。

琪：下午五点多的飞机，我两点钟能去送机。

乔：别来，来了也不见，就到此为止吧！我们有缘无份。

琪：你好狠心……

以下是薛佳琪的独白，像打出去的乒乓球无人接，因为乔已不再回复。

下午五点多的飞机，薛佳琪说两点能去送机，那么肯定是希思罗机场了。

"快，我们马上出发！"我兴奋地说。

相较于我的欣喜若狂，薛佳仁却是一脸哀戚。

"希思罗机场有多大，妳又不是不知道，乔飞的是国內航班还是国际航班？搭的是哪家航空公司？下午五点多起飞的飞机多了去，妳这不是大海捞针吗？"他皱起眉头说。

我答即使大海捞针也得捞，因为我不会放弃任何希望。

"那我呢？妳把我摆在什么位置？"他痛苦地问。

我知道薛佳仁一向待我极好，但……如同乔对薛佳琪说的，我们两人也是"有缘无份"。

"如果不愿载我去机场，我搭出租车去好了。"

"当然是我载妳去，妳知道的，我愿为妳做任何事，即使是打落牙齿和血吞。"

～

希思罗机场是全英国乃至全世界最繁忙的机场之一，共有五个航站楼，薛佳仁问我去哪个？这真是个大难题。

"嘟……嘟嘟……"当我们举棋不定时，薛佳琪适时打来电话。

"What？"薛佳仁按了免提，好让我也能听到彼端的谈话。

"有没有看见我的手机？"她问。

"没有。"他斩钉截铁地答，"对了，气象报告说今天傍晚有大暴雨，部分航班因此延误起飞，还好我们没选在这个时候出遊。"

"延误起飞？……包括英航吗？"她突然问。

薛佳仁答不清楚，具体得看飞哪里。

"飞中国。"

"中国有好几个城市，妳说的是哪个？"

"算了，当我没问。"

薛佳琪大概闻到不寻常的味道，很快挂机。

知道乔将坐下午五点多飞中国的英航航班，我即刻上网查。

"五号航站楼。"我答。

五号航站楼是英国航空的专用航站楼，位于机场的西部，有独立的出入口，其候机厅有个巨大的拱顶，拱顶之下没有一根柱子，曾被评为世界十大建筑奇迹之一。

飞往中国的班机已经开始值机，分布在好几个柜台，我和薛佳仁以跑百米的速度找人，却仍分身乏术。

"不，这样不行，人群一直涌入，"他大口喘气，停了一会儿，突然灵光乍现，"对，关口，我们守住关口就行，他总得入关口才能登机吧？！"

哎呀！怎么没想到？我们赶紧直奔关口。

时间一分一秒地流逝，都四点了，还不见乔的身影，难道他不飞中国或者已经入关了？

我心急如焚。

"看样子没希望了。"薛佳仁首先举白旗。

不，绝不能让乔登机，他一登机，天涯何其大，叫我如何寻觅？

" Excuse me."

看见一位女子提着小提琴走过来，我赶紧唤住她，说自己很想拉一首曲子送给远行的朋友，问能否借她的琴用用？

" Are you ……that girl?"她问我是不是那女孩？

换作平日我会加以否认，但今日不同，我忙不叠点头。

果然名人效应就是不一样，我如愿借到琴，那女子还站在一旁，一副洗耳恭听的模样。

"借琴干嘛？"薛佳仁在一旁小声问。

"向老公诉衷情。"我边答边思考该拉哪首曲子。

乔曾说过我的眼睛像星星，那么就拉《小星星变奏曲》吧！

该曲的作者是莫札特，他在法国歌曲《妈妈请听我说》的基础上创作了12段变奏，中国耳熟能详的"一闪一闪亮晶晶，满天都是小星星……"即为此变奏曲的主题。主题的节奏和旋律非常质朴简单，宛如儿歌，但变奏就丰富多了，有华丽、有庄严、有轻快、有柔缓，很考验演奏者的功力。

听见有人拉琴，群众很快聚集起来，我边拉边祈祷乔能听见并且向我走来……

" Stop playing, young lady."

乔没来，反倒穿着深色制服的警卫来了，他们要我马上停止拉琴，显然在机场内拉琴是不被允许的，但我充耳不闻。

久闻挑战英国公权力是极其愚蠢的事，果然马上就尝到苦果。只见警卫一把将琴夺下，并以擒拿术将我反手压在地面上，我还能听到手骨喀呲一声，糟糕！是不是骨折了？

薛佳仁还来不及抱怨，另一人已抓起压在我身上的警卫，一出手便击中那人的鼻梁，顿时血流如注。

"乔～"我大喊。

第七十八章/甜蜜进行曲（完结篇）

在警卫室里，乔像做错事的小学生，轮番被几个穿制服的人训话。那位被击中鼻梁的警卫已做了简单的包扎处理，鼻头上敷着一块大纱布，像个小丑似地坐在一旁。

等他们都发泄完毕，乔才不急不徐地说他不允许有人对他的太太动粗（即便只是一根小指头）。他的反击，正确地说是"正当防卫"，不是袭警，如果他们硬要以此罪名逮捕他，他只好上法院控告他们"不正当使用公权力"。

乔用"An eye for an eye and a tooth for a tooth."替"正当防卫"下注解。

我看见警卫们开始交头接耳，很快分成鸽派和鹰派，前者略占上风。

见事情有了转机，我灵光乍现，适时喊疼。

"怎么了？贝贝。"薛佳仁关心地问。

我抚着右手手掌，呜呜呜地哭起来。

"妳怎么了？"乔还是站起身走向我。

"手骨骨折了。"我答。

其实这不算谎言，那个粗鲁的警卫真的把我的手给弄疼了。

乔小心地将我的右手掌捧起，掌背果然肿了，他气得想找那个小丑算账，被我给拦住。

鸽派人员见状，马上像送瘟神出门似地要我们赶紧上急救中心，就在走廊尽头左转处。

～

走到走廊尽头，我却拉着乔往右。

"不是那里。"他提醒我。

"跟着我就是。"

此时薛佳仁已不知去向，我和乔一直走到出租车等候区。

"贝贝，妳到底想干什么？妳的手需要看医生。"

我答他就是我的医生，只要和他在一起，什么病痛都会烟消云散。

"不行，我们已渐行渐远，妳有妳的康庄大道，我有我的羊肠小径，妳不会喜欢一个无用的丈夫……"

我要他别想太多，就算他当奶爸也OK，我能养活这个家，艾米也……

提到女儿，我煞时绿了脸，从早上出门到现在，我就没回去过，把一个七岁小孩独自扔在家里长达十个小时。

"贝贝，快～"乔将我塞进出租车内，也不管排队的人群已经闹翻天了。

"Brighton, please."我急急对司机说。

那名印度裔司机听了纹风不动，反而粗声粗气地赶我们下车，因为插队可耻，而且 Brighton 太远，不在他的服务范围内。

乔立马说加钱，他仍无动于衷，我只好以母亲的身份哀求他，说孩子一个人在家，我们心急如焚……

" Fasten your belt." 那个面恶心善的好人立马要我们系好安全带。

我和乔赶紧照做。

~

出租车一停妥，我马上跳下往屋里跑。

已是晚上九点，屋内漆黑一片，我开了灯，嘴里喊着艾米，回复我的却是死寂一片。

我一个房间一个房间找去，楼上楼下狂奔，依旧没有那个可爱的身影。

" Oh dear，where are you? " 我泣不成声。

"贝贝，妳坐下，"乔将我扶坐在沙发上，"告诉我，最后看见艾米是什么时候？"

什么时候？

今天一早我没心情准备早餐，便让艾米吃谷物充饥，自己则出门，想在新马主上门前和马儿告别，没想到在屋外碰见薛佳仁，然后就有了然后……

"这么说已经过去十几个小时了，儿童保护组织完全可以控告我们疏忽照顾孩子。"乔深锁眉头。

"我知道，是我的错，我是个多么不合格的母亲，千刀万剐也不为过。"我趴在沙发上哭得肝肠寸断。

男人总是比较果断，乔立马拿上车钥匙。我问他去哪里？他答去找驯马师，也许会有线索。

对啊！驯马师也住在农庄里，他的小木屋紧挨着马厩。

"我跟你去。"我赶忙站起。

乔要我待在家，也许艾米会突然回来。

想想也是。

"把手机开了，有消息随时通知我。"我叮嘱他。

~

乔来电说驯马师也不知情，但给了一条讯息：今天中午有人上门取马，他要新马主先跟我们打声招呼，没想到那人一去不复返，四匹马还好好地待在马厩里。

这么说，马匹的新主人很可能知道艾米的行踪。

"买主是爱尔兰人，为了取马，昨天晚上已经来到 Brighton，我还推荐镇上的酒店给他。"乔说。

"太好了，知道去处就好办。"

"但是他为什么不接电话呢？"乔喃喃自语，瞬间又将我重摔在地。

"怎么办？"我坐立难安。

乔要我别担心，他这就到镇上走一趟。

~

等待像一把利刃，分分钟凌迟着我。我很想打电话给乔，又怕得到不好的消息，不是说"没有消息就是好消息"吗？我宁愿怀着希望，也不愿提早失望。

当车声从远而近传来，我从沙发上跳起直奔大门。

"妈咪～"门一打开，女儿直扑我怀里。

"艾米，"我高兴地掉下眼泪，"妳去哪里了？妈咪担心死了。"

她答老爷爷带她去湖上溜冰，还带她去吃肋排，吃得满嘴都是酱汁。

"Abel 把我骂惨了，"乔插话，"他说我怎么舍得把这么可爱的女孩丢在家里？万一被大野狼吃掉怎么办？"

我拭去泪水答："那么我们就拿上长管猎枪追狼去，再将它开肠剖肚救出艾米。"

女儿听了，呵呵呵笑着，说大野狼真可怜，偷鸡不着蚀把米。

"艾米怎么知道那句谚语？"乔惊喜地问。

我将他身后的大门轻轻关上："待会儿让我在床上慢慢告诉你。"

～

如果时光能够倒流，我会选择少走弯路，然而生命无法重来，所以我一路跌跌撞撞……

在我的软磨硬泡下，乔重新回到我们的小家，薛佳仁则拉着他的妹妹淡出了四人世界。

我们的马一匹都没卖，钱退还给Abel，另外又付了违约金。虽然养马的费用巨大，但只要它们能在比赛中胜出，这点儿投资还是值得的。

一切仿佛又回到了原点，只是每当夜深人静时，我偶尔还会听到钢琴声，忽远忽近，如泣如诉……

～

"妈咪，我可以骑'星星之眼'吗？"艾米推开窗户，望着前方的马儿说。

"不行，妳还太小。"我答。

"可是……'星星之眼'想要我骑它。"

我望向窗外，那匹马儿果然像个过动儿，来回踱步，非常焦躁。

"那好，我们一起骑它。"

艾米欢呼一声，蹦跳着去找她的骑马装。

我和艾米爬上马背，"星星之眼"嘶吼一声，似乎等待这一刻良久。我脚一蹬，它便风驰电掣地飞奔起来，跨过平原、涉过小溪、穿越丛林、爬上小丘……

女儿咯咯咯地笑个不停，我也心情舒畅，当下决定让马儿往左奔去，那儿有座玫瑰花园。

"我们又来这儿了。"艾米说。

"是的。"

"还是红玫瑰？"

"Always."

"因为妈妈喜欢？"

"没错。"

"爹地也喜欢？"

"嗯！"

我先下马，再将艾米抱下马背。

望着火红一片，我问艾米："妳想爹地今天会高兴收到几朵？"

"十朵。"她伸出十个手指头。

"十朵呀！我们可别把他宠坏了。"我边说边拿出随身携带的花剪。

剪下十朵花儿后，我又耐心地将每根刺都去除。

"这样就不会刺到爹地了。"艾米满意地说。

"嗯！也不会刺到妳。"

我把处理后的花交给女儿，她开心地捧着玫瑰往前奔去，边跑边喊："爹地，爹地……"

乔站在落地窗前，右手握着手机，左手向飞奔而来的艾米挥手。

"好，就这样，降到20元买进，耐心点。"他匆匆挂上手机。

"爹地，今天又送你十朵红玫瑰。"艾米呈上花儿。

"谢谢，"乔接过玫瑰，"我会把它插在桌上最明显的地方。"

女儿说妈咪喜欢把花放在厨房的窗台上。

"那么我们听妈咪的，Honey，妳能帮忙吗？"乔柔声问。

艾米答没问题，然后接过花，往厨房奔去。

"你又工作了。"我脱下头盔抱怨。

乔在 Barings 投资公司觅得顾问一职，主要负责香港基金，可以远程遥控，但薪水一般。

"没办法，工作堆积如山。"他莫可奈何。

我说身体比工作重要，连Dr. Scott 都直言他劳累过度，得留意心脑血管疾病。

"医生是不会说我健壮如牛的，这样他就没借口过来会会我漂亮的妻子。"乔拥着我。

"讨厌！"我撇开脸，顺便提到我的经纪人，"今天Devin给我下最后通牒，他要我马上进录音棚录音。"

乔轻吻我的发，问我回去吗？

"不回。"

"妳会后悔。"

"不会。"

"贝，既然妳暂时不回伦敦，我们给艾米生个弟弟，好吗？"

我答艾米想要妹妹。

"Whatever，那还等什么？"乔一把将我抱起。

起风了，风扬起了尘土，我们的农庄仿佛被洒上一层细细的糖霜，甜在心口。

就这样吧！让时间定格于此。我是幸福的，乔是，艾米是，"星星之眼"……也是。

《完结》

【看不够吗？B杜的《爱在暹罗》正等着您，以下是前三章，先睹为快。】

《爱在暹罗》

第一章/泰国之行

飞机一抵达素万那普机场，一股热浪便迎面袭来，我正想着该不该把一身臃肿给卸了？耳中传来"沙瓦迪卡"的招呼声。我转过头去，那是个约14岁的少年，有清亮的眼睛及黝黑的皮肤，衬托出一口洁白的牙齿。

"沙瓦迪卡。"我也学他双手合十，这是来泰国之前事先学好的打招呼方式。

在印度支那半岛上，这个由"暹国"和"罗斛国"组成的国家，被古代中国称为"暹罗"，主体民族为泰人，信奉上座部佛教。自开国以来，它先后经历了素可泰、阿瑜陀耶、吞武里、曼谷四个时代，而我……正在这个充满异域情调的国度里。

"言言小姐，玛妮太太要我过来接妳。"少年说得很慢，腔调有些怪，但我听懂了。

看来一路上的提心吊胆终于可以放下，我笑着请他带路，顺便问他是怎么认出我来的？

他扬了扬手中的照片，说是玛妮太太给的。

我探头一望，那是毕业服装展时，我以设计师的名义压轴出场的照片，两旁跟着前突后翘、临时被抓来当模特儿的学妹。

"你好眼光，一眼就能在人群中找到我。"我说。

少年答不是他好眼光，而是我唇边的痣泄了密，让他找到要找的人。

哎～真不知该说什么好，那颗痣是我的心头痛，就长在嘴角边，还黑不溜丢的，经常被误会是芝麻或巧克力渣，我也顺理成章成了"吃相难看"的人。

"我叫巴颂·宗拉维蒙，妳可以叫我巴颂先生。"他边走边自我介绍。

"好的，巴颂。"我心不在焉地答。

"不是巴颂，是巴颂先生。"他纠正我。

呵！一个十来岁少年也配得上称呼"先生"？果真"非我族类，其心必异"呀！

也罢，既来之则安之，还是"入乡随俗"要紧，于是我问巴颂"先生"，郑玛妮女士的家远吗？

他答不远，睡个觉就到了。

我，季言言，二十三岁，毕业于中国某个牛逼大学的服装科系，学的是设计。相较于走在时代尖端的创意型同学，我的路线无疑是端莊、典雅的，这是比较保守的说法，讲得难听点儿，就是不思进取地照本宣科（这是我的指导教授给出的评语）。可想而知，我的大学生活过得有多惨淡，若不是对服装设计还保有热情，我早早打包回乡下做保育员了。

~

当一个个模特儿踩着猫步在伸展台上搔首弄姿时，我躲在帘幕后偷看，除了几张打着哈欠的大嘴巴外，我还看到前排教授们的面无表情，这还不算太糟（毕竟看不出好坏），但我的指导教授"适时"接了个电话，然后很自然地离场，那才叫个心塞，原来我的作品这么不值，还抵不过一通电话。

"季大师，怎么了？"安卓走过来，"我的模特儿可没得罪妳，她们一个个都像维秘天使般地走秀。"

安卓是我们这所牛逼大学的高材生，学的是理工，爱的是时尚，他自告奋勇地担任此次毕业服装展的模特儿经理，不仅指导走台步还拉来广告赞助商，所得捐助弱势团体，算是对社会雪中送炭，也替学校锦上添花。

"她们没得罪我，是我不好，再怎么努力还是个大草包！"我感到悲伤，眼看就要泪流成河。

"拜托啊！我的小祖宗，千万别哭，"安卓赶紧将我的下巴抬高，我不得不盯住天花板，"最后一个模特儿就要上场，眼看就该妳了，一场好看的秀不能败在妳手上，忍住，千万得忍住，来，深呼吸。"

他放开我的下巴，自己先深呼吸一口气再吐气，并且示意我跟着做，我听话地依样画葫芦。

"太好了，妳是我看过做深呼吸做得最棒的一个，"他看了一眼陆续上场的模特儿，语气转为急促，"快，跟着琪琪和小雨上台。"

安卓在我身后用力一推，两个高大的学妹便押着我上台，一左一右，仿佛左右护法，这才有了巴颂手上的那张照片。

~

郑雇主的家在湄南河边，如同巴颂所说，离机场并不远，但坏在此时处于交通高峰期，车子一驶进市区便动弹不得。

"真的不远，再过五个十字路口就到了。"那孩子给我希望。

没想到过一个十字路口花了十几分钟，长到足够让出租车司机翻两页报纸。既然闲着也是闲着，我问巴颂他的普通话跟谁学的？

"学校。"他从副驾驶座上转过头来，"虽然我妈是第二代台山人，但只会说一点儿粤语和普通话。由于玛妮太太不会说泰语，我妈在家工作偶尔需要人翻译，加上现在是中文热，所以我选它当第二语言。"

"在家工作？"

"我们住在拔达逢家，我妈是厨子，她的中餐和泰餐都做得好，西餐也行。"他答。

拔达逢家？我以为我的雇主嫁给华侨。

巴颂解释泰国女性结婚后一律冠夫姓，外国新娘也一样，所以玛妮太太的全名是玛妮·拔达逢，还反问我中国不这样吗？

我告诉他当代中国女子早已不冠夫姓，也许少数台港的豪门还有。

"其实冠不冠夫姓差别不大，通常我们直呼其名，不太记姓氏。"他说。

难怪他称我言言小姐而不是季小姐，且以玛妮太太替代郑女士或拔达逢太太。

"中泰联姻的现象多吗？"我想起我的雇主嫁的正是泰国人。

他答是有一些，但不多，还说乍仑先生很疼老婆，玛妮太太是第四个。

"天啊！我不知道雇主老公是回教徒，可以娶四个老婆。"

"不，不，不，"那孩子赶紧否认，"乍仑先生是佛教徒，他很可怜，前面的三个老婆全死了。"

这么惨？

"一连死了三个老婆，他本人大概也已老态龙钟，可惜了郑女士这朵美人花。"我无限感慨地说。

"不，不，不，"那孩子又否认了，"乍仑先生只有一点点儿老，样子还是很好看的。"

一点点儿老？那是什么意思？是齿摇发落还是行动迟缓？不管怎样，运气这么背的男人还真不多见，难怪他疼老婆，因为"得来不易"啊！

"快到了，"巴颂指着前方约五百米处的现代豪宅，"乳黄色那一栋。"

" &@#%*£……"出租车司机顺着巴颂手指的方向望去，感叹一句。

我问巴颂，司机说了什么？

"他说那是女明星帕特里夏的房子。"他翻译。

我想司机肯定是热昏头了，这是我未来雇主的家，不是什么女明星的家。

没想到巴颂却说是帕特里夏的房子没错，她是乍仑先生的第三任太太。

我不是泰国的戏剧控，所以不知帕特里夏究竟为何方神圣，但能拥有那么一栋价格不菲的豪宅，肯定是位成功的演艺人员。

那孩子答我猜对了，她不仅演技好，人也长得漂亮，是很多男人的梦中情人呢！

这下子我更好奇了，乍仑先生的第一任、第二任太太是谁尚未知，但根据后两位的长相，她们都是倾国倾城之姿，这乍仑先生简直是美女的吸铁石。

"乍仑先生是位绅士，还是个大慈善家，他给贫困儿童发放生活费，还开了好几处养老院，免费照顾孤寡老人。"巴颂像赞美神一样地赞美那位神秘男人。

一点点儿老、长相好看、绅士、心善、死了三个老婆……这就是目前对乍仑先生的描述。

然而正是这样一位貌似正常，甚至值得为他掬一把同情泪的男人，让自己的老婆飘洋过海到中国找私人的服饰搭配师，只因她穿不出一身品味？

怎么说都说不通。

"玛妮太太很美，就是太容易忧郁，我经常看见她哭。"巴颂继续报料。

我正想问为什么哭？那孩子忽然要我待在车内别动，自己则跳下车对着豪宅的对讲机说话。

当白色电动大门慢慢打开，我也跟着下车，把巴颂交待的事抛在脑后。

第二章/走马上任

"巴颂～"

我一跨进前院便喊那孩子的名，没想到他因此受惊，手上的绳子一松脱，一只土黄色大狗便像出了闸的猛兽般，眼露凶光地向我奔来。我下意识往回跑，但已太迟，它的利齿死死咬住我的左脚踝，我还能听到"嗑呲"一声，疼痛迅速爬上全身，我能感受到从微痛到巨痛的整个过程。

" Dui, Dui,……"巴颂大喊，并且随手扳断树枝，赶来击打狗的头部。

这是非常危险的动作，因为狗被激怒了，现在它的攻击目标转为巴颂，从狗鼻发出的气息判断，那孩子就要大难临头了……

还好千钧一发之际，一位风韵犹存的中年妇女适时赶到，她将手上咯咯咯叫个不停的鸡投向无人的空地，大狗迅速飞扑过去，一口咬住鸡头，当场血流如注。

我还在为英勇救人的鸡哀悼，踏踏踏的脚步声从屋內赶来，几名壮汉联手将狗制伏，而那只可怜的鸡只留下一地惨烈的鸡毛。

"妳还好吧？言言小姐。"巴颂关心地问。

"不好，脚很痛。"我答，泪水已爬满脸庞。

"她的腿吾好……医院……针打先。"那妇人对巴颂说。

还好出租车司机尚未开走，我搭上原车离去，躲过交通高峰期，车子不到十分钟就抵达医院，靠着巴颂居中当翻译，医生很快帮我清洗伤口、上药及打狂犬疫苗。

"妳应该去拜四面佛，祂会保佑妳平安。"巴颂看着我的伤腿说。

我告诉他自己不信教，今天的事纯属意外。

"随便妳，前些日子家里来了个马来工人，不小心把腿给砸伤了，我建议他去拜四面佛，他说他信奉真主阿拉，没多久他就去见阿拉了。"

我花了几秒钟才弄明白巴颂的意思，嗯……来到异国还是得拜一下当地的神祇才行，我可不想年纪轻轻就去见上帝。

"好吧！等我的腿好了，请你带路，OK？"我说。

巴颂听了很开心，大概因为我认同他们的神。

～

这是一栋拥有五间卧室的别墅，由木头和水泥混合建造，既有西方的现代化设备，也有传统的泰式风情。全屋采用抛光木地板，墙壁贴上无纺布壁纸，四面采光，听巴颂说二楼家庭房甚至开了天窗，大概夜晚也能数星星。

还有还有，庭院花木扶疏，草坪上到处是表情各异的红瓦泥雕像，池塘边甚至有个尖塔造型的亭阁可供乘凉。

我的房间被安排在楼下，它原本是个书房，现在加了张单人床及椰木做的衣柜。

"动作好快呀！我什么事都不用做。"我拄着拐杖进入，很是欣喜。

瞧！行李箱已被搁在床架下，衣服全进了衣柜。

"我妈的动作是很快，她有强迫症，东西不摆放整齐不安心。"那孩子说。

我问他的母亲在哪里？来了还没跟她打招呼呢！

"其实妳已经见过她了。"

"难不成是把鸡奉送给恶犬的那一位？"

"正是，她现在忙着做午餐，玛妮太太大概快起床了。"

已近中午，我问玛妮太太都是这个时候起床吗？

"嗯！她吃完午饭又接着睡，然后准下午五点醒来梳妆打扮，因为乍仑先生快回家了。"

这么说待会儿吃饭就能看到郑女士，隔了半年未见，不知她的容貌变了没？

毕业服装展总共展出二十多位设计师的作品，所以整个过程几乎全是急就章，上一位设计师的作品刚一结束，紧接着换下一位，中间没有休息，若想将作品和人对上号，除非有过目不忘的本领。

换衣间也一团乱，模特儿下台后马上扒掉衣服，一时春光无限、惹人遐思。如果把她们想成海边着比基尼泳装的女人倒也没什么，只是难为了安卓，必须有纹风不动的过人定力才行。

"错，"那人马上否认，"一个女人轻解罗衫，男人的内心可能还会波动，但当一群女人都光着身子时就没胃口了，跟吊在屠宰场上的牲畜没什么两样。"

太可恶了！竟然把学妹比喻成牲畜，我问他是否忘了当初是怎么涎着脸请人上台，否则就要切腹自杀了。

"妳真没幽默感，难怪设计出来的衣服毫无新意，一件件仿佛是民国时期的作品，激不起热情的浪花。"他说。

这是第一次我从非专业者的口中知道自己作品的好坏，不禁泄了气。原来我一点儿天份也无（不是我以为的"怀才不遇"），当初就不该选择这个专业，既劳民又伤财。

他安慰我，甲之蜜糖，乙之砒霜，也许有人就喜欢我这个调调儿。

我正想问有谁会喜欢，琪琪走了过来："言言学姐，魏教授找妳。"

找我？完了，肯定又是一顿批评，我硬着头皮走出去……

"言言，快过来，给妳介绍个贵宾。这位是郑女士，我告诉她，妳是我的得意门生，她可喜欢妳的作品了。"

得意门生？喜欢？我用力眨一下眼，想确定这不是梦境。

"那个……我是季言言，季—言—言—"怕魏教授张冠李戴，我赶紧报上名来。

"呵呵！"他略显尴尬，"瞧我这个学生，还以为我没记住她的名字。"

相较于魏教授的多话，来者倒像座冰山。

"妳叫季言言？"郑女士开口问。

我答是。

她又问我泼墨画的图案设计是不是我的原生构想？

"嗯！我喜欢古代服饰，它有一种含蓄之美，就想将古今结合在一起，换种穿法试试。"

不久前，我的创意刚在魏教授那里吃了闭门羹，他说我是封建时代的产物，脑子食古不化，既得不到传统的精华也赶不上时代的脚步，真不知我是如何考进这所大学，简直是占着茅坑不拉屎……

"这么多设计师，我就喜欢妳的作品，其他都太另类了，估计穿在身上都会引人侧目，以为是哪里来的怪物。"她说。

我看见魏教授的脸青一阵紫一阵，煞是好看。

"时尚需要时间去接受。"我的指导教授反驳。

"我没时间，现在就要。"郑女士毫不留情面地马上打脸。

原来那个颜质爆表的美女是某个突然崛起的土豪之女，大概天生少了对美的搭配能力，嫁到泰国的上流社会后，马上被批衣着无品，趁着回国探亲之际，她想携个服饰搭配师回泰国。

"妳想帮我做也行，不想做代买也可，实报实销，没有上限。"她对我说。

别看郑女士的口气很豪爽，问到薪水，她只愿给25000泰铢，折合人民币5000元左右，包吃住。

"不了，我想留在国內发展，毕竟成为品牌设计师才是我的梦想。"我毫不犹豫地拒绝了。

那个遥远的国家对我而言不过是地理上的一个名词罢了，我对它很陌生，它对我也不冷不热，加上薪水一般，缺乏吸引力。

没想到梦想很丰满，现实却很骨感。毕业后我在一家很小的作坊找到设计师的职位，月薪¥3000，不包食宿，又因在郊区，还倒贴了不少交通费，几个月下来根本入不敷出。更要命的是，我的工作竟然是拷贝大师们的作品。

"山寨懂不懂？做出有品位的山寨来。"我的老板腆着大肚腩吸劣质烟，喷出的烟雾呛得我半天缓不过气来。

对于这份"鸡肋"，我早已不太想啃，偏偏交往两年的男友也在这时候"忘了我是谁"，还是接到小三的来电，我才知道他脚踏两条船多时。

"你怎能这样？我每天起早贪黑为了啥？还好意思出轨，狗日的，你的良心何在？"我义愤填膺地责问他。

谁知那个渣男恬不知耻地表示我们每天见面的时间比同住的二房东还少，如果他的良心被狗吃了，也是我造成的，有哪个男人愿意看着画报上的女郎打飞机？

好呀！欲加之罪，何患无辞？我抓起桌上的水杯便往他头上砸，他没闪躲（可能是故意的），额头因此划开一道口子。

从医院回来后，我们和平地分手，我带走分期付款买的电视机，他则留下生日时我送的苹果电脑，然后在一个阳光灿烂的午后，我潇洒地坐上回故乡的火车。

行尸走肉地过了大半月，某天母亲说巷子口的幼儿园缺保姆，她已经口头帮我答应下来，我这才发觉事态严重，非得做出改变不可，于是一个礼拜后我坐上飞曼谷的班机。

~

巴颂来喊我吃饭时，我刚好发出报平安的邮件，一封给家人，一封给安卓。没错，就是那个理工男，他说他考完雅思，正在申请国外大学，女朋友也是。

我祝贺他，又说自己已不在国内，早一步到国外就业了。

不知他接到邮件时是惊亦或喜？反正事情已走到这一步，只能咬紧牙关往前冲。

"言言小姐，午餐时间到了。"巴颂说。

我答知道了，待会儿就去。

"不，妳不能让玛妮太太等，现在就得走，而且……穿短裤是不敬的，妳得穿长裤或长裙。"

其实本来我是穿长裤的，因为被狗咬，牛仔长裤被医生剪开，成了五分裤。

"好的，我马上更衣！"

关上房门，我抓来最喜欢的雪纱纺长裙，誓让我的雇主眼前一亮。

第三章／月已西沉

厚重的红橡木餐桌上早已摆满了令人垂涎欲滴的美食，有冬荫功汤、青木瓜沙拉、炸鱼饼、打抛肉及菠萝炒饭。

我正襟危坐地等待雇主到来。

没多久，我听到笨重的脚步声从楼上传来，越来越靠近也越来越清晰，到了底层，步伐声戛然而止，那人好像不知该往哪里走，试了几次，终于走向餐厅。

"郑……郑女士好！"

我之所以犹豫了一下，是因为来者和脑海里的郑女士形象完全对不上号。

蓬松的乱发、黄蜡蜡的肤色、无神的双眼、干燥的唇……这哪是我认识的郑女士？加上身上的睡袍及脚上的棉拖鞋，我还以为是哪个邋遢的女人正准备就寝呢！

郑女士对我的招呼听而不闻，她迳自坐了下来，喝了汤、吃了沙拉，然后抓了两块鱼饼起身。我问她去哪里？她答她的猫肚子饿了。

"妳吃饱了吗？"我又问。

"吃饱了，妳可以把饭菜收一收。"

我一时迷惑，她该不会以为我是女佣吧！

"玛妮太太，"厨子忽然出现，大概不满意自己的劳动成果留下大半，"乍仑先生说……吃饭。"

"我吃了，吃了很多，不信妳问……"郑女士的眼光终于落在我身上，"妳叫什么名字？"

她果然没认出我来。

"季言言，我叫季言言。"我说了两遍。

"来，姓季的，赶紧告诉Ann，我吃了很多。"

这真令人为难，事实摆在眼前，汤还剩大半碗，青木瓜动了一些，鱼饼倒是少了两块（还抓在手里）。

"嗯……玛妮太太喝了汤、吃了沙拉，也许待会儿会吃鱼饼。"我小心作答。

"听！我真的吃了。"郑女士很满意我的回答，笑得像个孩子似的。

谁知巴颂的母亲根本不买单，她把女主人重新按回座位上，然后说了几句泰语。

"听不懂、听不懂、听不懂、"郑女士捂住耳朵，"早告诉妳，我听不懂泰语。"

"乍仑先生说吃饭……瘦……不好……生病……"Ann转而说普通话，听得出来那不是她的强项。

没有争吵，面对Ann盛过来的满满一碗饭菜，玛妮太太选择大口大口地吃，仿佛和谁赌气来着。

"好。"Ann看了，很欣慰地走人。

我们安静地用着餐，没多久，玛妮太太忽然停止咀嚼，问："妳是谁？"

我吓出一身冷汗："季……季言言。"

"季言言？这名字听起来很熟。"她又开始吃饭，很专心的样子。

"那个……我是妳请来的服饰搭配师，记得吗？"我小心翼翼地问。

她答她记得，我是魏教授的高徒。

嘘～还好她记得，不然月底真不知找谁要薪水。

"白天我的记忆力不行，晚上好多了。"郑女士仿佛有心电感应似地做出解释。

我答这个可以理解，有人是夜猫子，越夜越精彩。

"没错，"她忽然来劲，"我觉得自己是夜行动物，白天得养精蓄锐，否则晚上会没电。"

呵呵！真幽默。

郑女士三两下扒完饭后匆匆起身，她说自己得充电去。

"别忘了妳的猫肚子饿了。"我提醒。

她随手抓起两块鱼饼，对我巧笑倩兮。

啊！虽然不施粉黛，但美人一笑，我也醉了。

电影《国王与我》说的是家庭教师安娜和暹罗国王拉玛五世的故事，通过安娜，国王接触到西方文明的精华与内涵。起初这两人是剑拔弩张的状态，后来惺惺相惜，原以为从此将相安无事，没想到又起龃龉，因为新王妃爱上别人，被国王施以重刑……

我拄着拐杖回到房内，正是炎炎午后，落地窗迎来的清风很受用，本来想看本书或上网查资料，最后还是在懒散面前投降，打算先眯个眼再说，没想到这一眯，我沉沉地进入梦乡……

"我的女人只能爱上我，若有二心，杀无赦！"国王穿着传统泰服背对我（好可惜，我以为能看到他的尊容）。

安娜气冲冲地走了。

"国王陛下，汤已煮好，现在喝吗？"一位女仆毕恭毕敬地跪了下来。

"好的，呈上来！"

没想到汤里有三个人头载浮载沉，看着像是女人，都留着长发。

"国王陛下，请趁热喝了。"女仆抬起头，邪恶地笑了。

天哪！那女仆竟然是Ann，我吓得从梦中惊醒。

巴颂开门进来时，我还一脸狼狈相，他问我怎么了？

我实话告诉他，自己刚才做了一场可怕的恶梦（当然没说他妈是刽子手）。

那孩子随即上下打量我的房间，眼光很快落在铁架床上，他恍然大悟地说："睡觉时头不能朝西，因为西边是火葬场的方向，难怪妳会做恶梦。"

我笑他迷信。

"随便妳，反正做恶梦的是妳。"他无所谓地答。

有句话"存在即合理"，既然在泰国有此忌讳，肯定不是空穴来风，我遂不耻下问："那么头朝哪个方向睡最好？"

巴颂答朝东好，东方是日出的方向，代表活力与希望。

在我的拜托下，那孩子帮我挪了床位。

"太感谢了，若不是脚受伤，我会自己挪。"

"没事，帮忙是应该的。对了，差点儿忘了，玛妮太太要妳到她房里，今晚她不知该穿哪件衣服好。"

我低头看表，原来已经五点多了。

"好的，这就去！"

巴颂说玛妮太太的房门门把是金色的。

"记住，是金色的，不是古铜色，古铜色是乍仑先生的房间。"他提醒我。

原来拔达逢夫妇不同房，这还算夫妻吗？总不能因为房间多就任性吧？！

怀着疑问，我一拐一拐地上到二楼。

二楼有五间房，每间的门把颜色都不一样，我很快找到金色门把。

"进来。"是郑女士的声音。

我打开门，看见落地镜的倒影，那曲线完美的身段上无一丝长物，我赶紧退了出去。

"怎么不进来？"她喊。

我只好又硬着头皮进去。

"下午好，郑女士。"我的眼光落在地板上。

"不好，"她像个拥有太多玩具的孩子，"这么多衣服，叫我怎么选？"

我没忘记我的任务。

"别担心，我会帮妳挑件合适的。"我边说边往里走。

这是我看过最大的衣帽间，大概有四十平米大，分门别类地摆放了衣服、鞋、袜、包、珠宝……样样齐全，光把所有的东西都浏览一遍就花了我不少时间。

"到底好了没？"我的雇主很没耐心，声音粗巴巴的。

"好了，好了。"我胡乱抓了件。

回到房内，这才发现郑女士连内衣裤也脱了，我又回到衣帽间选了紫色前扣式半透明胸罩及同色丁字裤。

着装完毕，郑女士原地打个转，问我好看不？

我答好看。

是真的好看，浅绿的丝质紧身衣衬托出她玲珑的曲线，颜色讨喜，有春天的气息，加上她脸上精致的妆容，比起午餐桌上的人儿不知好看多少倍。

"可惜脖子空荡荡的。"她抚着细长的脖子说。

于是我找来深绿色的玛瑙坠子。

"抽屉内还有玛瑙耳环及手镯，那是一整套的。"玛妮太太提醒我。

我告诉她不是非得把一整套都戴在身上才算美，有时"画龙点睛"会有更好的效果。

"是吗？"她半信半疑。

"戴上这个吧！"我递给她两枚不比圆形饭粒大多少的钻石耳钉。

"这么小？戴跟没戴一样。"她抱怨。

没想到往镜子前一站，她的高雅气质马上显现出来。

"如果想再贵气点，我建议妳戴上伯爵表。"我帮她把附有黑色皮带的钻表戴在手腕处。

这次郑女士没说话，大概认同这样的搭配。

"鞋呢？"她忽然想起。

我赶忙提着Jimmy Choo的黑色素面高跟鞋前来。

"我有选择困难症，既然雇用妳就相信妳的眼光不会错，我走了，不能让我的洒咪等太久。"她接过我递上去的Burberry银色信封包后说。

洒咪？我问是猫的名字吗？

"不是，"郑女士笑了，"泰国女人称老公为 Sami ,这是我学会的少数泰语中的一个。"

"那么今晚妳和妳的洒咪去哪里？"

我的雇主答今天是小周末，她的洒咪隔天不上班，所以今晚他们上船狂欢玩通宵。

"那好，祝你们玩得愉快！"我说。

～

我一个人孤独地用着晚餐，Ann除了送餐时露过脸外，再也没回到屋子里。

据我的观察，巴颂和他母亲不住在大屋内，也许就住在庭院的某个角落吧？！我看到几栋和房子格调明显不搭的小木屋就藏在大树后面。

" Ann......巴颂......"

我的呼喊声在大屋里回荡，像击出去的球，没有回音。

食不知味地吃完晚饭，我回房，同时反锁房间。

郑女士说他们夫妻要彻夜狂欢，代表今晚我得独守空屋。

天哪！这是小女子我来到泰国的第一个晚上，尚来不及跟各路鬼神打好交道就被扔进黑暗之中，叫人情何以堪？

还好床已经挪好方位，但愿今晚能睡个好觉。

我关了床头灯，屋外的猫头鹰正咕咪咕咪地叫，月已西沉……

还好床已经挪好方位，但愿今晚能睡个好觉。

我关了床头灯，屋外的猫头鹰正咕咪咕咪地叫，月已西沉……

作者介绍

在异国的背景下加入缠绵悱恻的爱情故事是B杜小说的一大特点，她的文笔清新、笔触诙谐、画面感很强，读完小说有种看完一部爱情偶像剧的感觉，特别适合怀春少女及对爱情有憧憬的女性阅读。

B杜创作了一系列异国恋情N部曲，包括《法兰西情人》、《东瀛之爱》、《新西兰之恋》、《英伦玫瑰》、《爱在暹罗》、《情定布拉格》、《狮城情缘》、《爱上比佛利》、《梦回枫叶国》……等作品，欢迎关注。

ALSO BY B杜

英倫玫瑰（繁體字）Love in England （traditional character version）

《东瀛之爱》Love in Japan
《法兰西情人》Love in France
《新西兰之恋》Love in New Zealand
《爱在暹罗》Love in Thailand
《情定布拉格》Love in Prague
《狮城情缘》Love in Singapore
《爱上比佛利》Love in Beverly Hills
《梦回枫叶国》Love in Canada